金塘河

陈集益 —— 著

北 京 出 版 集 团
北京十月文艺出版社

目　录

造水库

修水库造福万代子孙

锁蛟龙驯服千年恶水

——山乡水库石刻

一

金塘河实在算不上一条名正言顺的河。它源自金华、龙游和遂昌交界的深山区。那里群山巍峨,山林密布,淙淙泉水汇聚成溪,于山谷峡石间流至井上村忽从一处悬崖跌落,因落差大,形成一道约两丈宽、十丈余高的瀑布。瀑布凿击地表,于崖下形成一个一间屋见方、深不见底的水潭,我们称之龙井。龙井四周崖壁林立,幽深恐怖,传说有蛟龙栖息,每年暴雨肆虐、洪水泛滥之时,金塘河暴涨,惊涛骇浪冲毁桥梁、堤坝、稻田,溪流变成大河。这是蛟龙出游,要去往衢江、兰江、富春江,甚至东海去游历了。而当洪水退去,河水回落,水深不及膝盖,河床上满眼白花花的卵石,金塘河就又恢复常态,变为清澈、温顺的溪流。

一九六三年，汤溪撤县设区、并入金华县后不久，为了让金塘河两岸人民不再受洪涝旱灾之苦，政府下令建设山乡水库。最早的规划其实一九五八年就在说了。那时候说的是兴建大型水库，包括吴村也得迁走。为这事村里人悒悒惶惶一阵子，担心将来流落他乡被人欺负。但是那年由于中央号召全国除四害、吃大锅饭、大炼钢铁，这事说着说着就没了下文——当人都吃不上饭了，谁还会去关心迁不迁走呢？直到这年开春，才得知建水库的事上面一直没有停止规划，只是把大型水库改成中型水库了。听了这个，我说不出是失落还是庆幸。庆幸是因为我还能生活在生我养我的吴村。失落是因为我在这土地上饱经磨难，如果能换一个新的生存环境，可能就会有一个新的开始。但是不管怎么说，当第四生产队的队长大麦丁通知我去大队部开会，得知我要被派去造水库，心里并没有什么怨言。

只是那时候，我已经四十有余快五十了，身体虽无大恙，但由于一九四二年日本鬼子进村屠杀百姓，走时留下了几个祸害中国人的装有细菌的瓶子，我的一条腿得了烂脚病溃烂多年，伤口始终无法痊愈。在生产队干活还好，回到家可以清洗伤口敷上草药，到了水库工地可就不那么方便了。但我不会因为这个缘故提出什么要求的。解放后，经过十年的思想改造和身体力行，我已经不再是昔日衣来伸手饭来张口的少爷，此时我跟所有贫下中农一样，热爱劳动并且以此为荣。正所谓劳动改造了自然，也改造了人自己，从某种程度上说，我的政治觉悟比一般社员还要高。

这一回，我又和村里其他几个成分不好的人一起去的。这也是惯例了，上面有什么派工，大队干部总爱派我们几个去，更何况大家都说水库建成了，山里人捞不到什么实惠的，就更不愿派一顶一的正劳力出去。地主小斤、有福就不用说了，每回有派工少不了他们，我同样如此。而这一回，公社派下来的任务重，除了我们几个，还派了一些平时在生产队里不好好干活的人，比如樟华、小赖子、耕马、磨刀六、糊工分、秉德等等。这些人虽然不是阶级敌人，但是每回生产队里记工分，大家就群起揭露他们偷懒误工，导致吴村的傍晚总是吵吵嚷嚷。所以派他们和我们几个地富分子一起去造水库，既解决了派工任务，又让他们受到了"惩罚"，是再合理不过的事。

我们在出发的头天晚上被召集起来开过思想动员会，第二天天蒙蒙亮就被大队书记锅盔和革委会主任土发叫起来了。他们一个走在前一个走在后，就像押送囚犯一样送我们去金塘河下游的库区报到。一路上我们各怀心事，只有草鞋、布鞋、解放鞋踩在山路上的声音，扁担下的布袋里空饭盒碰撞搪瓷茶缸的声音，小斤赶不上我们呼哧呼哧地喘息，还有樟华肚子发出的肠子蠕动以及放屁的声音。这些细碎声音一会儿淹没在流水的潺潺声中，一会儿又淹没在小鸟的啾啾声中。走过枫树湾，樟华的肚子又咕咕叫起来。

樟华说："锅盔书记，我、我们到了那里，不、不知道吃饭问题怎么解决？"听了樟华的话，大伙扑哧笑起来。樟华是村里最有名的"饿死鬼投胎"，他一天到晚喊饿，一顿能吃半锅玉米糊。关于吃的纪录，最有名的一次是刚吃大锅饭那会儿，他一个人吃了八大碗米饭，他在饭桌与窗口之间一趟趟往返，把鞋子跑丢了，把腰带撑断了，裤子掉了下来。

锅盔骂道："吃吃吃！这是派你去干活的！昨晚上不是说

了嘛，到了工地有食堂，饭用饭盒自己蒸，干菜自己带……你怎么啦？"

樟华说："我、我肚子疼。"

锅盔说："去你的，一大早起来没来得及大解吧，让土发等着你。去那边拉完再走。"

樟华说："不、不是的，队里分的那点谷子，还不够我三天……"

锅盔说："去了工地再说，饿不死你！生产队会根据你们做工的天数折算成工分。另外，工地每月还要给你们派工每人发十八斤粮票，他妈的，真是便宜了你们几个。"

这么说着，天大亮了，有白光从山上射下来，雾气正大团大团散去。我们几个紧走慢赶，经过井下村，路上已经走着很多背锄头上工的人，有线广播里播放着"一九六三年是对国民经济进行调整工作最关紧要的一年，我们必须抓紧"等经济形势问题。经过和尚村，广播已经停止，大人们都出工去了，路上只有放牛的小孩和牛，安安静静。

学岭村是山乡水库建成后，离水库上游水位最近的村子。当我们走进这个村子，到处可见"水利是农业的命脉""修了水库，防洪、供水、灌溉、发电，福泽万民"等标语。村口空地上，有人在用檩条粗细的杉木做抬杆、扁担，有篾匠蹲在地上编织簸箕、畚斗。不用说，这些物件都是要用于建设水库的。再往前走，拐过一个山坳，就看到了将来要淹在水下的库区。我看到被白石灰画了警戒线的苏村，房屋已经被拆毁一半，山脚的树被砍倒，地里的庄稼被拔掉了。未来的水库此刻虽然没有漫水上来，但是感觉眼前的一切都变了模样。我们看到部分还没有搬离故土的苏村人走在泥泞小路上，肩上挑着锅碗瓢碟或者背上扛着小件农具，或用独轮车为运输工具，上面摆着木箱、粮食、家具，有些茫然地看着我们。

"嗨！你们这是要搬到哪个公社去落户啊？"有一个与我们同往库区报到的和尚村人，有着一双可怕的眼袋下垂的大眼睛，一看就是个万金油式的人物。那人答，他家要移民到厚大公社去。和尚村人又问了其他几个，有的说落户到中戴公社的寺平、上堰头，有的说落户到东祝公社的石羊等村。很显然，他们是不愿意迁走的。

"到时候，水会淹到那座山的山腰，看到了？那座山下有我家的祖屋。祖屋淹掉就算了。伤心的是，我家祖坟要被水淹了。我不可能把那么多坟都迁走啊，我家是大户人家，聚族而居有二十代人了。你们看，这只布口袋里装着我爹娘的骨殖。事实呢，带着他们上路，他们不一定乐意呢。可我能怎么办，以后，以后这里一片汪洋，他们想回来看看，也回不来了……"

听了这些我心里酸酸的，就顺便帮他拉独轮车头上的绳子。等我们嗒嗒嗒嗒到了莘畈，就看见昔日热闹的河埠头上空空荡荡，房屋也拆得差不多了，我心里不免又一酸。莘畈是整个山乡农田面积最大、人口最多的村子，严格地说是一个小集镇。一直以来是乡级政府所在地。金塘河从该村穿过，站在山上看整个莘畈就像一个太极图，金塘河从东南流进从西北方向流出，中间拐了一个很大的弯，河上有三座桥，沿岸有六个埠头，每一个埠头都开有旅店、酒馆，曾是山乡最热闹、最繁华的地方……

可能看我走到此处有些心猿意马，那个要迁到平原去的苏村人说，你就放心去吧，剩下的路我自己推着走就行了。我丢下手中的绳子没说话，一边走，一边想起在莘畈，以前跟着哥哥梓柏和我家过去的长工阿金撑排出山，每次路过第三个埠头都会上去喝碗酒，到兰溪卖了木材返回时还会上岸住上一晚。这里有许多人都认得我们。

那时候，莘畈有个别称"小兰溪"，它是山区与平原最直接的物资中转站。解放前，山里货（除了木材，还有柴、炭、茶叶、箬叶、烧纸等）想运出山去卖，一般都要走水路，走水路就必须经过莘畈。除了个别商户（如我家这样的）能自己把木材或者山货运出去，大部分人都选择在莘畈完成交易。所以外面的客商想来山里收购什么，往往要到莘畈来住着。当交易完成，就会雇撑排的把收购来的货物装上竹排撑到洋埠。洋埠位于衢江边上，衢江下去就是兰江（兰溪县城就在兰江边上）、富春江，再下去就是钱塘江，所以我们这里的货物最远能运抵杭州。

解放后，由于国家禁止私买私卖、商品实行统购统销，莘畈的六个埠头只剩下三个，但是由于平原人依然需要山里货，山里人照样要购买粮食和日用品，这里还是我们这一带最热闹的地方。前两年我跟村里一帮人运毛竹出来，上岸后还在供销社、粮站、木材站、邮电所、食品站等地方瞎转。摆在木材站门口的地磅，农机站门口的手扶拖拉机，以及设在供销社各个专柜上方用铁丝拉成的收款索道，让我感到很新奇：只见穿制服的营业员将收下的钱夹在票夹上，哧溜一声打向坐于高台上专门收款的收款员，票夹子在索道上滑来滑去……而如今，这里成了一个空村，人走了，河埠头废了，堰坝下的水碓不再发出轰隆轰隆碾米碾麦的声响。只有河边石缝里的野草，因为无从知道即将被淹没的命运长得很旺。

毋庸置疑，国家选择在苏村、莘畈等几个村子的开阔之地建造水库，在下游峭立的狮虎山下建筑大坝，是十分正确的决定。这一片土地就像一个巨大的布袋子，四周的山像城墙包围着它，从东到西分别是后山、仙舟山、牛坞坳、鼓角山、里溪岭，只有最北面的狮虎山下缺了一个口，金塘河就是从这个缺口窜出去流向平原的。这个缺口叫狮虎嘴，左边岩壁叫老虎崖，右边岩壁叫狮子崖，两崖对峙距离很窄。

当然，在山乡，比狮虎嘴距离更窄的峡谷多了去了，但是很多峡谷就像棺材一窄到底，蓄水量有限。而这里就不一样了，穿过老虎崖、狮子崖，再往上游走一里路，就是大片大片的农田，即我们在河上撑排时能看到的那一大片，有数百亩。而且不仅仅这数百亩，在莘畈的正西方向也就是里溪岭那边，还有一个弯弯绕绕的山坳，这山坳筑满梯田，就像被一双巨手拨弄的琴弦，弦音荡出去很远很远。整个山坳均可以蓄水……

山乡水库工程总指挥部位于莘畈村与狮虎山之间，那里有一排工整的房子，原是莘畈小学所在地。老远，就看到学校围墙上写满了宣传水库建设的标语，门前旗杆上挂着五星红旗，屋顶装了朝向不同的高音喇叭，都咧着圆圆的大嘴。锅盔和土发带我们去了总指挥部一个办公室点过人头，又让我们在安全责任书上画过押，就走了。他们说，要到大立元村看看去，山乡公社、供销社、粮站都搬到那个村了。

他们刚走，一个穿军装的干部就把我们喊到操场上。那里到处是跟我们一样背着铺盖卷来报到的人。那干部让我们排好队，然后打开手持喇叭，喊道："同志们，在伟大的毛泽东思想指导下，在金华人民、汤溪人民、山乡人民和解放军部队的支援下，我们终于盼来了修建山乡水库的历史时刻。大家知道，汤溪民间流传着一句顺口溜：三日下雨捞稻头，三日天晴掘鳝头。什么意思？因受气候、地形因素影响，金塘河流域洪、涝、旱灾害频发，两岸人民深受其害。今天我们要在这里兴修水库，就是要兴利除害，为民造福，不让蛟龙出山！"

那是一个头发灰白、五十上下的男人，魁梧的身材，嘴里镶着两颗钢牙。他声如洪钟，喊着喊着脸涨红了，脖子上暴起青筋。大家的脸上也都有些兴奋。因为我们都经历过山洪暴发，看到过凶险之水将河边良田淹没。而干旱年月粮食收成无几，土地冒出白烟……

"同志们，社员们，水库建成后，金塘河下游的人民将不再遭遇洪灾，不再担惊受怕，更不怕天不落雨！……预计，山乡水库集雨面积一百平方公里，总库容五千万立方米，相应水位一百八十米，可防特大暴雨抵御洪流；蓄水后灌溉面积除了覆盖咱山乡的村落，山乡下游的中戴、东祝、汤溪、厚大、洋埠、莲湖等八个乡镇和龙游县十里坪劳改农场等地方都将是山乡水库灌区……同志们，社员们，战友们！现在，我们国家正处于社会主义建设高潮时期，需要我们所有人发扬吃苦耐劳的精神，勒紧裤腰带，鼓足干劲！"

这时，我听到下面有人叽叽喳喳着，一看，又是和尚村那个眼袋下垂、眼球暴突的家伙。他跟我们村的螳螂说："等水库建成后，除了能防洪、灌溉，还能发电，以后我们山里人就能用上电了。有了电，就可以用电加工大米、面粉，用电做饭、取暖、照亮，晚上也可以干活。而且我们用电是不花钱的。"螳螂是吴村有名的泼皮无赖，一副哼哼哈哈的样子，他跟暴突眼可算是对上了眼。一个说："那是肯定的。情况不是明摆着的嘛，整个水库的水都是从山里流来的，你说能不给山里人免费用电？"一个说："当然免费！以后，平原上因为山乡水库不再闹灾了，粮食丰收了，你说能不分给我们山里人一些粮食吗？"

两个人谈到了粮食，显得有些激动。我听到站在身边的樟华的肚子又咕咕叫了起来，像云豹的怒吼之声。他满脸痛苦，一副苦大仇深的样子。我突然想起三年前，公共食堂吃着吃着就没吃的了，村里很多人因营养不良出现水肿，有的人虚弱得不能干活。我记得樟华因为吃多了一种叫作"硬屙"（植物名字就含警告之意）的植物块茎拉不出屎，痛苦得整夜整夜号叫。有一天，天黑后我去生产队报工分，背后突然有人叫我，我一看草丛里蹲着一个黑乎乎的东西，吓一跳。"是人是鬼？！"我喊道。

"梓桐哪，是我，帮帮我吧！"正说着，那东西站起，竟是樟华，他的脸憋得歪了，凶巴巴地说，"我需要你帮忙，听好了！如果你不愿用手抠，就去找根小木棍来！知道吗？我三天屙不出一粒屎了，肚子胀得难受哪！"

我说："我怕脏。"

他突然变得可怜巴巴的："咴！一点不脏不臭！我这是吃了些糠，吃多了，嘿……"

我看着他提着裤子等着，不得不走了回去……

还有一次，我家昔日的长工阿金来敲门，我走过去看，见门槛上摆着一只碗，里面装着几只叽叽叫的幼鸟，连毛都没有长成。我儿子得令还以为是拿来给他养着玩的。我说你多大了还养鸟？但是想到吃，我心里也抵触，太残忍了。只是一摸嘴角，口水已经流下来。我把它们包在箬叶里，和了一些野山芋，包成三个粽子。没多一会儿，锅盖就发出兴奋的嘟嘟声，香味从缝隙里冒了出来⋯⋯

正这么想着，也不知那干部又讲了些啥，只听一阵热烈的掌声在操场上骤然响起，吓了我一跳。最后，我们几个被编入第四营的十七连十五排三班，连长叫杜富，排长叫施长春。

二

未经历过那个年代的人，是无法想象当时的艰苦的。虽说工程指挥部给我们安排了住的地方，其实里面没有床，没有桌子，大伙在地上铺一层干草，倒在上面睡觉。而且几处比较干净明亮的地方，都被来得早的人占据了。这是一个被清空了的苏式粮仓。金字塔架构的屋顶下，一面墙上写着"仓库重地，严禁烟火"，另一面墙上写着"饮水思源，珍惜粮食"，字大如桌。我和小斤、樟华、糊工分等挑着铺盖卷，在"严禁"两个字下面找到一小块地方刚把东西放下，樟华嚷嚷："他妈的，这是什么鬼地方。牛圈不如！"又嘀咕："饿死老子了。也不知道什么时候开饭！"我没有理他。锅盔和土发走的时候，告诫过："这次来造水库的，除了山乡的，还有中戴、厚大、东祝、汤溪、洋埠、罗埠，甚至十里坪的。在新集体里，你们的一言一行都代表着吴村的荣誉！可不要偷懒，更不能乱说话，都听到了？"

可是，我们的第一顿饭就跟平原人打了起来。

水库工地是人口密集、流动频繁的地方，据说全线施工时有四千人同时作业。这么多人一到饭点都集中在由原莘畈卫生院改造的食堂吃饭。它离水库总指挥部距离不远。整个工地实行军营式管理，所有派工几点钟起床，几点钟出工、收工，几点钟开饭，一切行动听指挥。比如去食堂，按照规定是分批去的。可是在工地谁都饿得快，一听食堂响起敲钟的声音，所有人停下手中的活，就像听到冲锋号向食堂包抄，有的甚至是跑着去的。

在听到开饭的钟声前（据说那口钟是从破庙里抬来的），我们在苏式粮仓里坐立不安。饭是提前就蒸下了的。不得不承认，大家的肚子都闹得慌。太阳下山后，我甚至恨不得掰断锄把咬上几口，就是那种想狠狠咬死什么东西、咬出油汁来的感受。终于等到开饭，我们跟着樟华往外跑。蒸饭的水泥池子有十多个，每个都冒着热气——当食堂师傅们赤膊上阵，将上层的盖子揭开，把抽屉式的蒸笼一个个拿下来，抬到一长溜的水泥桌上时——所有人哄抢似的往雾气里挤，一旦看见自己的饭盒就抓在手心——我们也不甘示弱，尤其樟华几下就把聚拢的人拨到一边去了。铝制饭盒大同小异，饭盒盖上刻着名字，也有毛竹筒做的。毛竹筒的形状和颜色各异，一般不会拿错，铝制饭盒就不一样了。我和小斤、有福、糊工分伸着脖子，在推推搡搡中，如同在一锅沸水中抓鱼，几个回合后，我们的嘴里发出咝咝声，快速往外跑。因为抓在手中的东西太烫了。

可偏偏樟华的饭盒找不到了。这个饿疯了的家伙，就像一头被割了鼻子的猛兽于各个水泥池子之间乱窜。"谁？他妈的哪个——拿走了我的饭——盒！"他的吼声震天。听到他的绝望声，我们忘了手中的烫，都帮他去找。

"梓桐，组长！你得让我吃上饭啊！"

"什么组长，别这么叫。"

"你总得帮帮我吧。我要饿死了！"

"好了。我的饭分一半给你吧。"

"不要！我吃自己的。那是特大号饭盒。"正说着，他竟看到几十米开外一个人手中拿着他的饭盒。他跳起来，飞一样奔去。等我们赶到，那边已经你揪着我衣领，我抓住你肩膀。一看对方皮肤黝黑、身材干瘦、两眼乌亮，就知道此人来自日照时间比山区长许多的平原。

那人说："真倒霉，我说呢，这么难吃的饭！原来拿错了！"

樟华说："你得赔两盒，他妈的，贼！"

那人说："啥？！是我看错了！你以为我们平原人没米吃吗？！"说着，把吃剩的饭递过来。樟华一看，噢了一声，就将拳头挥过去。饭盒落在地上。两人打了起来。我看情况不妙，掉头去食堂的另一间屋子叫人（那边是供指挥部各级领导、工程师等人吃饭的地方），等再返回，打架的人已经发展成十几个，连螳螂都在帮樟华。好在我叫来的那几个干部一声喝令，很快把他们分开了。

第二天这事上了全工地的十几个高音喇叭，连公社书记麻一杆都知道了。我们班因此受牵连，被罚晚上到工地加班半个月。平原人遇见我们就说："山里毛虫，不是癫痫，就是烂脚！不是'黑五类'，就是懒汉！"我们呢，喊他们叫"平原贼""焦精肉"，并且搬出"鹅让鸭子嗦（咬）去"的典故自我安慰。樟华呢，头一个月的粮票补贴被取消了。等他把带的米吃完，时刻跟在我屁股后面哭丧着脸。

"梓桐，组长！你说我该怎么办？他妈的麻一杆心狠手辣！"

"你问我，我问谁呢？现在谁也没有多余的粮。"

"没吃的，那我怎么干活，站都站不牢，怎么为造水库出力？！"

我本想说你回去，让锅盔再派人来。想想他回去也一样，这家伙家徒四壁，是个光棍，饿了能把煤油灯的油喝了。我不得不匀一点米给他。他显然吃不饱，晚上听到他辗转反侧，肚子咕咕直叫。我呢，那条病腿的伤口又溃疡了，疼得想号叫又怕吵醒人。那日子可真难熬。

那时候造水库，几乎全靠肩挑背负，靠人海战术。刚开始挖截水渠那阵子，没有挖掘机，靠的是镐子、锄头、铁锹；没有风镐电钻，靠的是钢钎、大锤。工地上施工机械少，除了有限的几辆卡车、拖拉机，几台柴油抽水机，没有其他什么设备。

我们组的任务是挖截水渠。沿着左边岩壁下的河床挖到田地里去，挖到五米以下，下面的沙石泥浆用簸箕、箩筐吊上去，用它们堆砌成一堵截水的墙堤。挖截水渠、砌截水墙的目的，是将金塘河引到导流洞去——那导流洞同时也在开凿中——这两项工程都是为了将河水从坝址位置暂时转移开，只有这样大坝建设才能全面铺开。

截水渠是分段施工的。我们组分到一百二十米。谁也不知道需要多久才能挖出来。每天到了工地，我们就像蝼蚁、鼹鼠、穿山甲那样顾头不顾腚地挖啊挖啊。如果不抬头看看，前面的人挖错了方向都不知道。这是又辛苦又枯燥的生活。还好我们是集体劳动，累了大伙开开玩笑，又问隔壁的那个组挖了多少米了。集体劳动的特点就是热闹，需要比较，我们组一度表现不错。可是过了一段时间，大伙就都开始喊累了。

糊工分是最懒的，如果一簸箕沙石他能一分钟填满，绝不会五十九秒完成。他从呼吸、挥锄、低头、转动脖颈到提起簸箕都慢吞吞的。他到了工地不是站着不干活，而是通过缓慢的动作减少了劳动。据说他老婆就是因为这个跟人跑了的，因为他在床上也不爱加快速度。秉德呢，是村里有名的酒鬼，以前有酒喝的日子苗苗壮壮像棵树，喝了酒一个人能抱起一副石磨走五十步，自从前几年粮食短缺断了酒喝，人就委顿像得了瘟病，刨几下镐子就虚汗淋漓。特别是小斤，他是我们村的大地主陈大斤的儿子，年轻时他爹是把他当"秀才"培养的。可命运弄人，"秀才"偏偏成了手无缚鸡之力的农民，所以他一干活就累，一累就泪眼汪汪的，尽遭螳螂等人欺负。

"秀才你是猪啊，干个活不会干！""秀才你林黛玉啊，白长一脸黑胡子！""秀才你瞎了眼，你把土撒我身上了！"每有机会，螳螂就带头对小斤恶狠狠的，连骂带打。想当年，小斤在杭州洋学堂读书归来，穿着西式服装打着领结，多么英俊挺拔！那时候，他爹陈大斤是村里最大的地主，走在街上脚下生风。我爹陈双碰也不赖，虽然不能算大地主，但是凭着他的智慧，也算是吴村的头面人物。仍记得爹在世时，农忙时节他指挥雇工干活，声音如虎啸狮吼，农闲季节他穿丝绸衣服，抽水烟，读古书，一双布鞋从早到晚干干净净。他能文能武，好交朋友，有一阵子爹与国军的几个头头混熟了，司令带兵进山"围剿"红军总到我家歇脚，汤溪县衙来人也先到我家。那时候，爹和陈大斤出双入对，都显耀过一阵子。

看到小斤受辱，我看不下去了，说："住手吧你！你自己干了多少活呢？你自己就是酱里生酱里死的虫！这么些天了你自己说说装了多少次肚子疼、腰伤啦？"

螳螂说："我干不干活还轮不到你这个剥削阶级来讲，这又不是给你们地富分子造水库，哼！你以为让你当个组长你就翻身做主人了？呸，你们这些旧社会的吸血鬼到了新社会还想剥削我们不成？我只要人杵在这儿，只有我监督你干活，而你管不着我！"

我无话可说。他说得对，我不该当组长，没有资格当。我是地主家庭出身，因为世事艰难家道中落，家里于一九四九年前变卖了大量土地，全国解放时我的阶级成分是富农。可即便如此，我也不愿像他们那样磨洋工，倒不是因为我被破例当了组长这回事，而是这挖渠的活总得有人干吧？假如大家都不干，十年也挖不完，那么大坝何时能建成呢。大坝建不成，那么平原上平平整整的大片田地将得不到灌溉，山里人用不上免费的电且不说，平原人自己都吃不饱，还能把富余的粮食分给山里人吃吗？而这一切皆因大家偷懒。所以，是我自己感到肩上的担子很重。我一直以为：既然现在是新社会了，大家都生活在一个大集体里了，那么就不能只为个人利益着想。更何况，磨一天洋工能省下多少力气得到多少好处呢。

我不知道这些想法，是解放后被思想改造得有了进步，还是因为越来越认识到水库建设之重要。反正，刨土、挖渠、掀石头、挑泥沙、抬筐运淤泥，重活、累活、苦活我都干。渴了，就喝水。累了，就站着歇口气，不等汗凉就接着干。一个集体里，当有些人拖后腿，我们不能跟着落后分子往下滑，而是要给他们做出榜样，这是我当时真实的想法。

可我毕竟有烂脚的毛病。在那些挖渠的日子常常心有余而力不足。晴朗的白天还好，我有胶筒靴，尽量不让有病的腿浸水，但是晚上加班，工地上虽挂有稀稀拉拉的灯泡，但是仍会踩进渗水坑去，刚刚结痂的伤口就会重新裂开，一阵刀割似的痛。有一阵子，小雨淅淅沥沥，我们戴斗笠、披蓑衣一个个像出征的将士，脸上汗水雨水交织在一起，雨水打湿伤口、浑身湿透是常有的事。

犹记得那是我们到工地的第六个月，冷了！气温徘徊在零度左右，不时下雨或雨夹雪。早上天还黑着，高音喇叭就开始播放激扬的革命歌曲。我们一骨碌爬起来，在排长、班长的催促下到指挥部门前的操场列队，先是听政治内容宣讲、毛主席语录，接着听工作安排。当我们跟着宣讲员喊完"抢晴天、赶阴天，地冻三尺照样干！安下心、扎下根，发扬愚公移山精神！"之类的豪言壮语，数千人同时背着干活工具向泥泞不堪的工作区域走去，不瞒你说，那浩大、密集又迅速发散开的场景，让我想起被雨淋湿巢穴叼着蚁卵匆匆搬家的蚁群。

派工们以连、排为单位分散在工地四周，顶雨冒雪，有的挖截水渠，有的开凿导流洞，有的挖土，有的运送石料和土方，有的抢锤打炮眼。虽然我不能要求吴村组每个人都能像其他组那样干劲十足，但是我们也不能太落后。此前，我们组因为不能赶上挖截水渠的进度，已经被调到"清渣班"，具体工作是把导流洞里炸出来的石块和土方挑到下游去倒掉。新班长顺仔是个退伍兵，厚大公社下新宅村人，方脸，理寸头，周周正正。他管五个组，每天由他具体分配给我们必须完成的当日土、沙、石方数。因为螳螂、秉德、糊工分等人偷奸耍滑、怨声载道，顺仔已经发了好几次火。他说在整个工地都找不出第二个像我们这样怠工的组，去看看其他人是怎么干的吧，个个生龙活虎！我说没有办法啊，吴村大队每次都派我们这些人出来，不像别的地方爱把小伙子小姑娘派出来，小伙子干活是为了在姑娘眼里留个好印象，哪有不卖力的？他说隔壁班不是有几个老娘儿们吗？我说你开什么玩笑，我们村的光棍眼光一直很高。——这不是借口！全都是他妈的"灶泥在脚背"的货！他摇摇头走了。螳螂、秉德、糊工分等人照样"老母猪晃尾巴——闲磨"。

　　其实我还想说，我们组不仅仅缺男女青年搭配干活少点精神，也缺粮食。虽说每个派工到了工地，要比守在生产队干活多了十八斤粮票，可是我们每个季度请假回家一天，去各自生产队上报在水库做工的天数（需水库工地开的证明）以便折算工分，生产队并没有粮食分给我们。因为社员们知道我们这边每月有粮票后，一个个嫉妒得要命。比如队长大麦丁就想着法子不给粮食而给我白条。只有一次他们分粮食时被我碰上了，分到了我该得的口粮。而这口粮，像我这样有家室的还要留一部分给家里。所以我们多数人在工地上主要依赖着十八斤粮票活命。又因为工地食堂只负责给派工蒸饭，我们平时是吃不到蔬菜等其他食物补充营养的，只能就着酱、咸菜、梅干菜、腐乳下饭，以至于个个面黄肌瘦、口舌生疮，干起活来自然就有气无力。

我已记不清那个难熬的冬天，是指挥部领导的英明决定，还是缘于男女青年干活时，蚂蚱一样精瘦的小伙子总爱逗引着性格开朗的姑娘们，好像是甲队的小伙子跟乙队的小伙子因为争风吃醋较上了劲。总之，大家正有所怠工的日子，工地上开展了为期四天的挑土比赛。比赛对象主要以平日里以挖和挑为主业的几个连队，总人数在一千五左右。竞赛以小组为单位。为了鼓舞士气，食堂要为此次比赛杀一头猪，作为冠军组、亚军组、季军组的奖品。所以各组为了吃上一顿肉，摩拳擦掌，跃跃欲试。再加上工程指挥部和广播站的宣传鼓动，充分调动了大家的积极性，都把参与比赛当作头等大事。

我们组"饿死鬼投胎"的樟华一听，脸都憋红了。他搓着那双破胶布手套般的手，连说"好啊好啊"，然后用袖口擦了擦嘴角的涎水。这个家伙自从来了工地，就没怎么填饱过肚子。前一阵子，他决定利用工余时间上山去采野果充饥，被戴红袖套的工地督查员批评了。因为派工们到了工地不经请假，是不许擅自离开作业区的。有一次樟华饿坏了，偷别人的饭盒吃了饭却没把空饭盒及时处理掉，结果被人在草席下面搜到了。第二天的早会上，他被两个军人押着上台念检讨书，还被再次扣了当月的粮票。我知道，这个月他是靠喝稀粥活下来的。当然，我也是靠喝稀粥活下来的。因为我本来就没有多余的米，看他可怜又得匀一些给他。这下，我们的饭盒里蒸的主要是水。而且蒸饭的时候，无论如何要把饭盒放在最底层，不然开饭的时候会被人从上面掀下去，里面的稀粥要么泼了要么漏了。更要命的是，稀粥凉得特别慢，拿的时候要用破布托着，吃的时候不能着急。可是，看着周围人稀里呼噜、狼吞虎咽的，有时候难免等不及，两片唇沿着盒沿忘我地一嘬，舌头就像被什么刑具绞了一刀，立刻烫掉一层皮。

三

比赛终于开始了。

比赛开始前，指挥部里的领导也来了，在插着很多红旗、挂着标语的地方讲了话，定了规矩。比赛评分很简单，以每个组的挑土数量多少论输赢。挑土的时候，每一担土不得少于一百斤，其直线距离就是从取土场到大坝的距离，大约有三里地。一路上，挑的人可以歇，也可以不歇，甚至可以换人，但是规定每组同时参与挑土的总人数是十人。在取土场这边，有专人指挥每组取土的位置，维持取土的秩序；而在大坝那边有监督员、验收员，看每个人挑的红黏土是不是合格；验收合格的，有人在黑板上计数，并且给挑土的人每担一根筹码。

比赛的哨子吹响了。虽说挑土不是跑步，不是跳高、跳远，不用着急，可是被点燃了豪情壮志的人们过于激动了，只见小伙子们担子起肩后，两只手抓住一前一后的簸箕（不然晃动），犹如猛虎下山，健步如飞；姑娘们好比女兵女将从舞台后碎步出场，一个个脸红扑扑的，紧紧跟随。一刻钟的工夫，整个工地上沸腾起来，因为第一批挑土人已经快要到达大坝了，那边有人喊着口号，喊着加油，广播里的歌声也越放越响：

团结就是力量

团结就是力量

这力量是铁

这力量是钢

比铁还硬

比钢还强

……

不管是谁置身于这样激烈紧张的赶超气氛中，都会受感染。我虽然因为烂脚不能参与挑土，而只能在取土场为吴村组多挖土，但是那种奋力拼搏、勇夺先进的心情是不言而喻的。不仅为了得到猪肉的奖励，更为了集体的荣誉。不是吗？吴村来的几个人，除了樟华因吃饭问题被两次通报批评，事实上，耕马、磨刀六也跟人打过架。他们打架是因为鸡毛蒜皮的事，比如被平原人讽刺，或者干活工具拿到修理组不给按时修理。还有秉德从医务室偷了一小瓶酒精，喝中毒后送往医院抢救，这事也闹得沸沸扬扬。螳螂就更不想提他了，他跟和尚村那个暴突眼在工地偷偷摸摸赌博，合谋骗别人的粮票，在工地上可谓臭名远扬。

好在这次比赛，我们吴村组的表现还算积极。没等哨子响，樟华就把破棉袄一脱，蹲在扁担下摆开了架势。螳螂说："大个子，这次你可得为吴村争一口气，这顿肉就靠你们几个了哇！"樟华焦灼地等着比赛开始，一脸麻木。哨子响后，他就开始狂跑，不断地赶超前人。磨刀六、糊工分、小赖子霍地一下子站起来，三步并作两步，汇入火热的竞赛中。等他们返回来了，我和螳螂快速地往簸箕里扒拉红黏土。

"怎么样，多少担了？"

"我十担啦！"

"哇，不错的成绩！"

又过了一个小时，挑土人开始流汗。其他组好几个小伙子脱了衣服光个膀子，显示出男人强健的肌骨。跑得满头大汗的樟华也想光半个身子赤膊上阵，这时螳螂责令他穿上衣服。樟华有些恼怒："我穿不穿衣服你也管，有本事你来挑几担试试你不出汗？"螳螂一副诸葛亮附体的样子，交代大家再热也不得脱光膀子，因为人出了汗就像车轴辘添了油，跑起路来反倒不觉得累，而光膀子汗容易干人容易缺水。我们组的人半信半疑，又往返几趟，樟华等人的汗又出了一些，返回时都说"汗流得浑身通透了，畅快"。螳螂得意地说："哼，宁给聪明人打伞，不给笨人出主意。老话说的就这个理。"

可是随着时间推移，每个组的距离在快速拉开。这样下去，不要说拿工地的总冠军，就是在自己的连队里都拿不到第三名。这个事实让我非常灰心。岁月不饶人，毕竟我们的年纪大了啊！可是，跟我一起挖土的螳螂朝手心吐了一口唾沫，说："梓桐（他从不叫我组长），你别着急呀，只要我们的人一直这么挑下去，就有希望拿第一。"

"怎么可能呢？"

"你等着瞧吧。"螳螂诡笑道，"等樟华他们再返回，我要告诉他们干脆不要没命地跑。"

"你不想吃肉啦？"

"怎么不想？我三个月没沾一粒油腥了。上次沾了几粒，还是你家以前的那个长工下到工地召开什么誓师大会搞会餐。现在我的肠子……"

"嗨！别提他是我家长工，那都是……"

"好好好！他现在是公社干部、跟了红军参加革命的麻一杆同志。这样行了吧！"

正说着，樟华像头汗牛那样闯了过来。我给他的簸箕上土时，螳螂跟他讲了起来："这次比赛一共是四天，比的是耐力，千万勿急躁，要沉得住气；那些年轻小伙体力好，但是耐力差，这是他们的弱点；所以你让他们跑个够，还要给他们加油！但是你自己不要急躁啊！"

樟华半信半疑地挑着土走了。

我说："你这不是害我们熬到过年才能吃上一片肉吗？"

螳螂不屑道："我家可不是撑排贩树出身，我爹是当盐夫的。你知道通往遂昌的野苍岭吗，就是条古盐道。上岭要一天，下岭要一天。他老人家靠一根扁担养活了全家人。我在解放前跟我爹挑过盐，知道这方面的窍门。"

第一天比赛结束天已经黑了，来自洋埠镇胡前村的那个组挑土最多，组长叫胡守止，当年我撑排到洋埠时就认识，看来这个组的人是纤夫出身的吧。他看见我，向我竖起了大拇指。我想这是什么意思，明明他的组挑土最多啊。不料，他竖着的大拇指在空中画了一道弧线，戳在了他自己的鼻尖上。差一点气死我！挑土第二多的是中戴公社的九峰组，组长姓戴，是个二十来岁的女同志，剪齐耳短发。该组成员据说都是女同志。这个组为什么后来会成为全县家喻户晓的刘胡兰战斗队，在这次挑土比赛中其实就展露出了锋芒。她们有着钢铁般的意志和坚定的信念。她们挑起土来就像着了魔一样，全然忘记了自己是女同志，噌噌噌噌，噌噌噌噌，速度均匀。我后来才知道她们来工地之前就是中戴公社有名的刘胡兰民兵班。相比她们，吴村组在第十八名，不论名次还是组员拼搏的精神，想一想都没有优势。

为了这次比赛，虽然我们组就连糊工分这样的人都使出了全力，就连小斤那样的人都坚持了下来，就连秉德都豁出了老命，但是这会儿，大伙一个个耷拉着脑袋。尤其想到我们为了让"大力士"樟华吃上饱饭，蒸饭时都匀了一些米给他，可结果呢……不是樟华不卖力，而是我们这组压根没有进前三名的潜力，这么一想，就都有点心疼起那点米来了。

"喂喂，梓桐，睡着了吗？"

"没睡着。"

"问你个事，你……那个……"

"怎么啦？有屁快放！"

"嗯哪，你不是烂脚嘛，看你带了很多棉花和布条，我问你，能不能借给我们……"

"做什么？"

"暂时保密。你就说你带了多少吧！"

没想到为了赢得比赛，螳螂把我从家里带的棉花和布条都算计上了。这些东西原本是预备着包扎伤口用的。现在都被他用针线缝在了每个人衣服内里的肩膀处。第二天，这垫肩的功能就显现出来了。原来，第一天使了蛮力、光了膀子的年轻小伙子们的肩头大都磨得又红又肿，碰不得扁担，尤其挑前几担时疼得龇牙咧嘴，速度提不起来。而我们组的人因为扁担下垫了棉花和布条，一点不受影响。这一下，就比别的组多挑了好几个来回。等到年轻小伙子的肩膀被扁担磨得麻木再想奋力急追，他们就不得不再次连奔带跑。这时候，所有人都铆足了劲，挑土大军你追我赶、川流不息，简直是用输送带向坝上流着红黏土。

"怎么样，怎么样，累不累？"

"怎么不累啊！"

"嗯！保持匀速前进，不要管周边人的速度！"

螳螂一遍遍地告诫我们的人要如何保持体力。就像一个绍兴师爷。

第三天，是比赛中最艰难的一天。我们组进了前十名。而那些排名过于靠后的组，不得不在这一天放弃竞争，能挑多少是多少，主动走到道路一侧，或者回到自己的工作区域去干活了。也就在这一天，我也开始感到疲惫。虽说我是在后方给樟华他们挖土，事实上，这活也不轻松。工地上每组的人数都不超过十五人，我们组是十三人。这多出来的三人，我、螳螂、小斤，要在取土场这边掏挖、筛选红黏土，任务也很重。更何况螳螂为了调度樟华等人，还时不时跑到别的地方去。

第四天，是比赛的最后一天了。早上起来我感到浑身酸痛，手心全是血泡，至于我的烂脚就别提了。连着几天一刻不停地劳动，连坐下来歇息一会儿的时间都没有，晚上回到粮仓也没有精力好好清理创面，伤口已经撕裂，流了很多血。可是，我一瘸一瘸地来到工地，就忘掉了浑身的不适和难言的痛苦。只见在大坝和取土场之间站了很多人，除了我们参赛的派工们，还有其他连队的。他们手中拿着一面面小红旗，等着比赛哨声响起给我们助威。

广播里的歌声再次响了起来：

太阳出来红艳艳
老百姓齐心胜过天
快马一鞭三千里
一天等于二十年
……

还有人不知从哪里弄来了一对锣鼓，咚咚、咚咚咚地敲个不停。

很显然，今天的决赛会很激烈很残酷，但是摇旗呐喊的观众会看得比较过瘾。

照样是我们来工地头一天那个穿军装、镶钢牙的干部吹响了开赛的哨子。

嘟——嘟——嘀——

第一个冲出取土场的是戴姓女同志。她穿着那个年代流行的卡其布衣服，跟男人的衣服一样有四个口袋，只是衣领是外翻的大衣领。当然，她挑着土朝大坝奔去时我看到的是她的背影，也就是厚实的背、浑圆的腰和灵活的腿。这女人个子不高，但是很有力气，非常敦实，她半走半跑，步距不大，但是两腿交替速度非常快。站在一旁的人大声喊："当代刘胡兰，苦练应急应战，不怕牺牲不怕艰难……"

第二个冲出的是第三连队的罗埠镇高宗组。那地方自古出拳师，有太极拳传人、洪拳掌门人，解放前出过流氓，我们当年撑排出山途经罗埠最害怕遇到高宗村人。只见领头的黑脸大汉腰部扎着练功的红腰带，正是我们来工地第一天理直气壮拿走樟华的特大号饭盒吃了他饭的那个。难怪那天他遇到樟华这样的大个子也不惧！他边挑土边喊着："兄弟们，今天拼了！等分了猪肉，我负责买酒，一醉方休！"

再接着是我们组的樟华和那个精瘦精瘦的胡守止跑了出去，他们一前一后，就像一只鹅和鸭子的区别。胡守止对着人群喊道："胡前人挑担子，不为名不为利，只想为社会主义建设出一把力！"这家伙的俏皮话赢得了一阵喝彩。

很快，我注意到几个回合后，刘胡兰战斗队的挑土担数已经落到第五名。而我们吴村组却又进了一名，已经排到第六名了。这正是最关键的时候，追一追，说不定就追到前五去了。进了前五就有希望分得猪肉。所以每个人都像拿着刀枪在战场冲锋陷阵。螳螂如同热锅上的蚂蚁，因为他已经把赢分的小伎俩用尽了。突然，他大叫一声："天助我也！"并且让我抬头看天。天上灰蒙蒙一片，乌云席卷而来。

比赛秩序，或者说排名次序，就是从那个时候开始被打乱的。

首先，胡前村那个组跑着跑着就有人抽筋，担子倒了。抽筋者像被人砍了脚筋那样跳到一边，狠狠地捏小腿肚。关于治疗腿抽筋，最好是热敷加按摩，但不可能那么去做，因为没有时间，只能喊组里其他人来接替，或者等稍微好一点再瘸着继续挑。螳螂看到这种情况又哈哈大笑起来，说我们组肯定能进前三了。我问为什么，他说腿抽筋是因为出汗量大，人缺盐了，就算掰直腿不抽了肌肉也是麻的。而他早上已给樟华等人补充过盐水了。

其次，天气跟着凑热闹，正如螳螂所料，下起了噼里啪啦的霰粒子。看热闹的人们为我们拿来了斗笠。霰粒子打在上面发出清脆急促的声响，仿佛催着挑土人走得快些更快些。在如此险恶天气下，有人失去方寸摔倒了，裤子沾上了红色的泥巴和白色的霰粒子。如此一来，强队就不一定就是强队了。我们都觉得这真是个好机会。螳螂溜出去，回来时抱着干稻草，他命令小斤赶快搓草绳，等我们的队友回到取土场，赶紧把草绳捆扎在他们的鞋上。

当然，我们组也有坚持不住的。秉德早就倒下，自从上次酒精中毒后他的肝一直很硬，像一块石头，这是他自己说的。磨刀六的脚崴了，肿得像个馒头。有福也不行了，他毕竟也上年纪了。糊工分迈步的速度比蜗牛爬还慢。等到下午临近冲刺时，我们组就剩六个人在挑。螳螂当机立断，让有福和糊工分守着我们筛选好的红黏土，要我、小斤和他自己一起加入挑土的行列。我虽然烂脚不宜奔跑，但是顾不上太多了。于是我们立时有了九个人挑土。尽管这样，这在当时的形势下已经很不错了，因为有好几个组都凑不齐六个人的队伍了。

这时候，我们的名次已经上升到第四名。不料接下来，刘胡兰战斗队的女同志们后来居上，竟然一下子冲到第二名了。因为她们的队伍始终有十个人！她们显然有意保持了耐力，并且保持整体实力留在最后时刻发挥。而我们虽然努力保持住了第四名，事实上，离这四天白费力气的结局只有一个口哨吹响的距离。这中间，还差点被第五名追上。那是一群右派分子组成的组，以戴眼镜者居多，前三天的比赛中毫不起眼。由此可见，保持耐力和实力多么重要！真没想到最后一个小时了，会遇到这样艰苦的攻坚战。

眼看无法进入前三，螳螂急得抓耳挠腮："我就不信，七尺男儿拼不过一群娘们！比撒尿也比她们撒得高！樟华、耕马、梓桐、小赖子，我们死也要赶超，为吴村争口气啊！""好啊！我不怕！"被煽动的樟华起肩后，大嚷一声，"别他妈站着啊，再给我两只簸箕！"站在土堆旁的小斤愣住了，他不理解再给两只簸箕的含义。樟华又喊了一遍。小斤慌慌张张地把两只装满土的簸箕提了过去，樟华一把夺过，只见他微微侧头用下颌骨压着肩上的扁担，两只手上还提拎着两只簸箕，如同传说中的张飞李逵冲阵那般嗷嗷叫着横冲直撞，这一场面镇住了不少人。人们张着嘴，一阵可怕的寂静之后，掌声和欢呼同时响了起来。

留在场上还想一拼到底的其他组开始效仿，他们这么做反而帮了我们大忙！因为谁试图一人运走四簸箕土体力就会迅速不支，有的坚持不到终点人就虚脱了。在一浪高过一浪的加油声中，其他组只能眼睁睁地看着我们组在终场哨声响起时冲到了第二。第一是毫不示弱的刘胡兰战斗队。右派分子小组屈居第三。

四

嗨！那是我在三十岁以后所能想起的最大一次饱餐，也是最难忘的一次了。当我们在决赛中取得了好名次，当全工地十几个高音喇叭同时宣布这一消息，我听到四面八方传来了祝贺。光荣属于每一个劳动者啊！尽管那时候天快黑了，雪开始下起来了，但是看热闹的人们（正好整个工地都下工了）纷纷拥向指挥部门前的操场，仿佛比赛没有结束而是即将开始。

当指挥部的几个领导撑着雨伞上台给我们颁发金字闪闪的锦旗，台下立时响起了掌声、呼哨声、喝彩声，持续好几分钟。有两个领导讲了简短的话，意思差不多。一个说，擂台赛这件事非同小可，特别是刘胡兰战斗队的表现，拿出了战争年代的献身精神，让人振奋，她们是在山乡水库的上空放了一颗特大卫星，值得大贺特贺！一个说，在党的关怀领导下，我们所有水库大坝的建设者艰苦奋斗，冬练三九夏练三伏，我们要保持这样的干劲拼劲，在不久的将来，金塘河被我们彻底驯服的那一天，想想那时候高峡出平湖，在我们流下汗水的地方，水天一色，鱼翔浅底，我们付出的是艰辛劳苦，回报我们的是三十万亩耕地的灌溉问题，所以，以后这样的比赛要定期举行！

然后是刘胡兰战斗队的组长，即那位戴姓女同志讲话。此刻，她卸下了身上的担子，也卸下了那一身雄赳赳气昂昂的架势，说话很轻柔，说的话也是实在话，就像换了一个人。比如她说，来了水库工地这大半年，刘胡兰战斗队的每个姐妹都付出了很多很多，虽然一个个同样是凡身肉胎，可没一个掉队的；男女平等，巾帼不让须眉，她们参加比赛是为了号召更多女同志参与水库建设……

颁奖仪式完毕，领导走下台，广播里响起"山乡水库建设工地第一届劳动比赛圆满结束"的声音。我作为亚军组的组长，手中拿着代表荣誉的锦旗，心里有说不出的高兴。我这辈子都没有上过这样大的台面，被这么多人注视。我是代表吴村大队领奖的，吴村历史上都没有获得过这样的荣誉。而且刚才，那位戴姓女同志就站在离我不远的地方，我仿佛能听到她的心跳，闻到她的体香。这真是一位好同志。尽管因为阶级划分问题，她是不会把我这个地富分子当作她的同志的。所以，当人群在宣布颁奖结束后散去，我失落万分。

我还没有跟她说上一句话呢。

正发怔时，螳螂他们出现了，有人夺过我手中的锦旗，问猪肉呢？

——我还独吞了不成！

一问才知道，原来，作为奖品的猪还活着呢。在食堂那边，正被人围追堵截。

——也只有在工地上举行的比赛会以一头猪作为奖励，并且现杀现分。那情形让人想起杀年猪。当年每到腊月二十，我爹总是对阿金他们几个说，你们挑一头猪去，现杀现分。阿金他们杀猪的过程，我爹是当作娱乐让我们小孩看的。只是眼下的场面非同一般，起码有数百人想分猪肉。或者说，就算分不到猪肉，单看看杀猪这个过程，对一些参了赛没有得名次的人来说也是一种安慰。而那头吃食堂的残羹剩饭（能有多少残羹剩饭？）长起来的瘦骨嶙峋的猪呢，也不知是金华两头乌和汤溪土猪的杂交，还是生下来就显得怪模怪样，它整个身子是黑的，头、尾以及四肢是白的，乍一看，还以为穿了一件黑夹袄。所以，我们途经猪圈时经常会拿小石子掷它，喊它"黑寡妇"。这下，它已经被一群群杀气腾腾的人包围，是到了非杀它不可的时候了。

我相信，食堂师傅们对这头猪已经保持了最大的善意。因为这是他们养大的，他们下不了手啊。可是他们手软的同时，又把它推向了万劫不复的深渊。那猪一定感受到了这个雪天的巨大的敌意。据说早上我们还在为争名次没命奔跑的时候，它就从猪圈里逃了，到了下午才被工地督查员追回来。它注定无处可逃。只见这一刻，到处是拿着锄头、铁锹或者扁担的人。它往东跑的时候，那边响起一阵杀啊杀啊的声音，它往西跑的时候，那边同样响起一阵追杀声。我看到螳螂、樟华、小赖子等人也跟着人群在跑，满头大汗，气势汹汹。磨刀六瘸着那条崴了的腿，当看到我的时候，朝我怒吼："烂脚桐还站着干吗？！猪被人逮住杀了，咱能不能分到肉啊？！"这个家伙杀气腾腾的。

我也只得跟着跑，瘸着那条病腿。连着四天的竞赛于我而言是致命的，现在比赛结束了，仿佛支撑住我的拐棍被人抽掉了，我跑着跑着摔在了稀巴烂的地上。我也不知道有多少人从我身上踩过去，等我发现自己半死不活地陷于泥泞里，听到食堂那边响起了"黑寡妇"凄厉的嚎叫："嗷——嗷——""呖——呖——"。那声音如此具有穿透力，仿佛是我身下的大地裂开了。我听着这声音一点一点地弱下去。"嗷，嗷——"，不再刺耳。"噗，噗——呼呼——"，奄奄一息，料想这是它最后咽气的声音。直到什么都听不到了，我长舒一口气，仿佛自己也跟着那气息掉了下去。

可以想象，当那倒霉的猪踢蹬的双腿不再踢蹬，脖子上不再有血流进血盆，它就会被人抬进一只盛满开水的大木桶里。他们用一个铁钩钩住它身子，使劲摇晃，让滚烫的水烫熟它的皮，然后用钩子钩掉它的蹄尖，接着再用刀柄直捅它的耳朵，砰砰砰……再接着用一个铁器刮它的毛，刮得又白又嫩。忽然，他们把它倒挂起来，把它的肚子剖开了：它的肠是蜡黄色的，胃是灰白色的，肝是紫红色的，肺是酱紫色的……他们手起刀落，把它的尾巴割下来，挂在梯子上，又把它的肠和胃扔进了大木桶里。最终，它的头被人割下来，敦敦实实地倒立在肉案上，双眼怒睁。它的身子很快被人劈成两半。然后，那些围观的人开始哄抢……

实际情况却不是这样。当猪被杀死后，尽管随时有可能发生哄抢，但是当急不可耐的人们发现食堂另一间屋里的灯突然亮了，就都老实了。食堂师傅先割了猪肝、猪舌头、猪耳朵、护心肉，外加一条里脊肉、一条五花肉送进厨房，这才开始分解猪的其他部位。他们把猪心、肺、肚、肾、脾、胰、大肠、小肠、直肠、气管、食道管以及猪血、猪脖子肉等切碎煮了三口特大号锅，那是准备给那些守候在食堂门口吞咽口水、不肯离去的派工们解馋的。解决了这个问题以后，他们才开始为冠亚季军的人按人头分猪肉。很幸运，我正是在那个时候从昏迷中醒了过来……

我那时是慌张的，以为自己死了，是去往阎王殿的路上！可我跌跌撞撞地来到有亮光的地方，发现竟是人间的食堂，那里人声鼎沸！他们看到我，都哇啦哇啦叫起来，都说你他妈的装什么高尚，再不来就把你的那份取消了。也没人问我怎么这会儿才到，一身泥泞像个鬼样！总之，那吵吵嚷嚷又相互监督的氛围很像在生产队分口粮。冠军组是每人三斤，亚军组是每人二斤半，季军组是每人二斤。我赶到的时候冠军组的女同志已经走了，我是亚军组最后一个分到肉的。那肉带骨头我不是很称心，但是拿到手的时候感觉分量很足。

　　本来还在比赛的时候，大家就讨论过万一分到肉，就抹上盐和酱油挂在梁上风干等过年带回家。可是当我们闻到食堂门口那三口特大号锅里传来浓郁的猪下水的气味，就觉得太不现实了。如果我们把肉带回粮仓挂在梁上风干，得把同住一屋的其他人馋死，其他人不馋死，樟华肯定会被馋死。这会儿，谁看见樟华那祈求的眼神，都会受不了。

　　"喂，你不也分到肉了吗？！"螳螂厌恶地说，"虽然这次比赛你出力最多，可是你也不能老盯着我们的不放！"

　　"不、不是这个意思，我、我是说，"樟华抓抓眉毛，"嗯，咱晚上……干脆打拼伙吧！这一提溜肉提回去能做啥呢！"

　　"打拼伙"是山里人的一个说法。最初是大伙一块上山砍树或者一道撑排出山，到了饭点为了方便，大家把带来的吃食都拿出来，放在一个锅里热了一起吃。吃多吃少凭自觉也凭本事。樟华此言一出，我们当然知道谁都吃不过他。但是想想他一个人肩上挑一担，手上还提两只簸箕的吃力样子，都有些不忍拒绝他。

　　"你们不想打拼伙就算了。我一个人等下借食堂的锅用一下。人是铁哩饭是钢，反正我不吃个肚饱这就要倒下去了！奶奶的，这人活着究竟为什么呀！"

　　最后，走了几个，留了几个。倒不是留下的被樟华说动心了，而是大伙的肚子确实都有些饿了。肚子有时候才是控制人行为的大脑。所以我们把攥在手上的肉都交给了樟华，他去跟食堂师傅打过招呼，我们开始讨论怎么来做这顿肉。最后也不知道谁出的主意，说拿一半肉像煮猪下水那样煮一大锅吃吧，油汪汪的，过瘾；剩一半呢，炒了，大家拿菜筒带回去压枕头底下，每天睡觉前吃一块，天天有肉吃。

这真是一个好主意。我们煮了一锅肉，或者说是一锅肉汤（锅是那种"二尺四"的），真个香得炸鼻头，鲜得咬舌头，尽管只放了盐。只听一个个味味溜溜、呼呼噜噜，只见一个个喉结涌动、额头冒汗、嘴唇发抖，一点都不比樟华吃得优雅……

还别说，那个晚上真是多亏那一锅肉或者说肉汤，要不然我们几个应付不了自己的肚子，更应付不了樟华的肚子。这家伙简直像一台抽水机，要不是那汤烫得他龇牙咧嘴不得不歇一歇，他一个人就能把锅喝见底。然而问题也出在这儿，因为大家太长时间没有吃到肉、喝到肉汤了，这一肚子油腥把好几个人搞得滑了肠子。那当然是深夜的时候发作了，我们当中不断有人悄悄地起床。我也起了好几次，披着棉袄去厕所冻得半死。等到天蒙蒙亮，我感到浑身酸软好像感冒了，肚子不舒服，那条被日本鬼子摧残的腿也发炎了。我硬撑着起来，时不时从胃里泛上来一股腥辣味。幸好我跟班长顺仔请假，他批准了。

那可真是难熬的一天。一方面，我的肚子还在拉稀。另一方面，却还惦记着昨晚带回来的那几块肉。那肉切成算盘珠大小，炒的时候放了葱和辣椒，它就香在我的枕头边哩，我时不时伸手像做贼似的从菜筒里揸一块吃，细嚼慢咽。以至于那一天，我在吃与不吃、留与不留的矛盾中，在一趟趟地跑厕所的来回中度过。

再一天，天终于放晴了，工地上的喇叭准时催大家出工。我们组的人都出工去了。可我发现自己还是没有力气。这人啊，要么不倒下，一倒下再想起来就难了。可我毕竟是吴村组的组长，不能老躺在地铺上。万般无奈，不得不厚着脸皮又向顺仔去请假。他为难地说这可不行啊，昨天准假还是我自作主张的，你必须去找领导请假。我不得不自己去总指挥部请假。在一个办公室，我不好说我是吃肉吃成了这样，只说比赛那天受凉感冒了，加上我的烂脚发炎了，疮面疼痛就像伤口撒上盐，希望准假休息几天。没想到那个负责考勤的干部，他有着圆圆的脸蛋胖胖的手，不等我说完，就说看你近段时间表现不错，回家休养几天吧。

我一瘸一瘸地回到粮仓，躺在地铺上，心里很感动。那时大伙都在工地上，粮仓里空空荡荡，只有几只老鼠对我及耕马、有福、小赖子等人挂在梁下准备过年带回家的那几挂肉探头探脑。

"懒虫！馋虫！"我极厌恶地喊。

第三天，睡地铺上的人们都出去列队、上工了，我死人一样躺着，不知道该怎么结束这整个人开始发霉似的生活。这样躺着，与其说是在养病，不如说是在煎熬。难怪有人说，这辈子什么都可以有，就是不能有病。想想我本来是最勤快、最有责任心的，现在呢，偷奸耍滑的螳螂、磨刀六，最怕干活的秉德、小斤，被归为老弱病残的糊工分、有福、小赖子等人，都在工地上忙碌着。而我除了吃光了菜筒里馋人的、炒熟的肉，以及无意中保护了耕马等人挂在屋梁下不舍得吃的那几挂生肉，什么用处都没有。

我内心不安地躺着。心想，一定是我对劳动产生了依赖，我害怕自己闲下来。我需要十足的疲惫，需要汗水流淌，气喘吁吁，伤筋劳骨。我需要在劳动之后大口喝水，饿鬼一样扒饭，猪一样倒头就睡。这时候我才发现，劳动其实是一种解脱。不是吗？我因为勤勉的、任劳任怨的劳动，在生产队里越来越受到社员们的赞扬，在工地上也越来越得到派工们的尊重。是的，在劳动中我会忘记了自己的阶级属性，在劳动中忘了曾经我什么重活都不会干，也无须去干；忘了在解放前我家拥有许多土地，是日复一日的集体劳动，让我重新认识人与人、人与土地的关系。是的，有什么比通过劳动，让土地上长出绿油油的庄稼更令人欣喜的事情呢？当我们在春天播下种子，在夏天流下汗水，在秋天收获粮食，这个劳有所获的过程不由得让我感恩大地，感恩种子，感恩雨水。

我喜欢劳累一天，当黄昏来临，队长喊收工时社员们大声呼唤彼此的名字，回家路上谈论今天的劳动心得，分析哪块地的庄稼为什么没有长好，走到金塘河一起脱了衣服洗净身子再回家。我喜欢插秧时，和插秧高手站成一排，心里既紧张又荣耀。插秧时，我们每个人左手拿秧捆，右手就跟鸡啄米似的，将秧苗横着依次栽插，而我们的双脚，则要倒退着移动。一方面，看着镜面一样的水田，一行行稻秧立了起来，均匀、笔直，就像写在方格子里的字；另一方面，集体插秧的场面又激发起男人们好胜的天性，看谁会因为手脚慢被稻秧包围。尽管每次下水田我需要穿着胶鞋，双脚移动不如别人灵活，但是我一次都不曾落伍过……

只有这一次，我终究拖了集体的后腿了。昨天他们下工回来，我分明感觉到"哼，你拖集体后腿了吧"的那种语气，尽管他们没这样说……

这么想着想着，我迷迷糊糊地睡了。直到十点半左右，工地上的喇叭开始午间广播才醒来。这些高音喇叭要么不响，一旦响起来就带着政治的威严。它们每天转播国家政策、领袖指示、时事新闻。结束之后，就开始广播工地新闻，宣传水利政策。当然，偶尔也会播放革命歌曲、曲艺节目，有时也会插播公社书记麻一杆的训话，对那些闹意见、有怨言的派工提出警告，有的还被扣上"破坏水利生产"的帽子。总的来说，以播报山乡公社那个"四眼通讯员"采写的先进典型事例和通报表扬居多。比如在过去的某一天，某某连超额完成了任务，某某班挖了多少方土抬了多少方石头，工程进度快；比如某某连有一个双轮车拉车能手，每次拉的车数最多分量最重，在拉车下坡时因刹车失灵受了伤，工友扶他到工地医务室包扎后，他戴着绷带继续劳动；比如水库建设工地新来了二十名水利专家，与派工同住同吃同劳动，这些专家对水利建设非常熟悉，工地哪里出了疑难问题总是第一时间到现场。

原来，在水库工地上这样争当先进、忘我工作的事迹每天都有发生，而此前我却很少认真地将它听完，或者说我是被吴村组那几个落后分子蒙蔽、干扰了。如今这一听，不仅觉得新闻里那一个个鲜活的人物真实可感，那一个个感人的故事也深深地打动了我，让我再次意识到作为集体的一分子，理应为水库大坝建设出一份力。一句话，我这个落后的旧社会的剥削阶级，祖辈们曾经靠雇用长工短工给我家干活，靠收取佃户的租谷吃香的喝辣的，住着宽敞的带天井的、雕梁画栋的老宅，甚至我迟早也会成为像我爹、大斤那样作威作福的人。而此刻，不得不说，工地上的先进代表吃苦耐劳的精神，团结奋斗的精神，深深感染着我。

所以，我才会在午间广播结束后不久，在自责自怨的时候听到从大坝那边传来众人齐心打夯的号子声，心里为之一振。那感觉就像第一次听到采石场上轰隆隆的爆破声响过，大地震颤，岩石进裂，牛一样的岩石从山上滚下来。那号子是这样喊的：

　　　　同志们哪！

　　　　——哎嗨哟

　　　　加油干呀！

　　　　——哎嗨哟

　　　　党的话哪！

　　　　——哎嗨哟

　　　　要记牢呀！

　　　　——哎嗨哟

　　　　人民公社哪！

　　　　——哎嗨哟

　　　　把水库造呀！

　　　　——哎嗨哟

　　　　要加把劲哪！

　　　　——哎嗨哟

　　　　要用力夯呀！

　　　　——哎嗨哟

　　　　大修水利哪！

　　　　——哎嗨哟

　　　　夺高产呀！

　　　　——哎嗨哟

　　　　……

这节奏分明、遒劲有力的劳动号子此起彼伏，犹如排山倒海令人无法抵挡，让人不由自主地变得渺小。一听这号子，我就能想象工地上红旗招展的场面，想象出喊"头号"的人往手心里啐一口唾沫，伸伸胳膊、踢踢腿，"嗨"的一声，手握夯石上的拉绳；与此同时，另几个壮劳力人人铆足劲，紧握拉绳，将夯石高高拉起。接着，按照拍子的节奏，绳子松开，夯石重重地落在地上，夯出一个深坑……

我听着这"哎嗨哟""哎嗨哟"，竟躺不住。我起床，丢开臭烘烘的被子，仿佛只有参与到那惊天动地的劳动中去，这一天才会过得有价值。

因此，我忍着烂脚的痛苦，拾起地上的干活工具，向屋外走去。

此时天虽然晴朗，但风还很硬，我看到刚刚成形的大坝上，有许多班组在打夯。正如我想象的那样，打夯人两脚前后站立，随着喊"头号"的人一声"同志们哪"，立即所有人右腿弓、左腿绷，向后仰起身子死命拉拽……顿时，沉重的夯石被抛扬起来，然后嘭的一声，夯石就像油坊里近百公斤的撞锤撞击木楔，要把又黏又细的红黏土榨出油来。

顺仔看见我，大声嚷："梓桐同志你咋来啦？"

我说："班长，我躺不住，还是安排点活干干吧。"

顺仔哈哈笑了，得意地说："好！我就知道，你觉悟跟着高啦！"

五

去水库工地做工，是我人生第一次参与如此多人一起劳动，那种齐心同力、战天斗地的场面，无疑在潜移默化中改变着我。当我每天看到工地上数千人像养蜂场的工蜂穿梭往返，看到派工们如何将一座山就跟剥笋似的一层层剥下来，如何将山上的红黏土挑到坝基上；看到爆破队员在采石场那边惊呼着奔跑，然后身后轰隆一声，山上的岩石炸得剧痛难忍那般翻滚不停；眼见着这"功在当代、利在千秋"的工程从无到有，大坝一寸一寸、一尺一尺地抬高，我真切地感受到集体的力量强大无比。

如果说，曾经的狮虎山下的老虎崖、狮子崖是两头对峙的动物，此刻它们已经被杀死，倒在血泊中任由人类摆布。随着截水渠和导流洞投入使用，整个金塘河的河床裸露出来，清理坝基结束。砌石奠土开始，大坝工程建设全面展开，工地上每天有五千至八千人上工。

山乡水库大坝是黏土芯砂卵石大坝。如此特殊、一不用水泥二不用钢筋的大坝只有出现在那个年代。为了确保这个艰巨的工程经得起历史的检验，工地上又来了不少专家。其中还有小斤在杭州念洋学堂时认识的同学呢。两人见面，一个是被打倒的地主，一个是县里有名的土木工程师，那情形让人感慨万千。我们都喊那个工程师叫王副总工。他带领一群十八九岁的小伙子——据说是通过种种努力，从县水利学校借调来的学生——负责守在工地上严把质量关，对每一批上坝的土都得先测算水分，水分大了要摊开晾晒，含有杂质的要用筛子再筛一遍，如果发现有白蚁的红黏土，要用几口大铁锅煮熟再去倒掉，并且不准再有人从该取土场取土。

由于建坝过程不像挖截水渠那般粗放，它时刻需要有技术人员在现场指导和监督，工程进度想快也快不了。但是时间不等人！为了使大坝第一期工程抢在来年的汛期前完成，那年春节多数人在工地上度过。其中包括我。我只在腊月二十三回去一趟，一是去生产队上报做工天数以换算工分得到我的口粮，二是看看家里情况。我的两个孩子，女儿得凤、儿子得令虽已长大成人，但是我总归不放心。不瞒你说，我早就是一个鳏夫。孩子的娘在日本鬼子进村的第二年就死了。那两年我们村、我们乡、整个县，因为日本鬼子投放瘟疫病菌，死了太多太多人。我哥梓柏早两年就参加了抗日部队，杳无音信。我娘，我女人，我妹妹，还有我嫂子和两个孩子，都是在那瘟疫流行、命如草芥的年月相继离开人世的。加上我爹死在了解放那年，要不然我们这么个大家族，怎么会一下子败落，只剩三口人了呢。好在得凤、得令都能到生产队挣工分去了，生活方面不用我为他们操心。

但是粮食总是不够吃。他们年纪轻，还长身体呢，尤其得令吃东西就跟樟华似的，口粮总是青黄不接。我在家时会在屋前屋后偷偷种点菜，会把米磨成粉，把菜切碎做糊羹吃。菜吃完了，我就带着孩子去挖野菜，长毛头、马齿苋、野芹菜……糠也吃过，不过是和米粉、野菜做成糠丸子吃的，这样不会屙不出屎。可这节骨眼上，我也不知道给他们准备些什么过年，就夜里起来翻越山岭到龙游县地界上挖冬笋。到了竹林天还未亮，我就坐山岗上等，当能看清东西就快速地挖。回到村里，太阳才刚刚有了些暖意，路上遇到人看我满身露水也都知道我这是从龙游县挖的笋，没人会说什么。回到家，我把冬笋倒在墙角用沙子层层埋好，这才赶回工地。

等到年三十那天，工地为了我们这些留守的派工，大约有一千人吧，专门杀了两头猪。这下可把樟华、糊工分几个光棍乐坏了，他们说要是回村里过年还吃不上肉呢。对于他们来说，在工地过年真是更热闹一些，吃完肉，操场那边放电影、点篝火，很是喜庆。可我由于上次吃到油腻拉了几天肚子，这次不敢多吃；加上想着家里的孩子又没有肉吃，想着我爹娘还活着时家里曾经有过的喜庆，就感觉时间过得很慢，尤其凄凉。

我想，我真的离不开劳动了。

好在春节过后，正月初三、初四，人就都来报到了。

工地上执行了两班制。

一是从全县范围内抽调来的派工还在增加，大坝上已经无法同时容纳近万人干活；二是用于干活的工具也不够。如此一来，整个库区没有了昼夜之分，建设者们夜以继日地开山放炮，源源不绝地运送石料和土方：挑土的，抬石头的，拉板车的，推独轮车的，赶牛车的，开拖拉机的，砌石头的，打夯的……施工人群你来我往、周而复始。加上高音喇叭始终播放着激动人心的歌声、鼓舞斗志的表扬，让我很快就进入了响应号召、力争上游的角色。我们组的其他人也是，在工地大集体的渲染下，也都开始肯吃苦了。

这时候，工地上又举行过几次大规模的比赛，只是不再是挑土比赛。

有一次，大坝上缺石头了，就召集全县的石匠到工地上比赛开石方。

我们知道，将雷管加炸药塞进岩孔中进行爆破，将岩石从山体上炸裂、剥离，那只是开采石料的第一步，那些大小不一、重达数吨的石块还要进行二次解体。而这任务只能依靠石匠们来完成。因此，指挥部这次下了血本，不但要评出"开石大王"给予重奖，还给每个参赛的石匠开工资，每人每天工资标准是八角钱、粮票二斤。这消息在县广播电台播出后，金华县内的石匠们挑着采石工具陆续到来。他们拿着介绍信，有的结伴，有的单个，高矮胖瘦各异，但一律肤黑皮糙，脸上多有疤痕。而且他们的工具基本相同：一只坑坑洼洼的木箱子，上面钉着半块木板，留下一半敞着口，箱子里放着各种型号的楔子、錾子，以及手锤、铁钳、画线的钢尺和弹线用的墨斗，除了这些，还有大锤、二锤、钢钎、风箱。

石匠们在采石场各自看中的石料上面刻上记号，接着就跟狗撒尿占领地似的在旁边找地方搭几块碎石，用泥巴糊上缝隙做成一个个小炉灶，然后在灶内装上木炭，点着以后就开始拉风箱铉錾子。錾子是用钢钎打制的，开石方时，要用它在石头上打眼。錾子的锐利和耐用程度与淬火过程关系很大，即只能让錾子多次激水，而不能一下子丢入水中，如果淬火不好，錾子尖部会很脆，容易折断。但是，每次看着石匠们为了坚不可摧的錾尖，将通红的錾子一下一下刺入水中又迅速拔出，水桶里冒出铁腥味的雾气发出吱吱的尖叫，我总是受不了，仿佛那通红的錾尖一次次戳在我的病腿上，很残忍。所以我更感兴趣的是砌在乱石中的那些小炉灶，在黑茫茫的夜里，炉中火苗随风箱的拉推一明一暗，远远望去，就像山间墓地里的鬼火，只不过鬼火是蓝幽幽的——那是阎罗王巡查时让小鬼们提着的鬼灯笼吧？而燃烧在叮叮当当响声中的小炉灶，毛茸茸的火苗像是石匠为加夜班的人们点燃的一盏盏温暖的油灯。看着看着，我会想起曾经，我的女人坐在窗前的灯影里等我……

可以想见，开石比赛与挑土比赛是两种情况。它是竞争激烈的，高手如林的，但自始至终没有嗷嗷嘈叫的虚张声势，没有不知廉耻的小伎俩，没有幸灾乐祸。石匠们沉浸在各自的叮叮当当的节奏里，手起锤落，把手艺人的体面体现在精湛的手艺里。或许对于他们来说，怎样找到一块好石料用錾子凿出一排深孔，在深孔里嵌入楔子，再用大锤怎样轮流着砸击楔子使石料一分为二，二分为四……是一个充满冒险且能自得其乐的过程。因为不是每一块石料都适合开采，就算同一种材质的石料也不一定能用相同方法按预定方向破开，石头的硬度和纹理决定了石匠的工作需要很高的经验以及聪明才智。

所以，比赛进行到最后一天，正如多数人所料，获得全县"开石大王"称号的是一位五十多岁的小老头。他是当之无愧的石匠中的石匠，据说十三岁就跟了名师走遍大江南北，他不但能开石，且善雕工。尽管这样，石匠们聚集在指挥部门前举行颁奖典礼那天，当他从工地总指挥长手中接过红彤彤的奖状、五十斤粮票和五块钱的奖励时，台下响起掌声的同时——发生了一个始料未及的插曲——台下竟有人向他公开提出挑战。那个不知天高地厚的家伙，看上去年仅二十三四，很多人都劝他，小兄弟收拾一下东西回家吧，你也不想想，石匠比的是手艺，可不是力气。小伙子说，我手艺不行还敢公开挑战？我在名师手下学了三年的，这次我来迟了好石头都被人选走了！我他妈的大老远跑来什么名次都没得，回去有辱师门啊！

第二天其他石匠都回了，采石场上只留下工地上原先的石匠，还有那一老一少。老石匠问小石匠，我们怎么比呢，这几天开出来的石头你看，白花花一片，就跟晒场上晒番薯粉似的，要不，我们各自找一块合适的石头，给工地打造两个石碌吧，不论输赢，就当给工地留个纪念。小石匠欣然同意。于是他们选中了两块大小、质地基本相同的大料，比赛当即开始了。

其实，整个开石比赛，以及后来小石匠挑战老石匠的过程，我并非全程观看。因为随着工期进度严峻，派工们的任务越来越重，我们黑白颠倒地干活，蟑螂臭虫一样作息，以至于到了第九天才听说，两个石匠竟然在短短时间各凿成了两个足有七千斤重的石碌，已经由拖拉机费了老鼻子劲拖到大坝上了。我们就跟看舞狮似的跑去看，远远地看到两个圆滚滚的桶状巨物，如同撞见两门对准自己的大炮。如此沉重又威严！

"看来小石匠也非等闲之辈啊。"

"那么谁赢了呢？"

"那还用说，老石匠呗！"

"两个石碌看起来差别不大啊！老石匠先完成的吗？"

"不是。你推一下就知道啦！"

"嗨！嗨——哇！不会是从天上掉下两颗流星吧，哈哈哈哈！"

果真，小石匠的石碌需要五个人去推才骨碌，滚一下，最多两下。老石匠的只需四个人，而且滚动起来有惯性，骨碌骨碌骨碌，石磙碾轧之处，一道碾痕赫然在目。更值得称道的是，老石匠的石磙所过之处，碾痕里还出现了深深浅浅的五角星。原来，老石匠在整体完工以后，听小石匠那边还紧锣密鼓地凿个不停，就在石磙上随手雕了这些。而小石匠在整体完工以后，听老石匠这边叮叮当当地响着，就以为自己获胜了，高兴得喊来了裁判。直到评分时，他看到老石匠的雕刻，还有众人推动两个石磙进行试用，小石匠才羞愧万分，跪地拜师！

这事在全县石匠行里成了佳话，在工地广播里也一播再播。

从此那两个石磙，成了工地上的大明星，当然也是最受欢迎的碾土工具。

到了中午休息，大伙都爱坐在两个石磙上面聊天，或者倚靠在它们周围打盹。每次轮到上白班我们几个也爱去，每次都能听到螳螂或者和尚村那个暴突眼感兴趣的话题。有人说，你们知道吗，某连某班的小伙子跟某连某班的小姑娘在劳动中对上眼了，夜里躲在什么地方亲嘴呢。有人说，莘畈搬空后废墟上闹鬼了，有人看见青面獠牙的女鬼坐在欲倒未倒的马头墙上照铜镜梳头呢。有人说，指挥部的司令员是老红军，参加过抗美援朝，身上曾七处负伤，上面要给他配一辆吉普车，他不要优待照顾，每次去开会都搭乘工地上的拖拉机。有人说，过一阵子，要从十里坪劳改农场抽调千余名服刑人员来工地支援水库建设。还有人说，工地上除了原有的党支部，又成立共青团组织了，团支部书记正是刘胡兰战斗队的那个戴姓女同志。听到这个消息，我暗自高兴，好像那人说的戴姓女同志跟我有什么关系似的。

很快地，工地上成立了石磙战斗队。这个队（组）的人都是从各连队选拔去的身强力壮者，樟华也在被选拔之列。应该说，那段时间是樟华生命中最风光、最耀眼的时光了。这个在村里被其他社员排挤的光棍汉，因为从小没了爹娘总被人欺负的傻大个，这会儿和工地上一群浑身肌肉、牛气哄哄的大力士在一起，粮票供应也比我们普通派工每人每月多八斤。樟华终于不用再可怜巴巴地等着我匀一点米给他蒸饭了。

其实我知道，刚开始工地指挥部是不准备成立石磉战斗队的。公社从附近村子调来四头牛负责拉两个石磉。牛也分成白班夜班。实践证明，一头牛拉一个石磉异常吃力，两头牛拉又浪费畜力。最难办的是，如果真养八头牛，不说要找专人伺候它们，就说施工时拉在大坝上的尿和屎就成了一个不好克服的难题。倒不是没有想过拿一只簸箕挂在牛屁股下面兜着，但是兜住以后呢，照样得提着臭烘烘的簸箕去倒掉还要清洗一番，鉴于人天生对牛粪厌恶以及牛在一起干活容易发生斗角等问题，工地这才决定石磉由人来拉。这样，樟华一身蛮力才发挥了作用，才有机会换了一个人似的，和那帮人热气腾腾地拉着石磉跑来跑去。

有一天，他还跟我说，工地上有一个姑娘总爱找他说话，问我怎么办。我说这还要问吗，感情发展好了就带回吴村去结婚呗。他支支吾吾，说哪有那么容易，家里太穷怎么带呢！我说，现在哪来的穷和富，再富能富过以前的小斤家吗？现在是新社会了，你的任务就是要在大集体里活出个人样来！樟华郑重地点点头，说他现在已经很努力了。我说等到水库建成，我们几个回到村里就帮你修房子，这事由我来牵头。

但是我暗中观察了一阵子，并没有发现有姑娘常找他。倒是发现他爱往工地团支部跑。一问才知道，他找小斤写了入团申请书，正准备积极入团。只可惜早就过了入团年龄。

六

也许吧，即便生长在野地的小草也要开花，再艰苦的环境也抵挡不住一对对青年男女产生爱慕的感情。在水库工地，是我接触外乡外村人最多的地方，也是看到五花八门的男男女女最多的年份。有时想想这也是缘分吧，那成千上万被各乡镇派来造水库的青年男女，假如不是因为造水库很多人一辈子都不可能相遇，那么他们当中有些人很可能娶了隔壁人家的姑娘，或者依了父母嫁给了自己的表兄弟。那么他（她）的人生将会是另外一个样子。

其中有一个大学毕业生，是从省城下来的，他不是水利专家，而是学机械制造的。来了之后，提出一个口号"消灭肩挑背驮，革新改良工具"。不可否认，他是我见过的最聪明能干的小伙子，大家都叫他"小杨同志"，他对水库建设的贡献不亚于派来了两千名壮劳力。他带领一帮青年男女，利用工地上现有的材料，在取土场、采石场和大坝之间铺成了一条木轨，这样石料泥土就可以利用木轨车源源不断地运往大坝，减轻人力劳动的艰苦程度。除此之外，他还发明了脚踏四人打夯机、自动洒水车、半自动筛泥机。关于这些，公社的"四眼通讯员"曾经撰写成新闻被报纸采用，那报纸后来一直挂在玻璃橱窗直到被水淹没。

而我要说的是，正是这个大学生的到来，帮工地解决了施工机械不足的困难，加快了工程进度的同时，也征服了成十上百个姑娘的心。明显的，他正是很多姑娘心目中想嫁的人……

那是很晚的时候了，我在工地上夜班，在木轨道上，肩上扣着一根绳子，整个人拉拽着身后满满一车斗土。夜越来越沉，我走着走着，疲惫且昏昏欲睡。这时黑暗里一个声音响起，我听出是樟华。自从他调去石磙战斗队，我们见面就少了。我问他："你不是上白班吗，没睡觉啊你？"他侧过头，嘴唇哆嗦半天才告诉我，他想提出申请，回吴村去了，一天都不想待了。我说："你那么艰苦的日子都挺过来了，怎么现在反倒要回去了？"

樟华的鼻子抽了两声，说："梓桐哥，实不相瞒，我喜欢上了那个戴丽花。你应该早看出来了。"借着远处的灯泡光，我看到樟华脸上肌肉痉挛，看来这家伙陷得很深。

我问："是刘胡兰战斗队那个姓戴的姑娘吗？"

他点点头。见我沉默，又说："昨天我看见他们在一起了。"

"哪个？"

"就是那个小白脸啊！"

我当然知道他说的是谁，心里跟着难受起来。

"那又怎么样，他们谈恋爱你管得着？"

"当然管不着！是，是，管不着——但是，你梓桐难道就不感到难受吗？！"

我就像被他扇了一耳光那样站着。樟华气呼呼地走了。一边走一边踢一根木轨，差点摔一个四仰八叉。其后几天，我没有见到樟华。也不知他跟我班次不同，还是有意躲我。我想，我与樟华的区别就是，一个能忍受失意挫折的煎熬，知道自己是什么货色，直到内心平静，一个却还不能。但是他总会慢慢学会的，等到我这个年纪时不要说被女人拒之门外，就是被整个世界欺压也得忍着。我担心他想不开，竟然梦见他寻死了，飘浮在空中，瞪着死牛一样的眼睛。我挣扎着醒来，苏式粮仓的横梁下并没有人上吊。

我选了一个上午去了工地。工地上一如既往地热火朝天，高歌猛进。现在的大坝已经高出金塘河河床十五米以上，远远望去就像一块巨大无比的五花肉横陈在老虎崖与狮子崖之间，那最底下砌了方条石的部分是带皮的那一层，往上颜色一层叠着一层，或许是由于不同取土场的黏土颜色不同所致，或许是土的湿度越大颜色越深。而分布在大坝上的人与机械，就像叮在五花肉上的蚂蚁或苍蝇密密麻麻。我穿过坝前二十部柴油发电机的噪声，穿过各连队此起彼伏的劳动号子，穿过浩浩荡荡的运输大军，终于看到石磙战斗队人人赤着双脚踩在石磙碾痕里，每个石磙由三人在前面牵引、一人在后面助推。那两个圆滚滚的桶状巨物就像骇人的、从地狱借来的刑具，它每骨碌滚动一轮就能碾轧坝面两三米……

我紧走两步，大声问那个满脸横肉的助推人，樟华今天没有来吗？那人没理我。我跟着他们跑，那人说不知道，说他请假了吧。我跑了两步从大坝下来，走着走着，感觉一阵头晕目眩，也不知道是天气闷热，还是因为自从实施二班制，总感到身心疲劳。此刻，我的脑子昏沉、浑身发酸、连气都喘不上来。一种不祥的预感缠绕着我。

这样的天气已经持续很久。天气正在变热，连日乌云密布，空气潮湿，红黏土不再蓬松，哪儿都在返潮，地铺上、食堂里、大坝上。这时候，如果按照往年正是梅雨季节，一旦下雨短则半月长则两月。而随着天气持续阴沉闷热，我的病腿开始疼起来。它对反常天气极其敏感，犹如工地上的蛇、蚂蚁、老鼠、蛤蟆等也开始从犄角旮旯出来往山上搬家。

那天，采石场的炮手是井下村来的，叫癞头鑫，我跟他以前就认识，但是来了工地很少在一起待。因为我们一个烂头，一个烂脚，在一起总会觉得别扭。所以他那天的表现我是听别人讲的。说那天他跟往常那般在事先凿好的一个炮眼里放了炸药和雷管，然后用长长的引线引燃。结果炮眼怎么也不响。没办法，大伙已经跑得老远了又得回去，每走近一步都担心着。这样的事故已经发生两次，一次把一个炮手的手给炸掉了，一次一块碎石飞起砸中一个人的头，那人抬到山下就死了。此刻，癞头鑫走到距炮眼十多米处，两腿发软，他回头喊："不行，不行！它要炸！"可是，他竟走不回来了，扶着石头发抖。只好换了一个老炮手上去重装了炸药。点燃引线后，老炮手背着癞头鑫刚刚跑到安全区域，就听身后轰隆一声，老炮手扔下癞头鑫，两个人抱头蹲伏于地。

"可这炮响得不是个味啊！"事后老炮手跟人说，"正常炮，低沉但有力的，冲力发生在内部，岩石裂开地也发抖。还有一种炮，声音响，耳朵炸聋了但威力不大，那是炸药放的不是地方，炸飞的是岩石表层，这种炮很容易伤到人。而这一天的炮，是声音很响脚下又震颤的那种，甚至还听到一声凄厉的怪叫，那声音在山谷里回响了好几秒！我站起来，癞头鑫却瘫倒了，我说你可真是尿啊！我往回走，还没走几步，就看到崩开的山体中竟往外淌着一些黏糊糊的红水，像血水一样。"

那天的采石场轰动了。炸岩石炸出了血水的事，虽然高音喇叭不会播报，但它以惊人的速度传遍了整个工地。当时我也吓了一跳，以为是樟华这家伙没有上吊没有投河，而是选择了躲在采石场有意被炸药炸死。幸好不是。

中午休息时，很多人到了采石场，你推我搡爬上去看，发现炸出来的坑洞里确实有血。有的妇女多看了几眼，转过身就哇哇吐了起来。有的男人胆子很大，砍了一根竹子往坑洞里戳，一边戳一边脸就白了，说下面有一个很大的软糯糯的东西。那会是什么？！我正是那时上去看的，看了一会儿，确定死的不是人才松了一口气。然而，其他人都有些心慌，看过的劝往上爬的别看了，说坑洞里都是血，有可能是蛇精被炸死了。谁也搞不清看到的到底是啥，但是关于蛇精被炸成几段的说法已经传开。有人说这老蛇是镇山的，炸死了它可怎么办啊！有人说，这仙舟山是山神的府邸，一炸准出事。

这事传到指挥部，就派了两个指导员带着好几个专家上去看看。他们上去后，干脆利落，指导员二话不说，砰砰砰朝坑洞里开枪，确定没有东西蹿上来，专家们拿工具取了一些红色液体上来，用手拈了，闻了闻，说："乡亲们，这不是血水，应该是一种植物的汁液，大家可以闻闻。"有胆子大的过去闻了闻，发现那红色液体确实有一股淡淡的中药味。总之这样鉴定过，那东西就被人用钉耙钩住拖到了地面上，终于发现坑洞里面没有蛇，但是也不是植物块茎，而是一团看起来肉乎乎、事实上不是肉的东西。这个东西更像是腐烂的木桩表面布满了类似血管的突起。据说用手轻轻触碰，表面柔软富有弹性，沾到手上的东西黏糊糊的，没一会儿就变黑了。有人肯定地说，这玩意儿应该就是传说中的"太岁"。

那时候，大家心里虽然害怕，但是又仿佛有一股强大的力量推着人们去破除迷信，破除与"太岁"相关的传说，所以炮手和石匠们很快就恢复作业，将炸开的岩石用铁棍一块块撬得滚下来，至于那东西，早就被食堂师傅拖到猪圈喂猪了。现在食堂里新养了一头猪，取名"小李子"，是一头什么都吃但又总是饿得从栅栏上伸出头来气势汹汹叫唤的、让人讨厌的家伙。所以大患一除，工地上该放炮的放炮，该开石方的开石方，该挑土的挑土，该夯大坝的夯大坝，很快就把这事淡忘了。可是，我总感觉要出事。

没几天，指挥部的领导们召集全体水库建设者开会，说今年梅雨季节不下雨是不正常的，虽然为我们赢得了完成大坝第一期建设任务的时间，但同时也增加了夏季暴雨成灾、洪水冲毁刚建成的坝基的可能性。所以在汛期到来前，摆在我们面前的只有一条路可走，即全力以赴，将大坝建到三十米以上，适时拦洪；如果在大坝还未达到拦洪高度前，万一汛期提早到来，山洪暴发，截水渠崩塌，导流洞堵塞，那么我们必须炸开坝基一个口，让洪水通过。

"如果事情真的发展成了那样，"指挥部的那个司令员说，"那将是我们全体建设者的失职。因为我们这一年来的辛苦，这一年来的建设成本，这一年来党和国家对我们的信任都将白费！而且此项任务比拦洪更艰巨，费工更多！因为炸毁坝基后，如果不能及时为洪水清淤、疏通河道，必然会冲毁整个坝基！"这位身经百战的红军战士，他的声音比工地上其他军人洪亮数倍，而且他是攥紧拳头高高举着说的，使得他的每一句话都如同宣誓那般庄重。

"我们必须赶在特大暴雨来临前，加固截水渠，保证导流洞不堵塞！而且将大坝一期工程达到拦洪高度！同志们，我们无路可选，只能破釜沉舟、背水一战！！"

这个会开过，全县紧急动员，各乡、镇、村竭尽全力往水库工地上充实人员。一时间，起码来了二万人，作业区开始执行三班制。工地上到处是人，就连指挥部、食堂、宿舍、医务室、工具仓库也是彻夜通明。需要说明的是，此时，工地上的某些建筑与公用设施已经被提前搬迁到山腰上，以免大坝被迫拦洪蓄水后被淹水底。

有些天，工地上还临时来了不少工人、学生、干部，都是政府统一组织、自带工具参加义务劳动的。还有十里坪劳改农场更是加大了抽调服刑人员来工地劳动的力度，那些穿带白条纹蓝色囚衣的人在离我们几百米的地方拿手锤砸石料，挥汗如雨。在他们的周围有一圈绳子拉着，每个转角站着荷枪实弹的狱警。

安装在各个角落的高音喇叭也几乎彻夜不停：

革命战士是块砖

哪里需要哪里搬

革命战士志气高

泰山压顶不弯腰

一铲能铲里溪岭

一担能挑狮虎山

一炮能翻仙舟山

一钻能通鼓角山

......

樟华就是这个时候回来的。他来到工地时，我们正忙着，看见他也没谁搭理他。他见到我，说："梓桐哥，我不在石磉组了。"我说："怎么的？"他扭头撇撇嘴："他们不让我去了。"我说："那你回来吧！去过指挥部了？"他说："去过了。"

我又问他这段时间莫名其妙跑了，他们没治你吗？他把头低了下去，将一只贴着裤管的手犹犹豫豫伸到我跟前，我看到这只手上的一根手指没了。手是左手，手指是左手上的小拇指。我不问他，等着他自己说出来。过了好一会儿，他扭扭捏捏像个娘们似的，等附近的人都挑担子走了，才告诉我，他之所以能在工地请出长假，是他被戴丽花拒绝之后，自己斩了一根手指，发誓要忘掉她，再也不待在工地了。他淋着血去请的假。他这段时间都在金塘河下游游荡，沿着金塘河到了衢江边的几个镇上，走投无路，在江中一个无人沙洲上几次想死又没有信心，只得回来了。而我听他讲了这些，也不知道说点什么好，就问他吃过饭了？他说他有两天没吃饭了。我说现在去食堂蒸饭还来得及，你就到我的米袋里去抓几把米吧。

他蔫头蔫脑地走了。此后就一直没有走出这种状态。整个人仿佛腌过的萝卜又晒干。为此，我们组里的几个人尤其螳螂、耕马、磨刀六等人有事没事就朝他瞪眼，取笑他，欺辱他。不在于他干活不如以前，更主要针对他试图追求工地上的明星人物戴丽花，并为之断指，成为笑柄。这事怎么说都太自不量力了，"癞蛤蟆想吃天鹅肉"。樟华被他们说得人矮了一截，每天都上夜班。不声不语。就像是工地上一个多余的、不合拍的人。

七

锅盔和土发也差不多这时候到工地的。他们带来了村里二十来个人。只是这一回，他们带来的主要是党员干部、民兵、先进分子。

"我们都是听到广播通知，自愿来支持水库建设的。"锅盔说。

工地指挥部把这些人安排在吴村组，组长改为锅盔同志。

这事刚定，锅盔就回来宣布："根据指挥部研究决定，在抗洪救险的困难时期，由我担任组长带领大伙拿出天不怕地不怕的干劲，牺牲自己的决心，团结一致，全力以赴打赢大坝一期工程达到拦洪高度这场攻坚战。等汛期过后，我们党员干部还得回到吴村大队抓生产，再重新由梓桐担任吴村组组长，继续发扬吃苦耐劳的大无畏精神！"

大家笑笑。我自然也是。这个昔日的小斤家的长工的确是个人才，他总能鹦鹉学舌，活学活用，说起话来头头是道。更何况，他们这拨人初来乍到，自然元气充沛、跃跃欲试，我们可不是。到工地这么久，虽然不能说懈怠松劲，但是就身体状况而言越来越差，加上长时间营养不足，我们先前来的几个早就身体消瘦、面色蜡黄，有的还得了浮肿病。我希望锅盔和土发他们能够真的挑起重任来。

事实也的确是这样。他们很快融入了水库工地这个大集体，和工地上其他几万名建设者一起不舍昼夜地与洪水抢时间。记得宣誓大会上，所有人高喊着："一不怕苦，二不怕死！下定决心，排除万难！事在人为，人定胜天！！"在众口一声的呼吼中，站在我身边的锅盔、土发及其他党员干部也都扯着嗓子吼叫着。我和小斤、有福面面相觑，好在马上反应过来这不是在开批斗会，两腿也就不继续发软了。

我们吴村组很快就成了第十七连的排头兵。有一次，连长杜富还专门到我们组，对锅盔表扬了一通后，又说："你们组在过去的日子，虽然出现了一个逃兵，但是我相信在你们党员干部和先进分子的积极影响下，他的精神面貌必将焕然一新！"锅盔在连长走后又高兴又气恼，把樟华叫到一边谈了很久的心。之后他摇摇头，说："这个一辈子没沾过荤腥的家伙这次中邪了一样，得我们所有人帮帮他，给他物色一个婆娘，人民公社大集体的优越性嘛，要照顾到每一个无产阶级的孤儿！"

那以后我们几个年纪大的还真凑在一起讨论过，谁家有穷亲戚的女儿、年纪不老的寡妇、身体有缺陷或各种原因嫁不出去的姑娘，当然，如果碰巧遇到有来山里要饭、智力正常的女人就再好不过了，把她留下，让樟华有个正常的家。大家正这么上心时，可能樟华命中注定没女人缘吧，雷电与暴雨同时到达山乡。

比起个人的幸福或者痛苦，要我说，在大灾难面前都是微不足道的。

我一辈子都没有再见过那样的闪电，刺——刺——，刺——刺——，一根根粗壮如手臂，像树根一样开叉，将天幕撕裂。

整个天空亮了，雷声近在咫尺，每一次都仿佛要击中自己：喷——

就那么一瞬，大地震颤，就像采石场上的炸药库被引燃。继而又重回黑暗。

接着又是一声：喷——

我看着暴雨在扭动，翩翩起舞，雨打在屋顶和墙壁上的声音一阵子急，一阵子缓。所有人都挤在屋檐下或者其他可遮雨的地方，有的浑身湿透，有的浑身发抖。虽然前几天广播里已经播报了近日将有特大暴雨的消息，尽管所有人拼尽全力给截水渠做了清淤，截水墙做了加固，导流洞做了疏通，可以说整个工地做好了与暴风雨作战的准备；但是，不祥的预感仍然攥紧着我。

果真，凌晨三点，一个响亮的命令从水库工地指挥部发出："同志们！社员们！下面播报紧急通知！据金塘河上游水情报告，暴雨于遂昌、金华交界山区持续二日，目前在我公社的龙井附近形成洪峰！为了保证大坝安全，保证下游群众的生命财产安全，请各营、各连、各排负责人，火速带领全体班组成员到指挥部门前操场集合！"

我一下惊醒，衣衫不整地来到屋外，天地茫茫一片雨声。门外的黑暗又厚又稠，暴雨持续着。好在闪电和雷声已经远去。"第十七连的同志们跟我走哇！"连长杜富手持小喇叭，三接头的手电往我们这堆人身上照，手电扫过雨帘，能看到大雨被一颗颗串在一起。几分钟后，人们陆续往大雨里冲，有的穿着蓑衣戴着斗笠，有的裹着塑料布，有的披着麻袋片。这次集合没有套话，也没有讲大道理，人员到齐，就安排任务：什么连到大坝北侧，什么连到大坝南侧，什么连到截水渠第几段，什么连负责石方砌护，什么连去准备沙袋，什么连留下来做后勤……分工明确，层层负责。

我们组分配到一段距离导流洞不太远的截水渠，说是"渠"，其实已经高出地面好几米，叫截水墙更确切。我们的任务就是背运沙袋增加截水渠的厚度和高度。如果三天之内能保证洪水全部从截水渠和导流洞通过，那么此次险情就可能化险为夷。因为根据天气规律，特大暴雨持续时间不会太久，如果能赢得三天时间，大坝那边肯定有能力拦洪了。

此时河水虽然迅速上涨，但是离溢出截水渠还有一段距离，在手电筒照射下，被约束在渠内的金塘河就像巨大的布匹从眼前一晃而过，导流洞里传来嘭嘭嘭的回响。空气中尽是一股土腥味。这是一天中的黎明时分，雨水把黎明原本的空旷、沉寂冲走了。我们在被暴雨打击的黑暗里，凭借从很远的地方射来的电灯光、剧烈晃动的煤气灯光和手电筒光，努力地背运沙袋，在截水渠的背面叠成一个个上坡形。这是与洪水的艰巨比赛，在这场比赛里没有奖品，没有裁判，没有投机取巧，只有我们坚定的毅力、责任和付出。

"今天，我们都是山乡水库大坝的保卫者！我们必须团结在一起，抵御一个共同的敌人，那就是罪恶滔天的惊涛骇浪！"锅盔毕竟是大队干部，他对手下人员的调遣自有一套，"樟华，这次我要看你的表现了，救灾出英雄，以后不怕没姑娘！梓桐，你烂脚能背几袋算几袋吧，尽力就好！但是螳螂、磨刀六、耕马、糊工分、小赖子，我说的就是你们几个，还有秉德你！你他妈的又喝猪尿了不是，怎么到这时候还东倒西歪的？我要规定你们的劳动量的！……小斤，你跟着土发给他打下手，记账，监督！土发，你再给其他人分配具体任务！"

再放眼眺望大坝那边，更是人头攒动，吼声阵阵，好不热闹！

早上五点十五分，天亮了，洪峰如期而至。

洪峰到来前，河面上先是出现很多杂物和水沫，河面之下有涡流涌动，接着水位迅速上升。只听雄浑的、持续的嘭嘭声从上游传来，可以看到水雾腾空而起。不一会儿，红黏土颜色的洪水铺天盖地般冲击着截水渠——整条金塘河必须通过截水渠流进导流洞，当河水进入渠内后，河面宽度因为迅速变窄，其流速加快数倍，左冲右突——我们能做的就是不断地往截水渠上摞沙袋，不让水从里面溢出来。经过几个小时的奋战，第一个洪峰顺利通过。工地上到处是欢呼声，此起彼伏。负责后勤的同志们挑着篮子出现在了工地。他们面带微笑，向每个参与抗洪的人分发热气腾腾的白面馒头。太好吃了！也不需要菜，一口咬下去，就像咬到了自己的胃，一股扑鼻的暖意和一阵幸福的痉挛同时出现。第一个馒头也不知道怎么就进了肚子，另一只手中的那个可就不敢这么马虎，咬一小块，放到眼前瞅瞅，再咬一小口。只有樟华三下两下解决了，翻着可怕的白眼珠子，就像丢了魂似的看这个看看那个。我迅速地吞下剩余的馒头残片，堵在喉咙里差一点咽了气。

接着，喇叭里就响起了公社书记麻一杆的讲话。内容简短，没说几句就号召大家："不怕牺牲，排除万难，再接再厉，争取胜利！"我们赶紧投入加固引水渠的施工中。渐渐地，水流与截水渠齐平了。而我却因为病腿炎症加剧痛苦不堪，不得不去了工地临时医务室的帐篷里。医生是个五十多岁的妇女，平时见我去拿药没有一次好脸色。这次真是破天荒，竟亲自拿镊子夹棉花浸碘酒为我消毒，害得我咬牙切齿恨不得满地打滚却不好意思喊出来。经过这一番折磨，当她拿纱布包裹我的烂脚时，我就倒在行军床上呼呼地睡着了。我梦到了两军对垒，一支军队从大山里来，骑着高头大马，直奔大坝；一支军队从平原上来，他们守住大坝的制高点，当大山里的军队喊着"冲啊冲啊"冲上大坝，平原上的军队万箭齐发，接着拿石头乒乒乓乓砸落下来……

我显然是被石头砸伤的一个，正瘸着腿逃跑，再次被大喇叭里传出的命令惊醒了。内容大同小异，即通知所有派工立刻回到各自的岗位，第二次洪峰马上就要到达。我一瘸一拐地出了帐篷，跟着许许多多人往山下跑去。此时风很大，所有帐篷被吹得噼里啪啦作响。滂沱大雨再次泼下来。

猛地，我看到洪水已经溢出截水渠。锅盔几个朝我大吼："快行动起来！"

我用一张塑料薄膜将膝盖以下的部位里里外外缠了十几圈，用细绳子裹粽子那样将它扎好，就跟着他们用簸箕挑沙袋，哼哧哼哧地挑上去，一袋一袋码好。就截水渠的防护，分到我们组的这一段无疑是最安全的了，就像汤溪老县城的城墙。可问题是有的组不是这样，他们缺乏有效的调度，这就导致好几段已经往外溢水。我们在指挥部的安排下，开始去别的组里帮忙。那种场合，谁也顾不上休息，人人扛着或者挑着沙袋飞跑，只要稍稍慢一点，就会被周围的人撞上。不巧的是，这时工地上出现了一个不该出现的插曲。那个大学生"小杨同志"前阵子安装成功的索道取土处（也就是我们取沙袋的地方），突然发现有个人吊在了索道上。

原来，那人取下沙袋还没有把钩子松开，上面的人就将装满土的沙袋推了下来。索道由两根钢索组成，一根钢索下来，另一根就会自动上去。他竟被钩子带离了地面，最后人与沙袋双双悬在了二十米高的半空。一时，工地上的人全都驻足远望。有人喊，上面的人快往上拉钢索。有人喊，索道卡死了。时间一分一秒地流逝，眼看索道上的人快支持不住了，匆匆赶到的营长掏枪朝空中放了两枪，把那人吓得直接掉了下来。有人赶过去想看看摔死没有，营长怒吼："都回去！回去！这他妈的是看热闹的时候吗？！"

大伙正回到各自岗位，突然，就听到什么地方响起一个很大的像泥石流爆发的声音，再一看，有一段五六米的截水渠崩塌了，洪水从决口处涌入旧河道，迅速地向大坝方向奔涌。我们慌张地逃到安全的高地，一时呆若木鸡。

"同志们，社员们，时间不等人，快行动起来哪——"

眼看着被洪水冲开的决口在扩大，涌入旧河道的洪流越来越大，人们将沙袋和石块往决口里扔，可是还没有沉到底就被卷走了。为了堵住这个决口，工地上的官兵与派工们手拉手组成人墙，高喊着"人在堤在，人定胜天"等口号。但是这个决口堵住了，别处又崩塌了一段。如果不赶紧封堵住新的决口，截水渠里的洪水就要全部冲进旧河道了。

只听有人高呼："共产党员、共青团员们，姐妹们，下水！"那是一个女人的尖厉的声音。再一看，正是中戴公社那位姓戴的姑娘——戴丽花。她和刘胡兰战斗队的其他姑娘手挽着手纵身向新决口走去。她们肩并着肩，在风口浪尖筑起了一道人墙。看到此情此景，我们赶紧向那个决口跑去。当赶到的人前前后后形成五六米厚的人墙，新决口终于被堵住。

雨时停时下，洪水始终未减弱。闪电重新出现，每一次都击在离我们很近的地方，这是比洪水更可怕的威吓。我们这些站在水中的人，此刻就像半个身子打进土中的木桩不能移步。天亮得能瞎眼，声音清晰得能分辨出从第一声到最后一声裂变的每一个细节。激荡在渠中满溢的洪水左冲右突，冲撞声越来越猛烈，好比一条真要去往衢江、兰江甚至东海游历的蛟龙卡在了狭窄的渠中，拼命扭动身子。由人的身体组成的堤坝，与这条蛟龙对峙着。

> 下定决心，
> 不怕牺牲！
> 人在堤在，
> 人定胜天！

在整齐划一的口号声中，一种庄严的情感在胸中升腾，它是对抗洪水的有力武器。每个人都被一股强大的力量扭绞在一起，谁也不能松开手，谁也不能离开谁单独作战。时间一分一秒地过去，人墙在加厚加长，洪水冲不垮它，闪电威吓不了它，困难摧毁不了它，那股强大的力量让每个人心中感到自豪。有人甚至唱起了歌：

> 起来，饥寒交迫的奴隶！
> 起来，全世界受苦的人！
> 满腔的热血已经沸腾，
> 要为真理而斗争！
> ……

唱这歌的大部分是年轻人，正是血气方刚、风华正茂的年纪。他们越唱越来劲，歌声压过了雷声、水声、雨声。渐渐地，雨小了，雷声越来越远，偶尔从山的另一边传来轰隆隆的回响，就像隔了几间屋的擂鼓声。经过几个小时的奋战，被约束的金塘河终于老老实实地在截水渠里流淌着。又过了一两个小时，河水没有再上涨。根据历史经验，如果不再下暴雨，洪水就要渐渐回落，我们只要再坚持小半天，基本上就能赢得胜利了。这时候，我们的情绪也像洪峰过后的河面，渐趋平稳，随之身体感到疲乏。

比起其他人，我可能是最早感到体力不支的。虽然不是寒冷季节，人泡在水中时间长了热量被水吸走了，我感到又冷又饿又乏，我的眼睛有些睁不开，牙齿打战，注意力不能很好地集中。更别提那条病腿早就失去知觉，明显感到坚持不住了。我忍不住闭上眼睛，想打个盹又没有打成，真是难受！这时候如果有人来换班，让我躺到床上去，不用一秒钟我就能呼呼睡去，睡上三十六个钟头！

迷迷糊糊地，不知是恍惚还是失神，我听到上游有人在呼喊。我不敢确信喊的是什么内容。不一会儿，那声音清晰了些，好像是守在截水渠入口处的那个班组相互喊着打捞洪水上的杂物。我听出其中几句，好像是"钩住！钩住它啊"！透过前面的人墙上的"垛口"，我看到与胸口齐平的河面上，漂来了枯枝败叶、稻草麦秸、板凳桌子腿、木柄铁勺、木桶木盆……看来，上游有房屋或者柴房被洪水卷进河里了。这些杂物一旦进入导流洞，最容易引起堵塞。而我们作为人墙的一部分，却不适宜扑上去打捞，那样人墙就会因为松动而崩溃。

突然，河面上出现了好几根木头，只见它们就像利剑一样朝着人墙冲下来。站在人墙最前面的刘胡兰战斗队的姑娘们吓得惊叫起来。第一根木头随即就到了人墙跟前，戴丽花腾出双手挡住了它，仅仅一个瞬间，她就龇牙咧嘴坚持不住了。说时迟那时快，站在我身后的樟华一下子挤到了人墙的最前头，他接住了那根木头，高高地托举起来，在众人的合力之下，木头被抛到了人墙背后的旧河道里。

"女同志们上岸去，上岸去呀！吴村组的到最前面来，来啊！"樟华正这么喊着，紧随而来的是第二根、第三根木头，又是笔直地冲着人墙而来，被樟华一一挡住，托举起来……

直到第五根木头出现的时候，樟华虽然及时挡住了它，但是托举不起来；而第六根木头，就在这时悄无声息地撞上了他。那个瞬间，樟华发出一声怪叫，脸一阵扭曲变形，随后他转过身，用两个臂弯分别夹住了两根木头，与洪流做最后的抗争。

两根木头的另一头，很快被洪流冲得倾斜到了截水渠那头的岩壁上，洪流冲击着这两根横在河面上的木头激起一片水花，它们一时拦截住了其后漂来的木头和各种漂浮物。

"快点打捞啊！木头杂物进洞就麻烦了！"樟华一面使劲抱住木头，一面大吼。

已经挤到人墙最前面的我们几个七手八脚，把那些被拦截的东西一一扔了出去。

洪水依然凶猛，但是由人组成的人墙规模越来越大了，那条被卡在截水渠里的恶龙休想轻易地冲垮人墙进入旧河道，也休想用木头杂物堵住导流洞。渐渐地，上游再没有乱七八糟的东西漂来。我们这才发现一直抱住两根木头的樟华面如死灰，五官拧在了一起。我们赶紧从他的臂弯里抽出那两根木头，他身子一软差点被水卷走。

我要蹲下去背他，他说："拉住木头，不要管我！"

等我们把那两根木头托举起来并且扔进旧河道，再看樟华，他已经被人抬到截水渠的一堆沙袋上。很多人围着。一刻钟后，指挥部派来其他连队的人来接替我们形成新的人墙，樟华已经被抬到工地的临时医务室。我们赶到时，他睁着一双通红的、无神的眼睛，张着发乌的嘴喘气。土发喊："大个子，怎么样啊？！"樟华眨了一下眼睛，算是回应。我蹲下去握了握他的手，他的手凉得像块石头，我轻轻地放了回去，正要抽回，他的手抓住了我。

"谢——谢——你——梓——桐……这一年多来……"

"你想吃什么？我去帮你搞来！……猪头肉、白米饭、石板鱼干、老酒！"

他摇了摇头。接着，吃力地咳嗽起来，嘴里流出了很多血块。那个妇女医生从床底下抽出一个脸盆，捏着围在他脖子上的毛巾，将那些血块抖进了脸盆。那里面全是颜色深浅不一的血，一股腥气。我们看着这些血，心里明白樟华体内伤势很重。内伤是最致命的。

锅盔说："大个子！好样的，振作起来！我们已经商量好了给你讨个老婆，这次回去就带你去未来丈母娘家，黄花闺女，遂昌深山的，我来给你做媒！"

樟华握着我的手紧了一下，嘴角牵了牵，掠过一丝微笑。

樟华是在此后一个小时咽下最后一口气的。那时他的床前就剩下我和小赖子守着。突然，门帘掀开，进来了山乡公社和工地指挥部的领导们，还有刘胡兰战斗队的三位姑娘，他们从帐篷门口的伤号开始慰问——那些伤号，包括从索道摔下来的，挑沙袋崴了脚的，手摇柴油发电机断了胳膊的，不知什么原因用纱布包扎着头的，还有发高烧昏迷不醒的，跟我一样烂脚坚持不住的……

领导们给每一位伤员送去温暖，给予精神鼓励。只有戴丽花径自来到樟华的病床前。樟华本是半死不活闭着眼睛的，听到戴丽花的问候，肚子突然收缩、身子挺了一下，我赶忙把他扶起半躺于床上。他直直地看着眼前那阳光一样明亮的姑娘，两行热泪扑簌簌滚落。戴丽花大概因此受了感染，眼角也有些潮湿了。

"樟华同志，感谢你在危急时刻拦住木头救了我……"戴丽花突然蹲下身，握着樟华的手说道。我看到樟华的手也握住了她，樟华的手一直在发抖。这次他显然竭尽全力才遏制住了咳嗽，以及从受伤的五脏六腑内试图往外奔涌的瘀血。

等公社和指挥部的领导们前后簇拥着来到他的床前，他的手虽然还握着戴丽花的手，但是眼睛已经慢慢地闭上，接着头就突然歪到了一边。在戴丽花的哭声中，他那握着她的手慢慢松弛下来。麻一杆，那个我家昔日的长工、现在的公社书记，上前一摸他的鼻息，说："樟华同志牺牲了。"

八

金塘河依然流淌，暴雨依然光临山乡，每次暴雨过后，洪水依然汹涌。但是山乡水库的建设者们已经不再为此惊慌失措。因为自樟华死后没过多久，大坝一期工程顺利完工，配套建成的溢洪道也可以投入使用了，大坝自身已经具备抗洪和蓄水能力。

这时候，大坝二期工程紧锣密鼓地进行，派工们的干劲继续高涨着，而我却无法在工地上继续为支援水库建设贡献自己的力量了。因为自从为保住截水渠跳进决口处组成人墙，我的烂脚流了很多脓血，导致皮开肉绽。但我一直强忍着。毕竟我是地主家庭出身的富农啊，我不想做一个落后分子。可是，烂脚既已溃烂一发不可收拾。一天，我躲在芦苇丛掀起裤管揭开纱布一看，疮面已经全面溃烂，其污烂之状就像被上万条蛆虫咬过，红彤彤。我不得不向工地指挥部汇报，他们打电话给锅盔，经过协商最后同意我回家，由我儿子得令来接替我。

那以后我不得不告别战天斗地的水库工地，告别各营、各连、各班、各组的同志们，回到吴村第四生产队。说也奇怪，回到村里后，我的烂脚反而烂得更厉害了。前面说过，这烂脚是日本鬼子造的孽。那年月，被山里人统称为瘟病的伤寒、白喉、痢疾、鼠疫、霍乱在金塘河流域肆虐。死者暴亡的场面像毒药撒入鱼塘，垂死的鱼类张着嘴从水底漂浮上来……被草草掩埋甚或抛弃的尸体，经过一段时间的日晒雨淋腐烂了，刺鼻的气味随风涌进村庄每一个角落，引来成群的乌鸦在附近树上筑巢，更有两眼发绿的野狗叼着人骨在野地里乱跑。我后来才知道烂脚病又叫炭疽病，我也是日本细菌武器的受害者之一。每次我的烂脚溃烂我都想杀了小日本，剥了他们的皮！但是仇恨有什么用，恨完了，伤口继续烂，心里就特别绝望。

总之我从工地回来，每天照样在痛苦中艰难度日。我也不知道在我们这一带，究竟有多少人像我这样忍受着烂脚的痛苦。到一九六六年，我再也下不了田，只得央求队长大麦丁安排我在晒谷场上吹哨子赶麻雀。等谷子晒完了，又央求他安排我剥玉米。我用一根剥完的玉米棒子，使劲刮挫还没有剥的玉米棒子，一天到晚汗流浃背剥了不少。可是一帮十四五岁的半大孩子对我有意见，说这臭烘烘的烂脚要是沾上玉米粒，社员们吃了将得瘟病。我说真要得瘟病二十多年前就得了，那时候你们这帮兔崽子还是一抹没酝酿的屁呢！后来他们就把我抓起来了，又开始批斗我。这帮人就是所谓的红卫兵。

也正是那一年秋季，金塘河暴发了百年一遇的特大洪水，上游沿岸村庄无一幸免，房屋、桥梁、河埠头、稻田都有被洪水冲毁。有的村子有多人被洪水卷走，若干天后在水库里浮了上来，肚如气鼓。据说水库大坝在这次防御洪水的过程中发挥了很大作用。它成功地拦住了一次次到达的洪峰，保证了下游乡镇的生命财产安全。可以说，只建成一半高度的水库大坝提前拦洪蓄水就控制住了水害，是多么让人振奋的消息。据得令从工地回来说，工地官兵和民众载歌载舞庆祝抗洪胜利。那两天，包括省城来的"小杨同志"和戴丽花在内的好几对青年男女在工地集体举行了婚礼，食堂杀了五头猪、一头羊，每个人都吃到了肉，分到了喜糖。那一定是从来没有过的热闹、喜庆。

奇怪的是洪水过后，蓄在水库大坝里的水颜色一直像血一样红。其颜色接近那年炸岩石炸出来的坑洞里有一股中药味的液体。那时候有人说是蛇精被炸死了，有人说是炸伤了传说中的"太岁"，但是这一次人们反而见怪不怪了。几年之后，山乡水库整体工程完工，浑水漫到了学岭村，我因生产队派遣去供销社农资站挑氨水，坐上柴油机船后，面对还没有变得清澈的库区浊浪翻滚，看着曾经的村庄、沟壑、田地、河埠头被淹在浑水之下，种种原因让我晕船、呕吐不止。船到了大坝，我竟然双腿发软迈不上岸。队长大麦丁狠狠地批评了我，叫人把我架到了大坝上。我瘫坐其上，远远地看到坝顶上摆放着两个石碌，它们俨然成了由一簸箕一簸箕的土夯起来的大坝、一寸一寸地抬高的最好见证。

那一个由老石匠凿成的、上面刻着五角星的石碌，每颗五角星都被油漆描红了，红色的五角星棱角分明，鲜艳夺目；在五角星的间隙里，我看到了一个个熟悉的名字。另一个由小石匠凿成的石碌，被人竖了起来，削去了一个侧面，上面刻着两行描金楷书，于阳光下如碑石屹立，熠熠生辉：

修水库造福万代子孙
锁蛟龙驯服千年恶水

这无疑是对当年的水利建设者们所做的贡献最好的总结。顿时，多年前那一幕幕战天斗地、波澜壮阔的场面，再一次涌现眼前。我想起曾经在这里，几个连队举行挑土比赛，想起工地上的高音喇叭，成千上万人挑土运沙；想起死去的樟华，最终出事的癫头鑫，跟小斤认识的王副总工，曾经偷拿走樟华特大号饭盒的黑脸大汉……他们中的大部分都埋在了离大坝不远的山上；他们有的是取土时造成塌方压死的，有的是被炸药炸死的，有的是被山上滚下来的石头砸死的，有的是生了病一拖再拖，死在了工地上……

当然，除了这些牺牲者，还有更多的曾经在工地上并肩战斗的派工们、乡邻们，连长们、班长们，工程师们、领导们，同样没有忘记。虽然很多人只是在工地、食堂、宿舍、指挥部遇到过，谈不上什么交情，但是他们的音容笑貌就像被我珍藏的那面锦旗，永远不会褪色。因为我们都为建造水库出过一份力！

　　我努力地站立起来，身体里好似有一团跳动的火焰被点燃，仿佛再次听到了高音喇叭里斗志昂扬的召唤，听到了此起彼伏、整齐划一的劳动号子，我被一股无比强大的力量推动着，拾起脚边两只臭烘烘的空尿桶，匆匆地去追赶挑氨水的队伍。

砍　树

头戴凉帽哎，冷饭缠腰！
一里三歇哎，不怕岭高！

——浙西南民谣

树木再次变得值钱的时候，我们山里人还在为解决温饱而奋斗，平原上已经兴起建房热。平原人是推着独轮车进山的。独轮车有一个比自行车钢圈粗壮数倍的轮子，有一副形似巨兽的肋排似的车架子，有两根微微上翘的结实的车把，车把上套着一根类似皮带的车襻绳。除了过于陡峭的斜坡、狭窄的栈道，独轮车对道路的选择几无要求。平原人推着独轮车走过机耕路，走过田埂，到达山乡水库，从坝底的之字形坡道推上大坝，再通过微微晃动的木桥下到柴油机船上，道路曲折却挡不住它的脚步。

那时候进山的路基本建在山脚下的河滩边，路基用大溪石筑砌，路基上爬满常青藤，路面混合着泥土和石头。一路上平原人推着独轮车说说笑笑，车轮在大大小小的石头上翻滚、跳动，车身时不时发出嗒嗒的声响。山里人听见声响，就像听见自行车的铃声一样好奇。"您从哪儿来呢?"山里人盯着平原人看。平原人大多长得又黑又高,大手大脚,两只眼睛就跟牛卵似的往外鼓。"表哥——你家有树卖吗?"山里人还不习惯被陌生人唤作"表哥",有点受宠若惊,表现得却冷淡:"树……有啊。"

平原人掏出香烟,只敬给愿意给他带路的人。平原人说,湿的树太沉了,运不动;又说要剥了皮的树,能看清树的粗细与毛病。平原人总是在挑剔,站在一棵立在天井或屋檐下的树下面看,用手指箍。完了,还要把树横在地上拿尺子量。树立着时通常显得笔直又漂亮,身上有疤痫也看不到,树一躺下来就显得不值钱了,贱了——山里人懂得这个道理,在没有谈好价钱前不愿让树躺下来,平原人往往要在村里来回转上几圈,才能买到双方价格都满意的树。当然,这时天已经快要黑了。

"表哥,你知道……村里有旅店吗?"

"哪来的旅店,又不是在镇上。"

"那你家……能借宿一宿吗?"

山里人向来好客,但对于进山买树的平原人,想到他们讨价还价时的精明样,都不愿往家里带。人们往往打发他们去小赖子家住。小赖子家素来爱留宿外来人,比如焊锡的、弹棉花的、打铁的、摇拨浪鼓的、杂耍卖艺的,五行八作,给他们在空房或阁楼上安个铺,做顿饭,收点钱,也算是一种营生。

小赖子家房子大,有两个天井,五六间正房,当年拥有这么大房屋没有划为地主,归功于他爷爷老赖子在解放前就输光了田地,家里除了房子一无所有。但是也仅仅逃过了被划归地富分子的厄运罢了。小赖子从小瘦弱、娇生惯养,在整个生产队年代,他和我一样，几乎是在社员们的鄙视与唾弃中度过的——我是因为疾病，他是因为干活不利落——好在终于单干了，随着越来越多的平原人进山，陌生的、熟悉的，长驱直入，有的连表哥都不叫，直接进家里问："喂，你家有树卖吗？"小赖子家每天闹闹哄哄的，就像开了一个赌场。

平原人到底比山里人富裕，他们进山时大多带着大米、猪肉，有的带着酒。买树之余，平原人喝酒、猜拳，打牌、嬉闹……小赖子家的烟囱终日浓烟滚滚，酒肉的香味从门洞里奔出来，弥漫半条街。他趁机推销起自酿的黄酒甜酒，卖起了鸡鸭——鸡鸭刚开始是自己养的，后来从村里人家收购。村里人嘀嘀咕咕，说小赖子开旅店比开代销店挣钱多呢。偶尔有人想凑进平原人堆里去与他们"打成一片"，但打牌赢了平原人会说钱先欠着，因为树还没买成，不能两手空空回去；反之，平原人会追着要债，说钱没给哪，上你家背一棵树抵债吧。

村里人对平原人没有了好印象，虽然羡慕他们出生时投胎在水库外，进山买树能给村里带来钱，但总觉得他们骨子里是瞧不起山里人的，所以才敢打牌赖账，买树多一分钱也不让——要是换作山里人到平原上去，谁敢这么做呢。

那时候，我们还很少出山去，更别说把树运出山去卖。那时候，我们只等着平原人来村里买。那些被剥得赤条条、白溜溜的树，斜倚着墙壁、板壁、天井或者门口的水果树，就像女人裸露着修长的大腿。只是，长驱直入的平原人越来越狡猾了，一会儿说这棵树做不了柱子，那棵树做不了楼栅，这树长了瘪，那树被啄木鸟啄了洞，总能找出树的种种不是。甚至明明相中了也故意不买，等着树的主人生气、懊恼，在一番内心煎熬之后同意降价。

当然，树的买卖最终一桩桩地做成了，钱从一个个皱皱巴巴的帆布书包里掏出来，经过一双粗糙的手到了另一双粗糙的手。然后，买树人背着树嘟嘟囔囔刚走，隔壁人家的女人就来打听。

"哎哟，你家某某山上的树卖了多少钱？"

"又卖便宜喽！嗯哪，哪卖得了这么多！"

关于树的虚虚实实的卖价，一度成了村里人的中心话题：人们除了谈论这一季谁家收了多少稻谷，谁家的猪长得快，母牛生了小牛，就是计算谁家分回多少棵树，卖了多少钱，然后对比树卖得是贵还是贱。这样的议论听起来夹杂着叹息，其实多数时候是愉快的。它让人想起曾经，在生产队里劳作，多么艰辛，所得却那么少，而砍树，是生产队解散，像我这般既不会手艺又没有其他经济来源的山里人，最快捷直接的一笔收入。

于是乎，每当有人卖了树，手头有了点钱的变化，在屠夫磨刀六的案板上首先显现出来。以前磨刀六杀死一头猪，要像流浪汉挑着铺盖卷一样四处游走，他还为自己从水库工地回来后跟人学了杀猪后悔过，而现在每个清晨肉铺前围满当家的男人。他们如恶狼盯住磨刀六肢解一头刚刚咽气的猪，这个嚷着要买一斤前槽肉，那个吼着要买一斤里脊。磨刀六手起刀落，你说买一斤他要连着骨头剁给你三斤。这三斤被笋壳捆扎的鲜红肥白之物，就成了这男人一路得意的抱怨："谁说不是呢！你们看看，这哪里是卖肉，尽是骨头！"

女人们却总是悄悄买回布料，就跟密谋似的请裁缝做成一身衣裳，然后在某个不准备去干活的早晨拎着一个竹篮穿街而过。那一天就算乌云密布也会变成一个艳阳天，女人们叽叽喳喳着，争相打听这身衣裳花了多少钱、哪里买的料。

"的确良呀，多少钱一尺？"

"井下村裁缝做的吧？……"

"嗯，嗯哪。"

女人们攀比起来，没多少日子就都穿上了新衣裳。她们就像艳丽的彩蝶，在街巷或田野飞来飞去。我真想把家里卖树的钱悉数交给我的女人，这个因为逃计划生育被村里小孩当作鬼的女人，从来不事张扬的女人，对她说："爱莲，你也去供销站量几尺的确良吧！"在我的劝说下，有一天她去了井下村，只给孩子们扯了几尺卡其布。我说："你自己的的确良呢？"她说："真不巧印碎花的卖光了。"过不了两天我去井下村买药，顺便去供销站转转，却发现成捆的碎花的确良在一个柜子里立着。我的眼泪一下蹦出来。

我擅作主张，给她买回了的确良。我怕路上被人看见问这问那的，用一张荷叶包着。她以为荷叶里包着买给孩子吃的油条，拆开荷叶就骂我："你去退掉，你去退掉！这么花的布我穿不出去的。"我知道她是心疼钱，由着她骂。她骂着骂着就不骂了。

我敢打赌整个山乡都找不出第二个像我女人这么好的女人。尽管她因为超生被人骂作"鬼婆"，但是我从来都觉得她最美、最贤惠。虽然年轻时候，我确实喜欢过别的女人，但自从爱莲嫁给我，就再没有别的心思。我甚至想，老天爷为什么要把这么好的女人许配给我？我虽然是一辈子都爱着她的丈夫，也算是一个好人，但是她嫁给我，没有享过一天福。

我是在姐姐的撮合下说上这门亲的。说坞头村一姑娘的哥哥，娶了我姐夫亲戚家的一个侄女。不管怎么说，当时还是姑娘的爱莲看过我照片，没有一口回绝。这样，姐姐趁热打铁，借遍她所在的那个村，借了二十元，又找了媒人，带着我说成了这门亲。接着，姐夫就带着几个小伙子挑石灰来到吴村，把我那破破烂烂的家粉刷一新。后来，我就把爱莲娶回来，一年后就有了孩子。那时我有说不出的高兴。有了老婆孩子，往后的生活就有了奔头。我在心中发誓，为了老婆孩子，我要每天劳作，多挣工分，不让他们饿一天肚子。慢慢地，路上遇到那个以前喜欢又被别人抢走的女人，我连看都不看一眼。当然，那女人对我也同样如此。

说起来，我和那女人是在水库工地认识的，属于自由恋爱。但是要进一步发展关系时，公社干部麻一杆的儿子麻小虎出现了，他每天从公社兽医站下班，骑一辆自行车来工地接她走，我和麻小虎吵过一次，但她最终跟了他。我大病一场。没人知道我为什么突然病倒，其实我后来的病就是从那时落下的根。与其说是我拖着不去及时治疗，不如说我心灰意冷，任何疾病都可能成为摧毁我的武器。以致多年过去，每到冬春季节，我有一段时间只能躺在床上，咳嗽，哮喘。夏天是我身体最佳的时候，我能跟村里其他男人一样割稻，犁田，耙地，插秧，除草，开荒……除了挑重物，样样农活拿得起放得下。我从不认为我比别人笨或懒，就算生病的日子我也要跟着一家人到田地，有时候咳得连站都站不直，但是这一天农事的安排、侍弄庄稼的要领还得我来指导。正因为此，单干以后我家粮食从不比别人家少，但是一家人的日子总归过得艰难，就像一根打着死结的井绳拉拽在井沿上。

可以想象，当年如果不是因为派我去修水库，我就不会患病，就不会遇到那女人，就不会成为生产队的拖累，那些壮劳力就没有理由认为是他们养活了我。那些年月，为了治愈从工地上带回来的气管炎和哮喘病，赤脚医生那儿、井下村卫生站、山乡卫生院开给我的药（土霉素、红霉素、螺旋霉素、鲜竹沥、祛痰灵、氨茶碱、甘草片）我吃了个遍，针（青霉素）也打了不少。结婚后，我多次让爱莲拿蜡烛给狗皮膏药加热，一下按在后背上，烫熟了一层又一层皮。我打听各种偏方，烤橘子，蒸大蒜水、生姜水、萝卜水，煮马蜂窝、秋梨、百合、枇杷叶，包括用童子尿煮的猪肺。有一年，我听说井下村有一个"老气管炎"去衢州做了"穴位埋藏针灸疗法"。我去他家，看见他躺在床上。"去吧，你也去吧，我把地址开给你。"他有气无力地爬起来。那是我成家之后最后一次到那么远的地方，一路的艰辛曲折可以讲上一天。可惜到了衢州手术最终没有做成。如今又说起来，仅仅为说明我当时多么想治好我的病。如果治好了病，我就不会继续咳嗽，也不会让一家人跟着受苦……

一转眼，我的大儿子、二儿子都大了，小的也出生三年了。不过，我很少跟他们谈我去山外治病的事，如果一定要谈点什么，就谈谈平原上的汽车、火车、拖拉机、电影院、国营工厂，他们都没有去过山外呢。所以我跟村里其他人一样，也指望多卖树。卖了树，就能带一家人渡过水库，去山外游玩一趟……可是每次临到真要砍树的日子，我又会感到不安。不仅仅担心树会被砍光，而是砍树对我来说是一件喜忧参半的事。喜的当然是树能换来钱，暂时改善一家人的生活，忧的是每一次砍树对我来说都是对身心的折磨。

砍树是体力活。一棵树在山上被砍倒，拖到可以往山下滑的险道上，再一棵一棵往山下滑，树往往被卡在半道上。如果有的山上没有用于滑树的险道，就得老老实实地背树下山。可以说，每棵树从山上运到山下都颇费周折，而背树回家的路近的两三里、远的六七里，同样让人畏惧。因为背树不比挑粮食可以控制重量，假如一棵能做柱子的树重达两百斤，也不能肢解成两段来背。记得第一次分树，是在离村不远的一座山上。分树那天，原第四生产队的男女老少都出动了，在崎岖的山道与田埂上，背树的人形成了一支队伍，就像一列蚂蚁衔着沉重的粮食，踉踉跄跄。我走在队伍里，肩上的树一会儿撞到岩壁，一会儿磕到田坎，树就像一只巨鸟的爪子，一会儿把我摁在地上，一会儿把我甩到烂泥里。当我想歇一会儿，因为会堵住后面人走路，我只能硬撑着往前走。

肩上疼，胸部难受，腰酸腿软，整个人仿佛就剩下一个意志，那就是坚持，死也要把树背到空旷地带，扔掉，喘上一口气。有什么办法呢？树值钱的日子，村里人都在砍树、背树。我花不起钱雇人。况且，按照我们这里的传统，上山砍树、背树原本就是男人的事情。

那次，我们要砍的树位于东坑村与井上村之间的龙坑。龙坑是幽深的峡谷地带，金塘河的上游。那些树属于十来户人家共有。我跟着大伙背着斧头、别着砍刀，穿着草鞋和打补丁的衣服。我们穿过东坑村，沿着长满青苔的溪边小径，往上游走了四五里地，山风冷飕飕的。我们到达一处水声激扬的地方，要翻越一座瀑布旁边的巨岩。在巨岩后面，谷底的树上全是攀缘的藤蔓，带刺的、开花的、结着野果的。我们进入谷底，人完全被湮没了，被树林和藤蔓，被湿漉漉的雾气，还有忽远忽近的水声。如果不是看见阳光落在大树下的青苔上，像宝石上的反光一闪一闪，会产生一种错觉，以为行走在一个巨大的岩洞里。所以，我们要爬到更高的山腰去，那里干燥、通风，没有蛇，没有虎纹蜘蛛，没有五颜六色的蜥蜴，没有带毒的雨蛙和蟾蜍。还有一个原因，砍树的顺序都是从山顶依次往山下砍的，这样被砍倒的树往上坡方向倒去才不容易折断，也不容易压死人。

我先是跟兴国搭配砍树。

为什么要两个人搭配砍树？不仅仅为了加速一棵树的倒下，更在于两个人的斧头能够落在树干的不同位置。我们先要在树被伐倒方向（上坡方向）砍出一个口子，然后在这口子的反侧你一斧我一斧地砍下去，树欲倒不倒时再在砍口上加楔子，然后在树干的不同方位补上几斧子，树就会发出吱吱嘎嘎的尖叫，朝指定的方向倒下。树倒下时，会刮蹭到旁边的树枝，掀起一股劲风。倒下后，树桩上流出的树脂，颜色会瞬间变红。

兴国说："去他妈的，树流血了！"

兴国是个莽夫。他来山上要带三个饭盒，一盒菜两盒饭。他砍树时赤着膊，腰间扎一条白粗布，嘴里喊着"嘿呦！嘿呦！"——这时斧子在我眼角一闪而过，一道白光之后，嗖的一声，一大片树肉就从底下飞上来，冲着我的额头，或者眼睛。我渐渐跟不上他的节奏。以至于他那头不一会儿就砍出一个大口子，树的承重就倾斜了，好几次差点酿成大祸。

我不得不去跟螳螂做搭档。螳螂有力气，但是由于我体弱他可以省着力使，这让他很称心。但是没两天，我就感到胸闷气短，胸口越来越疼。我跟螳螂、耕马、兴国几个说，你们就留一小片林子给我吧，我一个人慢慢砍。他们几个急着想把树砍完、卖掉，就划给我三十来棵树，说到时候砍不完，他们会上来补。

然而，我不得不放下了斧头。

那时，我正在砍一棵汤钵那么粗的树，树上有一个鸟窝，鸟早就飞走了，可是当我的斧头砍向它，才知道窝里还有幼鸟。我一会儿看看树上的鸟窝，一会儿看看树桩上的砍口，最终决定爬上树去，在树倒下之前把小鸟救下来。当然，说"救"有些不恰当，因为我主要想着回家时可以把它作为礼物送给孩子们玩。当我爬上树，大鸟突然出现了，是两只鹞，它们俯冲下来，速度之快犹如利箭，我赶紧一手抓住树枝，一手护住眼睛。果然它们从我头顶掠过，爪子头几下落在我护住眼睛的手上，然后才把我的头皮和耳朵抓伤了。等它们再飞来的时候，我已经滑到地上，裤子被树干磨破，两腿侧火辣辣疼。我挥舞一根树枝，哇哇叫着，有一只被我抽中了翅膀，摇摇摆摆飞上了山。

鹞被赶开后，我抢起斧头，把那棵树砍倒了。可能是带着对抗的情绪的原因，我都不记得砍树的过程中我是否停下来喘息，只记得树倒下时鸟窝随着掉下来，两只还没长羽毛的幼鸟——赤裸裸的，一只摔死在岩石上，一只被树枝压成了泥。随后，我就看见越来越多的鸟在山顶上盘旋。有老鹰，有鹞，有隼，它们发出低沉的叫唤，身羽在阳光下射出冷光。

砍树的声音消失了，大伙看到头顶一幕，扯着嗓子问我咋回事？我支支吾吾，说一棵树砸死了两只幼鸟。他们兴奋地爬上来，就这件事议论了一阵，接着又去砍树了。刚砍了几斧，山下林子里飞起成群的山雀、黄莺、暗绿绣眼、白腰文鸟，它们迅疾地朝对面山上飞去……

大伙一如往常砍树，我却感到双手滞重，连斧头都举不起。这不仅因为疾病的困扰，而是感觉不对劲。整个上午，我再没有听到一声鸟鸣，大山里只有我们砍树的声音。我坐在被太阳晒热的石头上，一棵棵树倒在身旁，叶子散发浓郁的类似油漆的味儿。白云投下铅色的阴影，一丝风也没有……

尽管砍树对于我们，已经是理所当然的事情，我却突然想起我爹曾经说过的禁忌。那时候，开斧之前必须码起一堆石头祭拜山神。山神是每座山都有的，有的山神凶煞，有的山神慈悲。听爹说过，山越深越容易招惹山神，所以进深山不准猎杀怀孕的母兽和幼兽，砍树也只砍大树。想起这些，我不免后怕起来。因为吃午饭时，我们都从山的高处下来，在一处阴凉处坐下，打开各自的饭盒，竟然发现每个人的饭盒里都爬进了蚂蚁。这是怎么回事呢？我吓得无法吃下去，把饭盒重新捆扎好就上了山。

接着，就听见下面有人喊叫起来，我以为有人被倒下的树压住了，下去才知道老济公被山蜂蜇了，一只眼睛像公猪卵袋那样肿起来。老济公看见我，嚷嚷："痨病鬼！就是因为你砸死了幼鸟，滚开！"——自从分田单干后，很少有人拿我的疾病羞辱我了。当他再拿我来出气，我就冲上一步，朝着他的胸口揍了一拳。我们被大伙拉开了，都劝道，不要吵了，树得抓紧砍掉，听说乡里马上就要成立木材检查站了。可是大伙刚回到各自树下没砍一会儿，耕马突然被蛇咬了。那蛇与树下的箬竹丛一个颜色。

大伙七手八脚，用刀割破耕马被蛇咬的伤口，把草药和毒蜘蛛捣碎敷在上面。我们让肿着一只眼睛的老济公陪着用绳子扎死胳膊的耕马赶紧回家。然后，剩在山上的人就都没有心思砍树了。第二天，我们凑了几块钱，买了半个猪头和两斤黄酒，在龙坑的平坦处垒砌石头祭奠过山神，怪事才再也没有发生。

这之后，我们在战战兢兢中把树全砍了。

说也奇怪，当树全砍了，笼罩在心头的那种敬畏心理一下子就消散了。我跟大伙一样，眼看分树在即，开始盘算起树能卖多少钱，这些钱怎么花。我仿佛看到了治疗气管炎的药，看到了给孩子买的五花肉，看到了给爱莲买的新衣裳，看到了每个人脸上的笑容。而且，我还想到了带爱莲和孩子们去平原玩。但是，由于龙坑与吴村相距太远了，那些砍倒的树还必须保留着枝叶——因为刚砍的树有水分，非常沉，保留枝叶能继续汲取树中水分——为了能在短时间内加速树干的风干过程，我们还要在树干的根部，用斧头凿一个小洞，倒入一点桐油或者煤油，这样，树干里的水分就会被往树梢跑的油分子追着跑，加快蒸发，行内人管这叫"抽丫"。如此这般，既是为了砍倒的树干得快，背树省力，也是为了在某个涨水的日子，可以将半干燥的树扔进金塘河，利用水流运到吴村去。

一个星期后，大伙凑在一起问"该去了吧？该去了吧？"都担心哪天乡里真的就禁止树木运出山了。虽然都知道树还很沉，但是老济公他们已经等不及。于是我们别上砍刀、穿上破烂衣服，开始用砍刀删去树枝，断掉树梢，把树背到开阔地带。被归类、剥皮的树，一棵一棵，又白又净，立成一个个架子。

这过程同样伤筋劳骨：树枝删得不干净，背树的时候树枝的茬会扎进肩膀；而且剥皮的时候，剥皮人要掌握好下刀的力度，力下大了会砍伤树肉，留下刀痕，力使小了，剥皮就会变为削皮——削皮的坏处是，树干上残留着的树皮会继续渗出树脂，黏得要命。但是不管怎么说，剥皮总比砍树心情愉快多了。

等到休息时，大伙又嘻嘻哈哈起来，说小赖子老婆与平原人如何打情骂俏，相互揩油，为了挣钱小赖子夫妇连脸面都不要了。又说有一户人家的女儿看上了一个来村里买树的青年，那青年也是穷得屌丢了都没有钱赎回去的主，是给别人推独轮车卖苦力的。老济公说："牛栏仔，卖了树赶紧把她抢回来，肥水不流外人田哪！"牛栏仔是耕马的大儿子，他是代替他爹来干活的。他回嘴道："嗯嗯。可惜你家桂花许配给人了。"

就在大伙这么议论的时候，不知道为什么，我突然想到了爱莲，她会不会也爱上平原人中的一个呢？这想法让我有些不舒服，我就想爬到山顶去透口气。当我呼哧呼哧地爬到我砍过树的地方，心紧了一下。倒不是飞来两只抓人头皮的鹞，而是看到倒在山顶上的树减少了。

山那边，正是隶属龙游县的山庙村，与我们村有着世代的仇恨。这仇恨多源于地界的纠纷和相互偷树的矛盾。兴国、老济公和牛栏仔等人，都曾经去山那边偷树被对方抓到过，遭遇过挂牌游街的耻辱。当然，我们也抓到过山那边的人，抓回后除了游街还拿鞭子狠命地抽。

看到此番情景，大伙一致认为，树是被山那边的人偷了。他们嗷嗷叫了一番，就往山那边去了。仅剩下我和螳螂、汉匤几个，一边干活，一边盼着他回来。我们当然希望树被追回，可是，中午吃饭时他们没回来，下午太阳西斜，还是没回来。螳螂叽叽咕咕，派我去山顶张望，我不愿去。后来是小个子的汉匤去了。

当我们在繁忙劳作中，渐渐忘记汉匤去山庙村打探的事，突然山上响起了他的尖叫，他就像一块越滚越快的石头往山下跑。接着，我们就看到无数鸟雀从山那边飞来，不是鹰，也不是鹞，而是小型鸟类，瞬间消失在苍穹下。

"到底怎么回事？"

"他们几个呢？"

"他们、他们被抓了……"

我们拿不定主意，要不要翻山去做增援。想来想去，就继续干起活来。不知不觉，太阳滚下山坡，天色迷蒙起来，这时我才想起，往常这个时候早就收工了。我们的人怎么还没有回来呢？我们不得不往山顶爬去——在山那边，群山蔼蔼，我们朝山那边呼喊兴国等人的名字，喊了没几声，有蝙蝠从山下岩洞里飞出来，吱吱叫着。天很快就暗了。是下到山的那边去，还是选择回家？正在这时，山下林子里响起沙沙沙的声音。

"谁？谁啊？！"我们同时问。

"我！！"

树下灌木丛里出现一个头，昏暗中也能看到冒热气，等来到我们跟前才看清是没有几根毛发的老济公。他满头大汗，告诉我们，他们几个跟着偷树贼留下的痕迹找到了山庙村，在两户人家的院子里发现了我们的树。那些树已经剥过皮，但是仍能认出从我们这儿偷走的。他们从树龄、干湿度、斧刃宽度进行辨认，对方蛮不讲理，说自己的树就是自己的树，哪来那么多道理。

"然后呢？"

"就打起来啦！"

回到家，我越想越不安起来。一路上，老济公都在讲他们与山庙村人怎么打架："半个村人都拥来了，这些贼，以多欺少，还要不要脸啊！"骂了一通，又说："你们也不赶去凑个人数，生产队解散了，但咱第四队的人还得一条心哪！"

老济公讲的无疑是真的，在我们这儿打架可不是坏事。相反可以因此成为英雄，或者地头蛇，被人敬畏。我由此断定，明后天两村人还要接着打。果不其然，次日一早，进山的队伍里多了耕马家的另外三个儿子、兴国的兄弟和侄子、老济公的儿子和女婿，还有几个以前因为偷树与山庙村结过仇的人。他们浩浩荡荡，直奔山岭那边而去。

留在龙坑继续干活的，只有我和汉匡、螳螂等人。我们将树一棵棵删枝去梢，从乱七八糟的藤蔓（没有了树荫遮盖，藤蔓再次疯长起来）或者灌木丛、箬叶丛里拖出来，然后根据地形寻找合适剥皮的地方，将剥完皮的树立成一个个晾晒的架子。树在阳光照耀下，雪白、干净。

总的来说，我对打架没有特殊的兴趣。这可能跟我的体质有关。在这个前提下，我已经习惯本本分分地活着。可是，从小到大我看过太多打架，在我们村、在山乡，我看到一个人如何将另一个人打倒，打得鼻青脸肿，头破血流；我看到一群人如何将一个人五花大绑，在他脖子上挂上"地主""右派""反革命"的牌子，推到台上去跪着……所以我想象得出，当我们村里人去了山庙村，两村人对峙的场面，你拿着棍棒，我拿着砍刀，他抡起锄头……

这些都是听来的：比如耕马家的三个儿子如何为解救他们的大哥，与山庙村人拳打脚踢，扭打；老济公的女婿如何招架不住，被山庙村人扔进臭水池，老济公的儿子拿刀砍人；兴国的兄弟，一个鼻梁断了，一个肋骨断了。还有其他人，或胜或败，两眼充血地回到山这边时，显得义愤填膺。他们一方面告诉我们谁谁受伤了，"你们必须也要去，这是为我们公家的事情"；另一方面告诉我们对方如何受挫，满地找牙，"这一回，可让他们记住咱村人的厉害了"。

我没有参与打架，不表示我对集体的损失无动于衷，而是无能为力。连日的劳作，已经把我折磨得半死不活。爱莲看到我几乎把肺和肝都从喉咙里咳出来的样子，说，你休息几天再上山吧。我想想人家，为了公家的树去山庙村拼命，怎么好意思躺在床上呢？我真后悔那天是我发现树被人偷了。要是我不说，他们可能都搞不清在山顶砍了多少树。在这样的情形下，我跟那些人的家属一样不得安宁。

最后，我们村里的干部终于出面干预了。民兵连长国梁负责跑来跑去。谈判是在我们村进行的。山庙村来了许多人，我们村跑去看热闹的就更多了。那是吴村历史上数一数二的大谈判，大会堂里挤得跟看样板戏一样，但是整个村子安静得可怕，连四处乱窜的狗都不知躲哪儿去了。上午的谈判结束后，与山庙村人存在亲戚关系的人家没有一个去请他们回家吃饭，他们不得不在代销店买饼干充饥。晚上是回家去住的，第二天再重新爬过山岭。

第三天，那时天快黑了，我和小麦丁、汉匡几个从龙坑干完活回来，没走到村口就遇到了山庙村人，我跟着大伙走在路中央不给让路，没想到对方也不给让。"怎么的？这是吴村地界上！"螳螂壮着胆子大吼一声。

"该赔的已经赔给你们！现在我们是客人！"走在最前面的山庙村人朝路基吐了一口痰。不过，他们最终站到了路基边上。我们从这些人身边经过，闻到了一种类似水银挥发的仇恨气味。走了一小段路，听见他们冲我们吼："吴村狗记住！以后不要让我们看见你出现在山庙村——"

鉴于山那边的敌对情绪，以及我们的树还搁在随时被偷的区域，又一天，当被山庙村扣押的兴国等人从山那边放回来，我们立刻商议起分树的事情来。此时，那些被砍的树已经被我们几个剥完了皮，并且大部分从山坡或拖或滑到谷底。整个谷底，看上去全是赤条条的树，白花花一片。

我们都没有想到，这块长了很多岩石的山能产这么多树，根据螳螂粗略计算，每个人口能分到三十来棵。这是单干之后数次砍树的历史上没有过的。因此大伙都有些兴奋起来。树是按三个等级分的，也就是能做柱子、梁子的大树先抓阄分完，再分能做楼栅、檩子的中树，最后再分能做椽子的小树、杂树。为了分得公平，我们要在每棵树上写上编号。又因为每户人家都想占集体便宜，抓阄过程难免引发争吵（那种跑去与山庙村人打架的团结早就烟消云散了）。尽管这样，吵吵嚷嚷分了三天，树分完了，每户人家倾巢而动，带着绳子、拐杵来到了龙坑。

那一天爱莲带着山子、庆子也来到了龙坑。

"咋分了这么多啊！"爱莲笑起来有两个小酒窝。

我们都有些按捺不住喜悦。我安排两个孩子背最小棵的树，二十来斤的样子。爱莲背中树，九十多斤的样子。我自己则背了一棵大树，足有一百二十斤。不是我力气大，而是在我们这里，哪家男人不背大树呢？把大树留给女人背是要被人耻笑的。所以我无论如何要背一棵大树下山，挪也要挪下去。我用右手环扣树干，起肩后，左手紧握拐杵，它既可以当拐棍支撑身体平衡，也可以把它放在左肩再伸到右肩的树干下面轻轻往上撬，这样，树的重量便会通过拐杵分一部分给左肩承担。

经常干活的人知道，背树比挑粮食难多了，因为树不可随意减轻重量，而且容易撞到东西。从龙坑到金塘河上游的河畔，山路大部分筑在岩石峭壁上，为了避免连人带树滚进山涧里去，这一路只能背着树走。在树的压迫下，不管背树人体格多么强壮，沿着长满青苔的羊肠小道，所有人都得小小心心。一方面，要时刻注意不让双脚踩空；另一方面，还要对每一个拐弯的地方做出预判。

我的艰难状况就不说了。可怜的是两个孩子，他们还从来没有背树的经历，不会使用拐杵，更不懂得"打一杵，换一肩"。累了，肩膀疼了，只懂得把树扔在路旁，歇够了再重新蹲下去起肩。那是挑战极限的起肩，一口气站不起来，就会被树压趴在地。虽然一棵小树压不伤身体，但挫败的感受是令人崩溃的。当我呼哧呼哧地把树背到天子山一带，已经有人背完一趟往山上返了。

"得令啊，你快下去，两个孩子正坐路边哭呢！"

我以为他俩怕累、不想背，也就没有放下树先跑下去看看，等我背树到一处崖壁，看见两个孩子果真坐那儿哭。我那时已经快要累瘫了，流进眼里的汗不方便擦，感觉我是在一片火焰里站定了，我凭着经验让身后的树梢一端着地，再用拐杖把树支在崖壁内侧的岩壁上。我用衣袖擦了一把汗，知道不能骂他俩，但是愧疚的感觉让我窝火，我忍不住把两个孩子骂了。这一骂，吓得他俩不哭了，只是委屈地看着我。汗在后背流淌，衣服贴在肉上很不舒服。

我也顾不了，说："还愣着干什么？接着背下山去！"

庆子推了推山子，山子这才一撇嘴，说："爸，我的树……掉进沟里去了。"

庆子帮山子说："哥哥还受了伤。"

我的气有些喘不上来："伤哪儿？"

山子把胳膊伸出来给我看，胳膊肘上一片血糊。

我的心痉挛了一下，说："胳膊碍你走路了？"

山子又撸起裤管，膝盖处也是血迹斑斑。我不得不抓住岩壁上的草，猴子一样下到八九米深的涧里去。树已经被水打湿了，我的草鞋和裤子也湿了。我喊住往山上返的汉匪，让他帮忙把树拽上去。等汉匪走远，我就让两个孩子继续上路。山子微微瘸着，但能走路。我知道走几步，血液活络后疼就减轻了。

那天结束，我们背下山有大树一棵，中树九棵（有三棵是我背的），小树六棵。我们把树堆放在金塘河畔一处相对开阔的高地上。在天黑下来之前，除去预留出要接着往家背的树以外，剩余的树用绳子和藤蔓捆绑在一起。

金塘河暗沉沉的，像血管里冷却的血，在巨石与卵石之间，河水从上游的井上村流下来……这时我已经没有一丝力气，像垂死之人倚在一块巨石上，怔怔看着那些咬人肩膀的树，就像看着一堆在搏斗中死去、僵直了的蟒。

我们都有些拿不定主意，要不要留下一个人看守树。最后大伙推举我留在金塘河畔。我守夜的回报就是每户人家将帮我背一棵树下山。天黑后，爱莲帮我送来了铺盖卷、手电筒和一盒米饭。她离开后，整个石滩就剩下我一人。我在窝棚里铺上干草，再把被子折成对半，一半垫在身下，一半盖在身上。

一晚上，我被小腿肚抽搐疼醒两次，被咳嗽呛醒一次。我还听到野兽的呼吼，刺破压抑的水声，呜嗷，呜嗷。莫名其妙地，我想起大伙曾经说起小赖子老婆与平原人打情骂俏的事。那些平原人，一个个比我长得好，他们有力气，不会让女人受苦。我真想打着手电筒回家。可是等天亮了，我又后悔不该这么想——快要被树压垮的人，谁还有精力去打情骂俏呢！当我看到爱莲带着孩子还有我的早餐，任劳任怨地回到热闹起来的河畔，我低下了头。

我开始佩服起耕马的几个儿子，以及兴国、老济公、小麦丁等人，一趟趟地上山、下山，上山、下山，背树背得背弓起来，耳朵根的青筋一直涨到喉结上，但没有听他们说一声累。他们的家属也是如此。老济公的老婆平时无声无息的，好像村里不存在这么个人似的，没想到就她背起树来，跟男人一样。

三天后，耕马家第一个把树背下了山。四天后，老济公和小麦丁也把树全背下山了。而我家，只背下来一多半。这还包括我用守夜换来的那几棵。可我已经尽力了。对我来说，树再背下去，已经不是能不能完成任务的问题，而是要不要多活几年的问题。我背着拐杆和绳子上山都有气无力的，背树走上三四十步就得赶紧靠边，用拐杆把树撑在地上，嘴张着呼吸，以至于我一趟只能背两三棵小树，连中树都不敢背。更难过的是，又过了两天，当我唉声叹气，还只想着如何背树下山的时候，另一件事发生了——

那天清晨，我还躺在窝棚里"挺尸"，晨曦开始照亮万物，小麦丁一早从村里来，他说得令你知道吗，上面出政策了！我说，出什么政策了？他说从这个月起，不经过审批，以后真就不准砍树卖了呀！……怎么会这样？！虽然这件事大伙早就在说，但是没想到会发生在这个时候，说发生就发生了。我坐在薄凉的石滩，感觉就像当年听到不能让我去当兵的噩耗一样，身子忍不住微微颤抖……

那条通往龙坑的路，突然变得那么绝望。我对爱莲说："咱回去吧！就让剩下的树烂在山上吧！这折磨人的玩意儿！我再不会指望它卖钱！"我的力气就是在这哀怨中，就像一个气球漏气一样，一点一点瘪下去的。"如果不是为了钱，白送我也不要背这些树了！"我实在没有毅力再坚持下去了，有种想哭的感觉，我真想躺在路上，就像一个喝醉酒的人，管它接下来该怎么办。但是我看见爱莲背完一趟，喝了些水，又上山去了。

我只得对跟在她屁股后面的两个孩子说："山子，庆子，你们回去吧！回去带弟弟去。阿囡一个人在家哭呢！"他们两个晒得又黑又瘦，经历过前几天的非人折磨，还有我的打骂，现在已经能顺利地把小树背下山来。"我叫你们回去，听见了没？"他们还愣在那儿，仿佛怀疑我的话是假的。

我的眼睛湿了。这都他妈的什么日子！然而，我又想到，万一这只是传闻呢，或者我们的树还可以补办审批手续呢？我就什么话都说不出来了。我又老老实实地跟在他们身后……

我们最终把树全部背下山了。那棵最粗大的树，就跟历次分树一样，又是留到最后我和爱莲抬下山的。抬一点也不比背省力。因为山上基本没有笔直的路，两个人相互牵扯着，不停地跌倒。当爱莲一脚踩空跌到沟里，树也跟着滚了下去。我看着自己的女人像中枪的野兽一样，在杂草丛里挣扎，爬起，心里翻滚着说不出的窝囊。我扔下她和树往山下走，我没有勇气面对这场景。

"你干什么去，你给我站住——"爱莲喊我。

我说："树背回去又没人要，你为什么要折磨自己？"

她吼起来："你这就肯定树没人要啦？！"她突然哭起来了，"——是你要这样折磨我啊！你知道你每说一次树没人要，我心里的感受吗？——你个死棺材，老虎叼的，没有树，我们家还有什么可换钱的东西吗？你告诉我……"

不几日，有些人家已经把树全部背回去了。此时的金塘河畔的高地上，尽管还堆着我家、螳螂、汉匿等人的树，但是我已经不用再守在这里了。树都运不出山了，谁还会来偷呢。那天我背着铺盖卷，走走歇歇……虽然在整个砍树、背树的过程，我没有一天不身心煎熬如同受刑，然而，终于把树从肩上扔下，人反而负重千斤一般，回到家后就生起病来。

想想从开始砍树到如今躺在床上，这期间的劳动强度于我而言是致命的。那种累，只能说类似想死又死不掉的梦魇。我昏昏沉沉的，躺在疾病的无助与窒息里，仿佛又看到许许多多黑色的鸟，老鹰、鹞、隼，发出低沉的叫唤，在龙坑上空盘旋；还有形形色色的动物，野猪、黑麂、兔子，失去家园，在黑暗里，眼里闪着寒荧荧的光；还有那些倒下的树，杉树、松树，流着树脂……

我不知道该庆幸自己挺过来了，还是应该悲哀自己没有因此死掉。我又一次想起年轻时，我的身体是健康的。我年轻时还验上了一等兵，但是由于成分不好被刷下来了。其实，我爹既不是大地主，也不是恶霸，我家的祖业在解放前几年就败落了。据说一部分田地，是与有福家为争地界打官司，被迫卖掉了许多。后来，长工佃户跟着红军闹革命，我家地租损失了不少。再加上日本鬼子进村，撒下毒药，我家人传染瘟疫死了很多，从此一蹶不振。解放后，恶霸有福爹、地主小斤爹被解放军押到村口枪毙，我爹则有幸逃脱了被枪毙的命运。只是那以后，被划为富农的他要随时接受思想改造，同时也连累了我。

那年，是我断了当兵改变命运念头的第二个年头，我被大队干部派到金塘河下游的莘畈（现已淹在水底）修筑大坝。我是去接替我爹的任务的。我被分配到采石场，挑石头、开石方，帮爆破手扶铁钎砸孔，我以为在工地上只要表现好、肯吃苦，就能改变不红不专的出身。结果，我白天与石头、粉尘打交道，晚上躺在一座破庙的地砖上过夜，天气冷了，我得了重感冒，却不治。偏偏这时候，那个势利的女人提出了分手，我成了行尸走肉……大坝建成时，感冒已经转成慢性支气管炎与哮喘……

而今，水库蓄水已经多年，它横于绵延群山与广阔平原之间，集防洪、供水、灌溉、发电于一身。淙淙流淌的金塘河，日夜奔流，流进这碧蓝的、群山环抱的库区，仿佛这是一个自古就有的自然湖泊——成千上万人的力气、汗水，移民远走他乡，都仿佛被人遗忘。据从镇上回来的人说，现在一路上都会看到"封山育林　保护水源"的宣传标语。在水库大坝上，政府已经建起木材检查站，没有一辆独轮车和一棵树，能逃过木材检查站的拦截。

平原人只好到别的地方去买树了。或者，计划建造钢筋水泥的楼房。

现在，我们山里人不得不闲下来了。曾经有过砍树背树的繁忙，每天磨斧头砍刀的耐心，想着这棵树卖多少钱那棵树卖多少钱，还有爬山砍树时那种热热闹闹的场面，都像是发生在生产队时期的事情似的。我们都有些不习惯起来。没有了独轮车的嗒嗒声，听不到平原人的讨价还价，村子里空洞得可怕。而那些突然卖不出去、横七竖八的树，就像一场洪水退去，被水淹过的稻田里留下成堆的油泥和垃圾。树在一夜之间成了最扎眼的多余物，就像不待见的远房亲戚存放在自己家的空谷仓，它不但侵占了原本逼仄的空间，也令人想到从中挑走的粮食。

磨刀六的猪肉也开始滞销了。这个得意扬扬的家伙吃胖了。他杀了不少猪，挣了不少钱，以为这钱可以永远挣得这么容易，有段时间去买肉他不允许你有选择，他卖给你什么都得接受。因为那时候村里人都争着买肉，每次抢到一块好肉拎着回家，仿佛胜利而归。而现在看着最好吃的后臀尖肉乏人问津，磨刀六不得不挑起担子沿街叫卖。那叫卖声里充满愤怒，气喘吁吁。

人们都在等待着。等待一种确切的生活。如果树还能接着砍，他们是不在乎买几斤肉吃的，但是以后永远不准砍了呢，就得把钱省下来。既然分到手的树都能被禁止买卖，谁知道以后责任田承包山会不会被收回去呢。当然，这样的忧虑只属于每一个家长，孩子们是不会去想的，他们为再也不用劳筋苦骨地背树感到高兴。他们在街巷里跑来跑去。年轻人则聚集在经销店里吹牛、打牌。经销店是新开的，店主正是做什么事都偷奸耍滑的螳螂。他开经销店是挺适合的。

这一天，我身体稍好了些，想去看看地里的庄稼怎么样了。当我路过经销店，听到里面吵吵嚷嚷的，再接着就看到村支书锅盔带着一群人从店里走了出来。其中有两个肚子鼓鼓的，我能认出其中的一个，当年造水库的时候，他还是一个瘦弱的青年，没想到如今胖成了这样，更没想到他也是木材检查站的人。村里人听说来了木材检查站的人，就都拥到了锅盔家，叽叽喳喳着，询问禁树的事。

那几个人回答得很肯定："以后不经审批，一棵树都不准砍。"

"那让我们怎么活呢?!"

"该怎么活就怎么活。"

"你们就不想想，山区耕地少，连稻谷都不够吃呢!"

"这问题你们得向县政府反映去。"

村里人再没有得到更多的信息，等到这波人去了民兵连长国梁家吃午饭，人又都拥到了国梁家。但是国梁把他们轰出来了。

"奶奶的，有你们这样馋的吗？馋得想啃我家的桌腿不是？"

村里人就坐到桥头，等着吃饭的人出来。等了两个小时，那边还在猜拳。

"这都是因为水库里的水，要变成汤溪镇上人喝的自来水了！"

"这跟砍树有狗屁关系！"

"怎么没有，砍树发洪水，洪水会让水质变差。"

"可我们呢，就该喝一辈子西北风？！"

愤怒就像干柴，一点就着，聚集在桥头的人越来越多了。当那几个人喝得晕晕乎乎从国梁家出来，人们又不约而同地围了上去。也不知道是谁带的头，呼喊起来："我们要吃饭！我们要砍树——"但是，那几个干部没有丝毫在意，其中手拿一个铁锤样东西的，还朝人群扬了扬手，吼道："封山育林是上级命令，都给我走开去！"那人的声音低沉，却像一只豹子发出的音。当他们就跟什么事都没有发生，拍拍屁股走了后，人们才发现站在台阶上的国梁的胳膊上多了一个红袖套，上书"综合巡逻"。

国梁恶狠狠地说："都乡里乡亲的，《饮用水源保护管理条例》我就不念了。开门见山地说吧，以后，咱村！至少十年之内，没树砍了。条例上写得明白，不到三十年树龄的林子，一律不给批。咱村呢，这几年把十五年树龄的树都砍得差不多了。所以今后，除了自己家造新屋、打家具什么的，一律不准砍树，都听明白啦？"

我又想起我验上一等兵那年，那个当兵名额最后落在了二等兵国梁身上。他是当时的某大队干部的侄子，其后他在邻省当了三年伙头兵，服役期满从部队回来就当上了民兵连长。这虽然是个小官，却要负责兵役登记、征兵工作和民兵训练，还要担负树林防火、维护社会治安等任务，所以很受重用。在树木禁伐的日子，村里人明显感觉到，戴上了红袖套的国梁每时每刻监视着每一个人。在他的监视下，有人上山砍柴，本想砍一棵小树挑着柴火回家的，结果想想国梁将跳出来抓住小偷似的盘查，砍刀抡到半空又收回去了。

村里人对国梁很反感，看见他从身边走过就往地上吐唾沫。也有人当着他的面把树拉到街上，拿锯子将树锯成若干段，再用斧头将树劈成柴，码在自家屋檐下。有一次小赖子喝醉了，东倒西歪着，直接跑到国梁家去骂。国梁说："你他妈的开旅店没有生意跑我这儿来撒娇？我揍你！"小赖子说："你就是木材检查站养的狗！"结果国梁几脚把他踹倒了。小赖子艰难地爬起来，梗着脖子说："禁你妈的×呀，禁你妈的×呀！"他反反复复地骂，带着哭腔。我想，小赖子借酒浇愁，是因为他心里清楚，他家再也没人去住了，而且他把老婆都赔出去了吧。

可问题在于，禁伐令颁布之前，人们已经尝到过卖树的甜头，难道那些背回家的树当真要当柴火烧掉吗？我想这样的柴烧出来的饭菜，吃起来也会有一股苦涩味吧。因此，人们在小赖子的带动下，躲在国梁监视不到的地方，诅咒禁伐令，诅咒国梁，诅咒木材检查站。诅咒完了，心里好受些了，这才背起锄头扁担或者簸箕背篓，到田里干活去了。不管怎么说，山里人活命的本钱，除了树木以外还有庄稼。庄稼已经成熟，总得先做要紧的事才对。于是忙忙碌碌的秋天，在一种略显失落的叹息里到来。人们开始挖红薯、毛芋，摘玉米，砍大豆秆、高粱穗，收割晚稻。繁重的劳动，就像砍树背树一样，一方面暗含着收获的喜悦，另一方面也把人累得麻木迟钝。所以，直到秋天接近尾声，特别是屋前屋后的树妨碍到粮食的晾晒，关于树的话题才又被引了出来。

村里人当然是期盼着平原人进山的，虽然平原人狡黠，往死里压低树价，但是只有从他们的口袋里能掏出钱来。可是平原人真的像候鸟那般飞走了。随着秋季结束，期望越发渺茫。如果说前阵子平原人也忙于收割，那么现在不是已经结束了吗？人们四处打听别的村是不是也卖不出一棵树了。结果都一样，整个金塘河流域，不经审批都不准砍树了。

有一天，天还黑着，耕马带领他的四个儿子每人背一棵树，决意要把树背到他的妹夫家去卖掉。他的妹夫住在平原，他有理由说，这几棵树是在禁令颁布前砍的，早就答应送给妹夫造屋的。可是这样的理由说服不了检查站的人。为了证实没有说谎，耕马还打电话叫来了他妹夫。但是检查站的人说，我们只能放走经过审批的树。什么是经过审批的树？首先在树龄上达到三十年，其次还要检查树上是否敲过钢印。那钢印是要提前上山数过树桩，核实之后才给敲。

耕马虽是一个粗人，平时仗着四个儿子动不动跟人撸胳膊，这时却也懂得软磨硬泡，他让大儿子去大坝下面买烟，还要请检查站的人"来吴村喝高粱酒、吃黑魔肉"。检查站的人厌烦至极，扣下他的树让他离开。耕马伙同四个儿子在检查站大闹一通，然后逃之夭夭。这事在整个山乡产生了极其恶劣的影响。

继耕马之后，还有村里人尝试过运树出去，他们不坐柴油机船，而选择背树绕道而行，他们在水库两岸的山上像逃荒的人那样走上一天，但无一例外在水库大坝下面的公路上，被骑三轮摩托的检查站人拦截。于是检查站、审批、钢印、水源保护、违法、没收等概念，就刻在了每个山里人的内心。

随着天气转冷，稻草垛和枯草上结着厚厚的霜，我的老毛病如期到来。我通宵咳嗽，人就像一辆发动不起来的拖拉机。这一天，在太阳出来之前，我还赖在被窝里，突然听到门外响起一阵陌生的脚步声。我一下子坐起来。

"得令，得令！"是兴国的声音。我不想理他，又想躺下去。兴国很没礼貌地掀开了门帘，说："得令，就你还躺着不知道吧？我今天要告诉你，我没有想到，没有想到啊！不允许我们卖树，干部怎么就可以卖啦？……"兴国再次重复"没有想到"的时候，我闻到了他嘴里隔夜的酒气。

我披了衣服跟他走到门口，阳光还在对面山上。

兴国说："这当官的，还真是脸皮厚呀！你绝没想到，检查站的人给咱村干部的树都敲上了钢印，他们的树神不知鬼不觉地运出去了。我这么说有人还不信，说他们家门口还立着树呢。那是他妈的摆着给人看的好不好？事情败露后，你猜怎么着？国梁说：'谁能把检查站的人请来，那是他的本事！你们哪，就是没丁点出息！等我们的树分批运出去，自然就会考虑把你们的树也分批运出去。我们村囤了这么多树，一窝蜂地往外运，检查站的人能都放行吗？'"

我听了这些，顿时心里乱糟糟的。我冷冰冰地应付几句，把兴国打发走了。据说他走后，又去经销店、代销店闹，甚至扬言，要像砍树一样砍掉干部们的头。但是许多天后，我发现什么事都没有发生。有人说，锅盔受不了他的纠缠，想办法把兴国家的树也敲上钢印了。也有人说，锅盔命令国梁教训了兴国一顿，他就此噤了声。有一次我在路上遇到他，想问他几句，他竟然像做贼那样溜掉了。后来听人说，村里包括兴国在内的很多人，都在和锅盔、国梁搞好关系。因为大伙心里清楚，只有他们能把检查站的人请到村里来。而检查站的人呢，还真来我们村喝过几次酒，至于喝酒之后有没有给人敲钢印，也只有他们自己最清楚。

这个时候，其实我也很想去讨好国梁。但是由于性格原因，要如此势利、肉麻地去讨好一个人，装出一副摇尾乞怜的样子，实在太难了。整个冬天，我都处于无望中。我想起撂在金塘河上游的树还没有背回来，有些后悔耽误了卖树的时间。在天气变暖之前，我的病加重过几次。到井下卫生站挂盐水，每次路过小赖子家，看见他家房门虚掩，狗躺在门槛上睡觉，我的心里就会难过起来。我不敢想象接下来，没有树卖该怎么办？我该怎么把孩子养大，为老人终老？

随着雨水渐多，我不得不考虑把背到金塘河畔高地的树先运回来。我准备用水运，即把树扎成木排，等待涨水顺流而下。我专门去了趟堆放树木的河畔，树都还在，而且颜色没怎么变暗，仿佛身价的变化对它们自身没有产生什么影响。这让我有些感动。回来的路上，我幻想着如何把这些树卖掉。如果是那样，我就能送两个孩子去上学了。就在前几天，学校新来的老师因为不知道我家情况，又来问两个适龄儿童怎么不上学。我当然知道知识的重要性。之所以没有急着让孩子上学，是因为1+1=2，基本的知识，我自己就能教。这样既省了学费，两个孩子还能帮妈妈干点活。他们的妈妈太辛苦了。可是，现在大的孩子按理说要上小学三年级了，不该再由我来教了。我也教不会了。

我想来想去，想不出很好的办法。后来，我就想到把树以最低价卖给国梁。尽管我因为当兵的事，一直不愿与他交往，但是他不是有办法偷偷往外运树吗？没想到这事差一点就谈成了。国梁说："我可不敢买你的树啊得令，我端着这饭碗就是要喝清汤的。但是我看你家确实也困难。这样吧，时间合适的时候我带检查站的人上你家瞧瞧，价格嘛，你们自己谈好了。"他这么一说，我暗暗怀着喜悦的心情，连爱莲都没有告诉，同时明白兴国他们为什么没有接着闹了。

万万没有想到的是，这时候木材检查站出了一件丑闻。有人发现大量木材上敲的钢印是假的，一是敲上去的字模糊，二是中间的五角星缺了一角。这事引起了检查站的重视，结果一调查，发现这些树大部分来自吴村。于是，那个制造假钢印的人很快就被逮起来了，他正是国梁。这个家伙摸透了村里人急于卖树的心理，每次带回村的所谓检查站的人，十之八九是事先勾结的树贩子。他们以白菜价买走村里人的树，再敲上假钢印偷偷运走卖高价。因为每次打着国梁的名头，检查站的人就以为这些树是前阵子他们中的某一个去吴村敲过钢印的树，于是一律放行，直到这些树流入市场，有好事者发现钢印异常。

如此一来，我们村那些还没有卖掉的树就倒霉了。因为检查站的人不可能再轻易地给人行方便之门，也不会再轻易被人利用。这样，我本想去河畔高地运树回来的，还有孩子上学的事，只能搁置了。爱莲说："当时背树的时候咱只顾背树，这……就再也没机会了。唉，只得我多干点活，你留些时间教他们读书吧！"

我只能说："好的。"因为我只能这么说。

我不知道命运为什么要这样捉弄我。有时候，我真希望那是一个梦：在源远流长的金塘河没有被拦截成水库之前，我曾那么健康、爽朗，我十三岁就跟父辈去放木排了，那时候毛竹和木材都是通过水路运到平原上去卖的。祖辈们来往于山区与市镇码头，既能赚钱又见世面。我站在木排上能判断水流流向、避开漩涡，大人们都说我脑子灵、身手矫健，将来是块撑排的料。如今，水库把我们封锁在大山里了……

转眼到了春夏之交，正是下暴雨的时候，河水猛涨，浑浊不堪。由于连年砍树，被砍秃且被开垦的山在雨水冲刷下裸露红土，就像皮肤上生出血淋淋的疮。这是乱砍滥伐的危害。从这个意义上说，禁伐令恰逢其时。我站在自家稻田里，看着脚下惊涛骇浪，泥浆滚滚，一方面担心稻田被洪水冲毁，一方面担心河中漂过的是我家遗留在金塘河上游的树。我不知道该怎么办，眼睁睁地看着直扑过来的浪头嘭嘭地撞击田坎，浪头每次扑来都要卷走几块石头，执意要将田坎掏空。我看着整块整块往下掉的田土上，还立着刚刚插下不久的稻秧，翠绿翠绿的，转眼卷进浑浊之中……

我吃不下饭，也睡不好。当年参与水库建设遗留下来的剧烈咳嗽，在我的胸腔与咽喉处汹涌。两天后，雨逐渐小了，河水开始下降，不再像血那么黏稠了，但是岸上一片狼藉。我家稻田里大量螃蟹爬行，它们可能在寻找食物，也可能盲目地爬来爬去。还有不少燕子，在湿漉漉的田埂上起起落落，它们是要衔上一块上好的油泥，飞到谁家屋檐下去做窝的吧？

这时的水深最适合放木排了。我突然想起小时候，跟随大人撑排到兰溪去的那次，就是在这样的洪水退去之后，河床被洪水冲得平整，而涨起来的水还没有退尽。我的心竟然有些激荡起来。我决定叫上汉匡（河畔高地上只剩下我们两家的树了），一起把树做成木排放下来。这既是为了结束旷日持久的对树的惦记，也是出于安全考虑，万一有谁落水相互有个照应。事实证明，我的决定是对的，甚至意义非凡。

我愿意把这件事，当成是我这一生的骄傲——

我仍记得那天，我和汉匡在石滩上扎木排，太阳当空，天是蓝的，河滩上的石头渐渐烫了起来。扎木排需要大量藤条，我们正用它把树一棵棵捆在扁担那么长的横木上，抬头时，我看见不远处有一个人戴着斗笠，正看着我们。我从没有见过这个人，而且，他的斗笠下面还罩着一个纱罩……

"你好啊，"我站起来，跟他打一声招呼，"你是从井上村下来放牛的吧？"

"不，我是来你们山里放蜂的。"

"那你是养蜂人喽？"

"可以这么说。"

正是这个神秘的养蜂人，当他了解到我们的情况后，说出了一番让我们吃惊的话。他告诉我们，树在东南方向的遂昌县境内不但不禁伐，而且林业经济是非常受重视的。我至今记得那人的口音，汤溪方言里交杂着龙游话、遂昌话，甚至冒出客家话。我不知道他从哪里来又到哪里去，那次见面后我就再也没有见过他。

我想他一定是上天派来帮我们的，如果不是，那一定是山神发了慈悲。因为正是他告诉我们卖树的出路，让我们把树卖掉了……

养蜂人指明的那条路，其实就是古时就有的古盐道。我小时候就听爹说过，以前的挑夫就是通过这条崎岖山路，把温州、台州那边的盐，经遂昌挑到井上村，再由井上挑到井下，再由井下至山乡至汤溪、洋埠等地。事实上，这也是一九三五年红军翻越山岭，到我们这边来闹革命走过的路。当年红军到了井上村杀了一富农家的两头猪，我家长工麻一杆听闻，就从家里逃走，跟了红军，而后带领红军挺进上阳村，毙掉了雄霸一方的大地主炳文、炳武。从此我家惶惶不可终日，不知如何是好。

那天，我和汉匡同样面临着两难的选择：我们还要不要继续扎木排，将木头运回家？还是听信养蜂人的信息，另做决定呢？因为在平时，我们习惯顺着金塘河往下游走，走过井下村、和尚村、渡过山乡水库……很少往金塘河的源头遂昌方向去。我已经记不清我们到底谁说服了谁，或者是我们共同的决定，我们抢起砍刀，砍断藤条，把扎好的木排拆了……

我们决定冒险。我们回家做了必要准备后，第二天就带着一身换洗衣服、两块防雨油布、一只水壶、一袋干粮、一双备用的草鞋，告别家人，逆水而上。当我们背上树——树已经风干，没有以前沉了——途经流沙坑、天子山，到达涡坞的时候，我明显感到追不上汉匡。因为背树上山比下山累多了，更何况，从龙井出发，挡在前面的是一座很高很高的山。这座山叫井台，站在吴村的任何一个地方眺望，都能看到它的顶峰耸在正南方。

井上村就坐落在井台开阔处的凹地上。当我们气喘吁吁地到达这个状如铁锅的村庄，简单吃过午饭，接着还要翻越大石门、登步坑。一路上群山连绵，山顶着天，天压着峰，只有茂密的树林和潺潺的泉水做伴。好在当年挑盐的队伍、红军的队伍虽已散去，但是崇山峻岭间的古盐道被顽强地保存下来。

一路上，我们遇到好几处盐夫祭拜山神留下的石头堆，石缝里插着过路人折的细枝条，显然是当一炷炷香插上去的。鉴于曾经在龙坑的教训，我和汉匡每遇到一处石头堆就放下树，双手合十，拜上一拜。所以，我们虽然在深山里上高坡下陡壁，却没有发生什么意外。

我们在天黑时，终于顺利地到达野苍岭。我们找了一处平坦的岩石，点起篝火，铺上油布。夜里，我一直担心山上有狼，或者豺狗，但是只看到了野猪。第二天一早，我们收起油布，继续翻越野苍岭。中午，烈日晒在身上，那酷热就像要把我们全身的油都晒出来。有几次我累得连拐杖都扶不住，不得不把树扔在路边草丛，蹲下来喘息。汉匡见我没跟上，几次返回来帮我背树。我们上到野苍岭垭口，终于看到长满青苔的界碑。然而下山的路，却没有想象的那么省力，岭的背面突然陡峭起来，我的双腿忍不住哆嗦。

"你不要往山下看啊，而要把眼睛死盯住下一步要迈的地方。"汉匡叮嘱我。这个小个子男人，因为老婆跟人跑了，村里人瞧不起他，这时候却让我肃然起敬。我按他的做法下山，双腿没有再哆嗦。等过了最难走的断腿崖，我们终于走到了相对好走的古驿道上。

下午三点多，我们终于到达目的地：遂昌县歇脚镇。在这里，还真有人开着拖拉机收购木材。而且树的价格，要比卖给进村的平原人贵了好多。我和汉匡高高兴兴地卖了树，在镇外小河里洗了澡，在凉亭里歇了一晚上。

天蒙蒙亮，我们再沿原路返回的时候，看着高耸入云的野苍岭，连我们自己都十分感慨：昨天我们是怎么从一条山脉翻越到另一条山脉来的，而且还背着树。

因为返程不负重，加上心情放松，我们紧走慢赶，来时花去两天的路程浓缩成了一天。进村的时候，我偷偷地摸了摸口袋，口袋里放着卖树的钱——虽然在歇脚镇，我为爱莲买了一条丝巾，给两个孩子买了一个书包，钱花掉了一多半，但是足以让我把腰杆挺直了。

半刻钟后，我就看到我家的烟囱冒着烟，庆子带着弟弟在门前跑来跑去的。阿匡看见我回来了，"爸爸爸"地叫起来，大老远跑过来抱我，我们的眼圈顿时就模糊了。"阿匡，"我说，"这是我给你们三个买的书包。哥哥用过了弟弟再用。"——我这才发现，我光记着两个大的要读书，忘了给最小的买糖果了。可是孩子们并没有意识到糖果问题，争先恐后地要背书包，从来没有这么高兴过。

我进屋，爱莲已经给我端来热水，要我好好洗洗脸、烫烫脚。当我把两只脚伸到热水中，脚底下成串的水泡破裂了，疼得我呻吟了一声。

"爸爸，爸爸，你这几天上哪儿去啦？"

"爸爸这几天，背树去遂昌了呢。"

"下次，你再去带上我们吧！"

"嗯呢。好啊。"我说。

但我在心里，想到这一路的艰辛，真希望这个世界上不会有第二个人走这样的路，毕竟荒凉的古盐道上早已没有了挑盐的人，也没有了红军战士，而砍下山的树就更不应该往山上背。但是，接下来没几日，我又开始做草鞋、缝补衣服、炒制干粮，准备出征。因为家里还有不少能换成钱的树，不卖掉实在可惜……

正因为此，爱莲说她也要跟我一起背树去卖。我没有同意。

然而，当我和汉匡再次出发的时候，我们村里有不少人，悄悄地跟了来……

那真是难以置信的一条生路。我永远记得我们的浩浩荡荡的队伍，每人背着树，握着拐杵；有人的拐杵底部包着铁，拐杵打在石头上发出铿锵声；有人年轻力强，健硕的脊梁冒着热腾腾的汗，背树不但不觉累，上了古道的制高点还唱起翻山越岭的小调；但也有人跟我一样，身体透支了力气，过崖时稍有不慎就会摔下深渊；加上山路上常有毒蛇，赶路人多了难免会有人被咬到……

我不知道，那期间到底有什么树从山的这边，由一具具肉身肩挑背负，翻越层峦叠嶂输送到山那边的遂昌地界，再由遂昌地界运送到需要它们的地方。可以肯定的是，在树木再次被禁运之前，这条曾经由沿海地区熬制的食盐运往内地必经的千古盐道，这一次却承担起了树木运输的任务。

不，我当然不是说这条路有什么了不起，只是在那特殊年份我们为了卖树，只能选择走这条路。靠山吃山，这原本就是世代山里人活下来的手段。慢慢地，金塘河沿岸及其源头其他隐没于丛林里的村庄，也有跟着我们背树到遂昌去卖的。当然也有遂昌那边的树贩子为了赢利，自己翻越野苍岭到我们这边来收购树，再雇人背过岭去的。因此，野苍岭下那个只有十几户人家的登步坑村，就成了野苍岭这边的木材中转站。这个小小的村子，因此诞生了像小赖子家那般的小旅店，我们中有些人去的途中会住在这样的旅店里，等第二天抵达野苍岭那边的遂昌地界，还要在正式的旅馆里住上一夜。

歇脚镇，毕竟是一个有着辉煌历史的古镇，古代的挑盐人要在这里吃好睡足，第二天才有力气翻山越岭。可以想见那时候有大量盐商、盐夫往返于此。虽然解放后由于公路铁路的兴建，古盐道逐渐被人们遗忘了，但是当我们这边出了树木禁伐令以后，木材的涌入再次让这个古镇热闹了起来。特别是像耕马家的儿子们、老济公的女婿、兴国的兄弟们，总有一些人在镇上卖了树，活脱脱变成了昔日从金塘河撑排出去、在兰溪城里潇洒一回的人。他们背着被肩膀磨得锃亮的拐杵，就像当年的撑排人背着长长的竹篙一样，人和拐杵及挂在拐杵上用于捆树的绳子和放衣物草鞋的布袋子，在歇脚镇上晃荡着。

有几次，我们还遇到了从另一条山岭上下来的山庙村人。他们也背着树。俗话说"冤家路窄"，没想到我们在遂昌地界会合了。我那时真担心来自金华县、龙游县这两个村子的人，会在遂昌县境内打起来。可是并没有。

"嚯，嚯！我一认出背树下来的是他们村人，奶奶的，立刻就把树横在路中央，问他们还认不认得我？"耕马的大儿子牛栏仔吐一口唾沫，万分骄傲地说，"他们没哪个敢说话的，看见我拦住不让走，他妈的就跟做贼被抓一样。哈哈哈！"

"后来呢？"

"后来就有领头的给我敬烟来了！喏！哈哈哈！"

不管耕马的大儿子说的是真是假，总之，这事让所有背树过来的吴村人感到特别解气。他们去饭店炒上两个菜，喝了许多酒。而酒精的刺激和疲乏的解除，总是让人兴奋又轻浮。到了歇脚镇，我们村里人爱在旅馆里赌钱，在理发店里让姑娘洗头。只是，等到第二天醒来发现花钱太多，隐约的后悔，会让他们在返回路上闷闷不乐。不过，过不了几天，他们就会再次汗流浃背地出现在野苍岭上，像公牛那样喘息，像野兽那样嗷嗷欢叫……

不过，这条路，也就通行了两三年时间，后来木材检查站的人在去往野苍岭的大石门设了岗。于是我们这一带山区，就再一次成了交通与生存的死角。那些翻越野苍岭、肩膀生了一层厚茧子的背树人，就像推着独轮车进山买树的平原人一样，也很快消失在了历史的长河中。

再后来，我们村里那些背过树、尝过挣钱甜头的年轻人，就相约去了城里，在工地上卖苦力、在工厂里打工。再后来，很多山里人就没有了靠树卖钱的念想，事实上，也从此丧失了从事这项艰苦体力劳动的雄心与忍耐力——

是的，再也不可能有人爬到龙坑那么高的山上去砍树，更不可能在严寒酷暑中背着树翻越野苍岭，把荒芜的古盐道踩得路石发亮。而我，或者说那个时候的人们，就是这么砍树、背树，然后这么把树卖掉的。

超 生

凤仙花，蓬蓬开；
娘想囡，心花开。

——童谣《凤仙花》

痛苦的时候总是多。嫁来吴村那天，我是哭着来的，隔壁婶婶劝，出嫁路上莫要哭，哭的新娘不会有好运。刚嫁到吴村，我在田里扭伤了腰，挣不来工分，躺在床上受刑，村里人说我娇气。我没那样的命。生第一个孩子时，就差丢了命。肚子痛了两天，那痛就像有人拿刀子在肚子里搅，我痛得喊起来："我不生了。我不生了！"请来接生的秉德老婆说："一痛就使劲向下用力，这样孩子就出来了。"我努力地向下使劲，手抓着被子，被单撕破了。生了一天，秉德老婆说："要死了，这样痛下去要死了。"令我睁开眼睛，不要闭上。可我怎么都睁不开眼了。直到天又黑了，感觉腰椎骨从中间断开了，孩子的脚先出来了，秉德老婆说："你快使劲，不要喊，孩子的头卡住了！"我浑身颤抖，止不住地喊。我哀求："你轻一点，可不要把孩子的脖子拽断了！"秉德老婆说："不拽能行吗，保得了孩子就保不了你！"正说着，我感觉一大堆东西伴着一股热流从肚子里出来了。孩子生下来，我就散了架，肚子空了，脑子空了，内脏和四肢四处摊开，就像漂浮在水上。秉德老婆告诉我，是个男孩，一会儿就能听见哭声了。可没等孩子哭起来，我就睡着了。等昏昏沉沉醒来，孩子已经饿得哭哑了嗓，一碰到奶头就叼住，喝得喘不上气。

这个小小人儿，整个红扑扑的，满脸皱纹，眼睛都不大睁得开，就像老鼠下的崽。我的奶水汩汩地流。这孩子吃饱了就安静地趴在我身上，我和他一样感到心满意足。可我想，我再也不要生了，太痛了，受够了。想是这么想，第一个孩子刚断奶几个月，我的肚子又大起来。女人就是不长记性，当初怀孕吐到快五个月，什么都吃不下，只能喝稀粥，生的时候痛得死去活来，和别人比，简直没法说……好在生第二个时，尽管也痛，但痛的时间短。我头一天还在生产队干活，第二天穿了旧衣裳要出门，肚子隐隐作痛，痛了一会儿就好了，我就继续往外走，心想还没有到时候，到了地里，又痛起来，我就担心要生，叫了我男人得令，让他去找秉德老婆，我自己往家里走，路上遇到人，我问有没有米。好不容易借到三斤，我拿出半斤，想煮点饭吃，吃了才有力气生。不料，饭煮到一半，阵痛涌来了，每隔一分钟痛一会儿，紧接着，就没有了间歇。等到锅盖被米汤噗噗噗顶开，我已经痛得不能拿勺子舀水浇灭炉火。我扶着板壁到了床上，阵痛加剧，当锅里冒出焦味，我已经将第二个孩子生下来。孩子的哭声呜哇呜哇，脐带还连着，让我害怕……

都说女人是越生越好生，可是，虽然生得没那么痛苦，却在生下来后让孩子受了苦。因为营养不良，我的奶水一直下不来，看着孩子饿得哇哇哭，我揪心得很，硬生生把干瘪的奶头塞进孩子的嘴，孩子嗫一嗫，吐出来，继续哭。哭累了，他才愿意含着奶头睡去。有时候大概做了梦，他也会吮几口，脸上荡开憨笑，发出满足的哼哼声。但是有时候，他会醒来，一直哭闹不停。看着他哭得声嘶力竭，脑袋左右晃动，找妈妈吃奶，我就陪着他哭。如果家里有粮食，我就要推男人起来，去点起炉灶，熬小半碗米糊糊或者小米粥，放凉了，一勺一勺喂。但是更多时候，连这样的奶水替代品也难以办到。因为那年月，天闹涝灾，从生产队分回的粮食不够吃。大人能吃野笋野菜粗粮，但是几个月大的婴儿怎么行？

我很有些懊悔嫁到吴村来。嫁来之前，以为吴村田地多，人口旺，粮食不愁。不是吗？比起我娘家坞头村，吴村坐落在大山脚下，金塘河两岸地势开阔，有畈田、梯田，缓坡上有旱地。坞头村却是在高山上，下雪天，一等太阳出来，大半个山乡雪化了，压弯的毛竹腾地弹直，只有坞头村和井上村这样的高山村，依然白雪覆盖。这样的地方气温低，山泉水太凉，不宜水稻生长，加上山高地陡，田块面积小，连牛都不需要养，因为牛拉着犁走不到三步，就已经走到田坎上。所以我从小就跟着爹妈在山上种玉米，种高粱、红薯、大豆、粟。

没想在吴村，也一样缺吃少穿。那时候，政治运动多，又常闹天灾，社员们做一天和尚撞一天钟。为了第一个孩子，我回坞头村借过粮食。我爹说，会好的，那么多田地怎么会连肚子都填不饱呢？！不幸的是，生第二个孩子那年，先是周总理去世了，隔了几个月毛主席也走了，人们哭的哭，号的号，那一年的粮食好像也悲伤过度，跟着大面积减产。为了给孩子补营养，得令不得不上山用铁夹子捕野兽，去河里摸鱼。尤其前几个月，天寒地冻的，他每次天蒙蒙亮就出发，等到生产队开工前赶回来。有时候，他会兴奋地叫起来："爱莲，今天运气好，捕了十多条呢。"我一看，脚盆里花花绿绿的，红的是红水鞘，白的是白鞘鱼，黑的是石板鱼，这三五天的奶水就有保证了。可是有时候，他两手空空。"前几天，我发现一个猪獾的洞，今早去看铁夹子，那东西被堵在洞里几天不出来，"他边说边咳嗽，"我就决定从洞的顶部挖下去，直到它不得不从洞里逃出来……"他说了很久，猪獾如何打洞，如何逃掉，就像在向我认罪。

我是知道的，他尽力了，为了这个家，他没日没夜操劳，他是一个好人。只是疾病又怎么会分好人坏人呢。这咳嗽，说是在水库工地落下的根，其实跟生活艰苦也有关。事实上，我们第一次见面，就见他咳嗽，只是我没有多想。哪想过，他咳了一辈子，严重时咳得哮喘不止，好像随时都可能窒息。看着他这么痛苦，我心里如同猫抓，我想照顾他，又恨不得从这个家走掉，却又不忍心。人毕竟是有感情的。可是，要是都这么苦下去，可怎么办？我不知道以后会不会好起来。虽然两个孩子在那样的年月健健康康活下来，可我并不认为将来儿子会给我养老。我总担心儿子大了，家里穷，娶不上媳妇，或者娶上媳妇，媳妇对我不好。因为就这破破烂烂的房屋，以后分家可怎么分得开呢。有句老话说"人穷断六亲"，穷公婆总要被儿媳嫌弃。等我老了，可不想像我爹那样，看儿媳脸色生活。所以，我和得令才会那么拼命，总想着多得一担粮食，多攒五块十块钱，想着把贫困的帽子摘掉。如果有一天，我们攒够了钱，能给孩子造出一栋新屋来，那么多少是个安慰。

然而，粮食是会腐败的，粮食吃进肚子，它隔一夜就排出来，变成粪；钱长四只脚，两只脚的人追不上它。所以，我和得令一年忙到头，也就图个一家人不饿死。再一个就是，两个孩子就跟稻子抽穗一样，一节一节往上长。说来说去，人受再多的苦，都是为了一家人。上有老下有小的，只求平平安安。可是，偏偏那一年我与计生干部起了冲突，这个家差一点就倒了。现在想想还后怕，我怎么这么坚决要再生一个呢？

我是不知道的。当我怀上第三个孩子时，一点心理准备也没有。那时候，家里的两个孩子都到了上学年龄，第一个学期每人交三块五毛钱。他们上了一个学期，刚过完年就又要交第二个学期的学费了，一共要交九块钱。真是一根稻草压死一个人，就这几块学费，把我难住了。想来想去，两个孩子一年得交十八块了，大的那个就不得不先辍学，跟着我们种地。怎么说，他都是长子，得为这个家出力。这孩子也还算懂事，跟着我们干活，或者让他去放牛，都尽心尽力。只是，没人的时候也会偷偷地哭。我就对他说："山子，学还是要让你接着上的。只是手头有了点钱，就给你爸买药吃了，前段时间过年，走亲戚花光了家里的钱。等天气暖和些，我们上山去砍树，等树贩子来村里就卖掉，我再送你去上学。"孩子没有说什么，眼里又有了光，每天傍晚弟弟一回家，就把弟弟的课本拿出来翻。两人一问一答，课文很快就跟着学会了。

这时，村里来了一个戴草帽、脖子上挂着一条毛巾的人。他是来收购"野猫皮"的，说是收去卖给纸厂，做钞票纸用的。"野猫皮"是一种皮特别厚的小灌木,喜欢长在向阳的、干旱的山上。山上的林子里长着乱糟糟的植物,"野猫皮"枝条深褐色,叶片很小,不容易分辨。山子为了攒学费,腰间别着砍刀,在山上来来回回地找,找到一棵就用刀尖把它连根刨出来,放在山路边,等到下山时再一棵一棵收集起来。他每次从山上下来,都能背回来一小捆,换得几毛钱。这样一来,他又该去上学了。可偏偏这时有人来要债,我就把山子存我这里的几块钱给了人家。山子知道了,躲在屋后呜呜哭。第二天,他继续上山去找,不料外地老板嫌路远,再没有来收购了。我看着一捆捆"野猫皮"堆在院子里,心里很难受。

那天,村里的兴国老婆来我家,约我去水库附近的原公社茶厂摘茶叶,我就去了。无论如何要把山子的学费挣回来。我们有七八个妇女一起去。只是,我怎么也想不到,我会闻到茶厂烘制茶叶的气味就想吐。我吐过一次,两次,以为自己身体虚弱,中了暑,或得了邪病,不曾想,后来只要走到茶厂附近就恶心,肚里翻江倒海,吐得苦胆汁都出来了。

兴国老婆是过来人,担心地说:"你这不会是又怀上了吧?"

我说:"怎么可能呢,我是上过环的,跟你一样,上两年了吧。"

兴国老婆说:"上环又怎么样,很多人都掉了。"

我想起怀第一个孩子时,也的确吐得昏天暗地。莫不是真的怀上了?我向茶厂请假,我想去医生那里确认一下。上了柴油机船,简直要吐昏在船上!我说船老大,你开到水库中央那个小岛上,让我下去吐,歇一会儿再走可以吗?船老大瞪了我两眼,说没有这样的事,每天坐船都有人吐得像瘟狗,每个人都到岛上歇一下,我这生意还做吗？我死死抓住船上的栏杆，那水发出很响的哗哗声，水向船的两边飞溅。终于到达大坝，我两腿发软，走着走着，我看到大坝上除了写着保护水源的标语，还写着计划生育的标语。那时候，计划生育政策已经执行几年，刚开始风声大雨点小，后来就变得越来越严厉。我还没有想好真怀上了，要不要生下来。无疑地，如果卫生院的人知道我怀上了，计生办的人也很快就知道了。我想，要是这次怀上的是一个女儿，我倒是愿意把她生下来。这么一想，我又折回来。

我回家和得令商量。我们都很矛盾，要不要赌一把？如果真能偷偷摸摸生下一个女儿，得令说，那也值得。原来他也是喜欢女儿的。可是，万一再生一个男孩，那可怎么办？那是自找罪受！好在离肚子凸显还有一段时间。得令说，肚子再大些，如果真被计生办抓了去，流了也不迟，反正已经怀上了。其实我也是这么想。尽管心里惴惴不安。

听人说，人流非常野蛮，是用带齿的铁钳子把未成形的孩子硬生生夹出来，"就跟野兽钻进肚子，把孩子咬死，拖到洞外来"。想到血淋淋的钳子，野兽的牙齿，痛苦挣扎的情形，我感到下体冰凉。我躲在家里，一方面孕吐吐得人头疼，腰酸；一方面又担心再生一个男孩。"儿是讨债鬼、囡是小棉袄"，不知道这话对不对，反正这么多年，我一直想要一件"小棉袄"。因为我是个女人，知道女儿会照顾家，能体谅父母。在农村，人活到最后，不就担心老了会受苦吗？我害怕等到我没有力气干活，连一顿热饭都吃不上。我担心我老了，也一样指望不上儿子。而且，我怀这胎的时候，很多方面和前两胎不一样。同样是孕吐，第一胎的时候虽然吐，但是吐完以后人就清爽了，现在吐完以后整个人蒙的，就像做梦一样。而且这次皮肤——也不知是不是好几天没晒太阳的缘故——竟然变得粉嫩粉嫩的。我偷偷打听过，生男生女可以从肤色来判断，怀女孩，做妈妈的会比平时好看。

我开始做各种梦。所有的梦都预示着生女孩。有一次生下来的小女孩感觉挺眼熟，醒来想想还是认识的，竟然是儿时的小伙伴出现在了梦里。我真是太想要一个女孩了。想想小时候，我们几个小女孩，比如银凤、彩娣、桂花，总在一起，跳房子，拉皮筋，学大人扭秧歌。村里哪家媳妇怀孕了，我们就扯一根三棱草，两个孩子一头一个同时撕草茎，草茎如果撕成一个女字，就是生女孩，撕成一个之字，就是生男孩。现在我很想试一下，扯了三棱草却不敢找人一起撕，唯恐撕错了字，是生还是不生？

那一天，我又做了梦，梦到了狮子。按照我们这里的说法，梦中出现狮子，是要生男孩。可是，除了狮子，同时出现了一只咩咩叫的羊……迷迷糊糊中，我大喊一声，霍地坐了起来。"啊！怎么啦你？！"黑暗中，得令推推我，点亮煤油灯。

"没什么，我、我刚才梦见有人抢我们的孩子。"

"山子、庆子睡得正香呢！"说着，得令灭了灯。黑暗立刻从窗外重新涌了进来。

我很想说，刚才我梦见了狮子，狮子追呀追呀，那只受伤的羊总是逃不脱，跑跑跑，咚的一下撞进我怀里……这时，我的肚子也跟梦中一样疼了一下……等疼劲过去，我就听到了哭声。这是那梦中的哭声吗？我竖起耳朵，听清那哭声又像是在嚎，简直是鬼哭狼嚎。我又霍地坐起来。

"得令，你听到了？"我急急地问。

"什么？当然听到了。好像还是二麦丁家。"

"怎么！又要抓她去结扎？"

"肯定。"

"嗨！要是过些天，他们来抓我，可怎么办！"

正说着，我屏住呼吸，听到有脚步声，朝我家这边咚咚咚响来，响到离我家最近的路上，又响到金塘河那边去了。不消说，这是慌乱的逃跑，肯定是二麦丁带着老婆往金塘河对岸跑去了。从对岸翻山越岭，能逃到龙游县那边去。而计生办干部很快就追来了，因为有手电筒的光从我家窗户上闪电一样闪过。

"抓住他们，别让他们跑了！"

"快从金塘桥包抄！这次再跑掉，我他妈的开除你们！"

一通乱糟糟的，深夜抓二麦丁老婆去乡里结扎的呼吼声，比梦中的情景更恐怖，想必已经把半个村子吵醒了。最后也不知道抓到二麦丁老婆没有，当寂静重新回到村里，我已经吓得冷汗淋漓。

二麦丁是个中等个子的粗壮男人。他平时跟得令比较要好。得令身体差，二麦丁身体好，有时我挑不动稻谷到楼上去，得令就叫他来帮忙。当稻谷倒进谷仓，他连水都不喝一口，就咚咚咚走了。他力气好，人勤快，分田单干后，每天四五点钟就去干活。往往我起来煮饭，他已经挑着两只尿桶从地里回来。我们一家吃完早饭，又见他挑着猪粪什么的出工去了。得令说，二麦丁要不是超生，以后是要当村支书的，村里人都会选他。

二麦丁的确是一个正派人。他根红苗正，当过大队农技员。分田单干后，做过一段时间村委副主任，但是因为生四女儿的时候，已经属于超生，所以被撤销职务，留党察看两年。不料这期间，他带着老婆逃计划生育，又生了第五个女儿出来。乡里的计生干部四处找他、抓他，他几乎成了我们乡的"通缉犯"。

我带着孩子向他家走去时，他家门口站着很多人，大伙叽叽喳喳的，看着几个计生干部把他家的八仙桌抬了出来，几个孩子哇哇地哭着，要冲进屋去不让抬，有人拉住了其中一个，要带他们去吃早饭。孩子们不愿去，一味地哭。后来人都散去，哭泣的孩子可能被爷爷奶奶带走了。远远地，就能看到白色的封条，在二麦丁家大门上打了一个大大的叉。

看着违反计划生育的人家遭到这样的惩罚，我多次打退堂鼓，想去主动反映自己的情况。但是，当我意识到肚中的胎儿也是有生命的，内心又多了一种罪责。我不知道这是因为生过孩子，懂得生命孕育过程，还是我娘从小跟我讲过"果报自受"之类的话。可是，怎么生下来呢？现在每天都要面临被抓、被罚、被人流，甚至房子被扒了瓦，露出屋脊，像一根根白骨。我总不能几个月不出门，不出门别人要问。村里的计生员土发是乡计生办的走狗，会到处打听，会借故到家里来查探。这做贼一样的日子我无法忍受。

得令见我整日忧心忡忡，说："要不你回坞头村避几天吧。等过了这个月，就差不多能判断是男是女了。你不是说爱吃辣又肿了脚嘛，下个月我请瞎子婆婆摸摸你的肚。她一双手不知摸过多少肚，据说准得不得了。而且，让她摸肚，她看不见你是谁哩。"

我打断他："哼！我可不想让瞎子婆婆摸，她摸完了，孩子也就傻一半了。你看看她那个傻儿子就知道了。"顿了顿，又说，

"我也不要去坞头村。如果我真回去，只要待上两天，我那弟媳保准甩我脸色看。而且我弟弟刚刚入了党，我不想连累他。"

得令说："那怎么办？"

我说："我住到我姐家去，她会保护我，还能有饭吃。"

得令没有说啥。确实，嫁在井下村的我姐家境更好一些。我默默地收拾了几件衣物。因为想着姐姐、弟弟、弟媳，又想到了我的婚事。我二十七岁才出嫁，就是被姐姐和弟弟拖下来的。我家穷，坞头村又在高山上，家里怕弟弟讨不到老婆，便想着通过姐姐去交换。不料弟弟十七岁那年，姐姐等不牢了，偷偷跟一个箍桶匠的徒弟（我后来的姐夫）好上了。我娘骂了我姐。我姐说，不是还有爱莲吗？她比我小！我姐出嫁后，换亲的任务就落在了我身上。我娘是一家之主，我心里不愿意，却也只能听她的。

一年，两年，三年，弟弟长大了，我也早到了谈婚论嫁的年龄。然而，就跟我家要用一担红薯去换人家一担稻谷，有愿意换亲的人家，要么嫌坞头村"从这家出来就一脚迈到另一家屋顶上去了"，要么嫌我家穷得像用水洗过似的，"别人穷得叮当响，他家连叮当的声都听不到"。万幸遇到一户愿意结亲的人家，我这个不顾着我的弟弟又嫌人家姑娘丑。总之让双方都满意的交换，好比让骡子生出一头小马驹那么难。更要命的是，那年我娘得了暴病，娘在临终前说："爱莲，我把他就此交给你了。"我呜呜哭着，说："娘，在弟弟没有娶上媳妇前，我不出嫁。我无论如何会让他有个家……"

我不愿意换亲，但是我能怎么办，我不能让娘死不瞑目。好在弟弟二十五岁那年撞上了桃花运，他自己处了一个对象，一个大手大脚、颧骨有点高的姑娘。我为他高兴的同时，心里又十分悲哀，不知不觉，我已经是一个老姑娘。这回终于可以自己选择了，可是选择谁呢，比我年纪大几岁的，大多成家立业了，那几个没有成家的，已经被人当作光棍。一个人一旦成了光棍，许多恶习就上了身，想想他们看我的眼神，就心生厌恶。后来，是一个远房亲戚给我做的媒，我就嫁到了吴村。我们仅见过两次面，看上去他比较瘦，比较老实。他看我，不敢直着眼睛看。他的五官倒也周正，但有些苦兮兮的感觉。嫁来那天，我哭肿了眼，我还是不甘心。但我知道，再拖下去，就真没人要了。正因为这样，我才那么伤心……

再说到我怀了第三个孩子的事。我在我姐家躲了没几天，肚子就显出来。姐姐家在井下村的下坞组，离村子有些远，却有个邻居，看上去特别邋遢，一双眼睛包裹在一圈红红的褶皱里。我跟姐说，这个人看上去不像一个好人。姐说，你要时刻提防他，他没酒喝就会去告密。为了不让他告密，我姐夫隔几天就要给他买酒喝。但是，这个无赖喝了酒还要吃肉，姐夫给了他一个嘴巴。结果一天后，计生办的人就来了。幸好我姐把我转移到了她的亲戚家。但是没几天，我看到我姐亲戚家那个村有个男人，因为老婆被拖走，跟计生办的人打了起来。该男人可能习过武，竟然把几个人打倒在地，他自己呢，满脸是血，鼻子歪到一边，门牙在搏斗中掉了……

我躲在窗后，看着这武打场面，心想，我要是被抓去了，得令肯定不敢这样拼命。恰恰第二天，得令偷偷摸摸来看我。我跟他说了计生办抓人的事，他吓得脸都白了："那人要真伤了计生办的人，那就得坐牢了。""你怎么还替计生办的人说话呢！"我很失望。得令说："我没有替他们说话。"我说："要是哪天，他们也这样来抓我，你会怎么办？"得令说："咱不是早就商量过的嘛，如果真被抓了去，流了也不迟。"听他这样说，我哇的一声哭起来。得令吓坏了，劝我快止声。

"那你还要不要生一个女儿？"我变得任性，蛮不讲理起来。

"生。"他不敢反对我。

"怎么生？"

"要不，去投奔我姐吧，那里离山乡远。计生办的人找不到的。"

"我不去。"

"你这，不是闹别扭吗？"

"闹又怎么样，不闹又怎么样？我向来与你姐八字不合！"

这是事实，想起第一次去他姐家，就给我留下非常差的印象。那里虽然地处平原，却在一个犄角旮旯，一条机耕路，就跟被人丢弃的脐带，烂兮兮。住的房子，是用石头加黄泥浆砌的，没有阁楼，只从屋梁上挂下来许多绳子、钩子，用于挂东西。他姐可能穷怕了，喜欢晒各种粮食、蔬菜、瓜果的干，那些东西悬在头顶，好像随时会砸下来，而且能看到老鼠在绳子上窜来窜去。他姐拿根很长的棍子，三更半夜的，满屋子撵老鼠。

"你这些短命的，偷吃东西的贼！"

"辛辛苦苦种的粮，可不是让你偷吃的！"

"我还要留着过冬呢，可把你们养肥了！"

老鼠没有听懂她的咒骂，我却听懂了。谁稀罕这些黑乎乎的东西呢！我嘴上永远不会说出来，怕自己过于多心，但终究住不下去。我再没有去过那地方。

在我姐的亲戚家住了一些时日，总归还是觉得太麻烦人。这可能真是我的性格。于是决定在肚子进一步隆起之前，趁早躲到自己家的山上去。我就让得令回去，在山上先搭成一间像样的窝棚，并且叮嘱他："一定要把粮食一口气储备好，都运到山上去，免得以后一趟趟往山上送饭，被人跟踪。"得令说："好的。"我说："你姐那我不去，但是粮食可以让你姐夫用独轮车推几袋来。我们也不亏待他，你准备一堆劈柴，让他推回去。"

得令点点头："嗯。"

几天后，得令来接我。他真那样做了，说："窝棚搭好了，在劳动坞。清一色毛竹，基本不会有人去那里。我们在竹林里躲几个月，说快也快的……"

我说："嗯。"

趁着夜色，我们偷偷地回村。到了枫树湾一带，灭了手电，再沿着河畔走，走到能上山的地方，开始吃力地爬山。那时，我才发现自己真的是一个大龄孕妇，走几步就要歇一阵。我感到肚中的孩子，也跟着受累，蹬了我一脚。

"你这个调皮的囡！"我摸摸肚子，偷偷地笑。

在我姐的亲戚家，我有幸得到一个民间神医"生男生女随意愿"的秘方："第一，孕妇睡觉时身体往左侧睡，这样胎儿就会落在左侧子宫壁上。男左女右你知道吧，就是这么来的。""第二，在孕妇的床下放一个蒜臼子，记住，臼口朝上，放好后千万不要碰它。这个试验很多人试过。比如前阵子，我在一个鸡窝下放了一根蒜锤，结果孵出来的全是公鸡。""第三，不能吃肉，只能吃粗茶淡饭。吃荤腥生儿子，吃素食生女儿，自古都是这样……"那些日子，我真那样做的。虽然到了山上，搭在窝棚的不是床，而是一个地铺，但是蒜臼子、忌荤腥什么，都办到了。再说想吃荤腥也吃不上。而且，从我的肚形上也能看出来，它浑圆浑圆的，非常明显。"肚子尖尖生男孩，肚子圆圆生女孩"，这个说法比"酸男辣女"更让我确信。因为怀前两个孩子时，肚子都是尖尖的，这次完全不同。

只是想到，我在外逃计划生育这些天，家里的两个孩子也不知怎么样了。得令虽然回家照看，总归不让人放心。更何况，听得令说计生办的人还去过家里，拍桌子瞪眼的，对两个孩子进行询问，还吩咐土发监视我家。而且，吴村的小孩势利眼，自从得知我逃了计划生育，就避着我家孩子，他们找人去玩，人家也不搭理。我听了心里不好受。我多次想下山看看，或者让孩子上山来看我。但终是不敢。不管怎么说，之前躲到亲戚家那么难熬的日子都过来了，现在躲在山上清清静静的，我不想半途而废。伟人说过，凡事怕就怕认真二字。更何况，生孩子是多么大一件事，还有比生孩子更需要认真对待的吗？可要是计生办的人，他们也认"凡事就怕认真"这个理呢，生孩子就成了苦上加罪！

听得令说，小赖子老婆逃出去四个月了，东躲西藏，饥一顿饱一顿，最终遭不了这份罪，回来认罪了。还有小斤的儿媳妇，一直躲在屋后地窖里，这地窖可没人知道，计生办的人去他家几次都没有发现。但是，村里有一个高音喇叭离她家很近，就算躲在地窖也能听到"能引的引出来，能流的流出来"之类的宣传，她非常恐惧，最终缴枪投降。同样地，我在山上虽然听不清广播，但是一有风吹草动，也会惊慌失措。我知道，我随时都可能被暴露。虽然每次上山得令都装作来干活的样子，但是不敢保证没被人识破。或者，有个人到劳动坞偷毛竹，一眼就看到了我。我越来越不敢坐在竹林里乘凉了。可窝棚里热，容易中暑，我就叫得令在山梁上搭了一个凉棚。山梁上有风，而且视野开阔，适合白天待着。

那天，我正迷迷糊糊要睡着，突然听到山下有声音，我寒毛直立，艰难地坐起，探头往山坳的窝棚看。只见两个人，叽叽喳喳地说话，忽然大声地喊起来："妈，妈——"我在山上很久没有听到人的喊声了，每次得令来我们说话很轻，唯恐被人听到。我吓得差一点掉头就跑。可是，这不就是孩子喊我的声音吗？原来！是两个孩子上山了！我应一声，眼泪就噼噼啪啪落下来。我沿着小径往山坳跑去，不小心差点摔了一跤，幸好扶住了一根毛竹。这时，两个孩子也看到我了。他们那个高兴呀，就像两只小狗似的，在山路上朝我奔来。然后，就蹿到我跟前，紧紧地抱住我。

"妈，妈！"他们一声声地喊着。我摸摸他们的头，全是汗。摸摸他们的脸，全是泪。我干脆坐下来，抱着他俩呜呜地哭了一会儿。我太想他们了。他们也非常想我。他们说，以为我改嫁了，甚至以为我死了。

"是爸这样告诉你们的？"

"不是。"

"那谁说的？"

"村里人说的。"

"他们这是在咒我。"

"妈，你怎么在这山上？"

"我想给你们生个妹妹呀！你们可喜欢妹妹？"

"喜欢的。我们家就缺一个妹妹了！"

"这就好。妈还要在山上住一段时间。你们可千万不要跟人说我在山上。记住了？"

"嗯。"两个孩子听我这么说，神情黯淡下去，垂下眼帘。我问他们，这段时间怎么吃的饭，怎么换洗衣服，家里爷爷怎么样？他们正答着，得令气冲冲地上来了，两个孩子见到他，撒腿往山梁上跑。得令追上去，逮住一个就打。我气得挪不动腿，哭着骂："你这是干什么？"得令说："我每次出门，都不允许他们跟着。我担心他们的嘴关不严。今天我总感觉有人跟踪，原来是这俩兔崽子！他们趁我刚才蹲地里大解，跑上来了！你们这又是哭又是喊的，隔着两座山都要被听见了！"

得令打了两个孩子一顿，千叮万嘱不要泄露风声。两个孩子呜呜咽咽，不敢大声哭。最后，得令让他们从另一个山坳绕道回家。又告诉我，这段时间计生办的人布了很多眼哨，很有可能要采取行动了，所以我们必须要转移。

"转移到哪里去呢。我实在不想再折腾了。"

"我们下山。"

"你疯了！"

"最危险的地方最安全。这是哪部电影里的话？"

"你还有心情开玩笑！"

"没有。我在厨房堆柴火那头，清理干净了，隔了一堵墙，墙上再重新倚放柴火稻草，看不出柴堆里面多了一堵墙。你平时就躲在那里面，墙里有张床，谁也不会扒开柴火看的。"

"就像一间牢房？"

"别这么难听，有我给你放哨呢。没人靠近时，你可以在厨房里待着。天黑了，可以到院子里放放风。"

"哼，这还不是坐牢？"

但是，实在没有办法，总比计生办的人追到山上来，我腆着个肚子在林子里逃跑、风餐露宿强。于是，我们在半夜悄悄下了山。我进了得令为我砌筑的"牢房"，就像一只怀着崽的母兽蛰伏洞穴，慵懒，警觉，时刻留心着洞外的一切响动。

厄运是突然降临的。要说我这辈子经历过最可怕的事，就是在怀胎快六个月的一天，计生办的人突然上了门。那时我刚好在厨房，躲在门后头吃一块锅巴。我每天饿得抓心挠肝，锅巴能顶饿。听到动静，我赶紧咽下锅巴，进了自己的"牢房"，将一捆柴火堵在入口。我的心怦怦跳。我听到计生办的人在堂屋那边吼着。根据嗓音判断，是计生办的杜富、施长春、"小杨同志"，还有村里的土发、国梁。我听到他们好像在打得令，或者在相互拉扯。

"得令！真没想到啊，当年造水库时觉悟那么高，如今竟然会违抗计划生育政策……"

"哼！没什么，我就是那时候太积极，如今落了一身病！"

"话怎么能这么说！造水库是造福万代子孙的事！"

"生孩子就不是吗？！"

这次得令表现得很勇敢，至少在气势上很坚决，他拒不承认将我送到外地亲戚家，也不承认将我藏在了山上。这时，计生办副主任施长春的一声怒吼，让我一激灵，仿佛将一盆冷水从头浇到了脚。

"我和杜主任给你最后一次机会，你交出爱莲，就放了你！你不交出，就拉你去结扎！"

一下安静了。

"爱莲一定还在劳动坞，那里搭有一个窝棚！"这是土发的声音。

"你先住嘴！"施长春说，"你这么能，怎么就没早抓到呢？"

土发呜呜两声，就像一条狗被人打了一闷棍。然后，又响起来吵嚷声。很显然，声音主要由得令发出，他在保护自己，做最后挣扎。而我，已经吓得没有力气。在我们这里，拉男人去结扎，是最恶毒、最屈辱的事情，被人说成"阉掉了"。不管这男人之前多么威武、雄壮，一旦被结扎，迟早变得蔫头耷脑。虽然包村干部"小杨同志"每次来吴村，都说男人结扎不同于阉鸡阉牛，男人结完扎照样是男人。话是这么说，可我很害怕，不是担心得令从此不能跟我做那事，而是担心他的身体会差下去。得令患有支气管炎、季节性哮喘病，这病是慢性病，反复发作，所以身体底子差，如果真拉去结扎了，一定会变得骨瘦如柴，精神也会不正常。我了解他，他敏感、自尊又好强。这次之所以能同意我超生，就怕我说他是个孬种吧。可是，我也不想因为自己想要生女儿，害了他呀！

我又躲了一会儿，不知怎么办。再过了一会儿，就发现情况不妙，得令一定被他们五花大绑了，他的愤怒的声音在减弱，离开家，远离我，向金塘桥那边而去。我猜得到，此刻桥头肯定站满了看热闹的人。得令丢不起这个脸呀！我不想等他回来，变得神经兮兮！那样，就算生了女儿又怎样？这么想着，我就推开眼前的障碍，跌跌撞撞向外跑。果真看到得令被三个人扭住，他们正是施长春、"小杨同志"、土发。国梁虽然陪计生办主任杜富走在后头，但是我也恨他。这些人我要恨一辈子。但是，在当时，让我想死去的不是恨，而是着急、害怕，我真想跪下去。我扶着墙，不管不顾地哀号起来。

"你们要抓就抓我吧！放了我家男人——我不要女儿了，你们这些吃胎儿的狼——"

我这一生，再没有说出这么有威力的话。我发现那群人呆立住了，松了反扭住的得令的手，而且犹犹豫豫，好像怕我似的。他们从几个方向，向我靠拢，我气得用最难听的话骂起来。他们将我包围了，却没有扑上来，一群人仇视着我。我悲从中来，冷不丁一跺脚，一声号叫，吓得他们后退了几步，"小杨同志"甚至跌了一跤，引得围观人群哈哈大笑。那些人一定是听说消失数月的我突然出现了，都从桥头跑过来了。

"她一直躲在家里吗？这怎么做到的？"

"爱莲这次一定怀的是女儿，肚子这么圆！还往左歪的呢！"

"那还有什么可惜的，女儿不值钱。"

我疼痛难忍。肚中孩子在踢我。我被计生办的人推着往路上走。他们的身上散发着杀气，阳光硬邦邦的，太阳让人晕眩。可能是刚才这一番动气，吓着孩子了。我很想坐在路边歇一下，虚汗源源不断地流下来。我在疼痛、沮丧、羞耻，还有村民的注视中，一步步走到村口。在那里，还有几个同村的、东坑村的大肚子，被另外一些乡干部和计生员看守着。她们我都认得，但是谁都没有打招呼，每个人的脸阴沉沉的，眼神里有恐惧。我走到她们中间，就像一只落汤鸡汇入了鸡群。

一刻钟后，我们被计生办的人押着，朝井下村走去。一路没人说话。到了井下村，我们被集中在大会堂。那里，还关押着其他村几十个妇女。她们各自待在自己的床铺上。那床铺，底下是砖头垒的，中面是木板，上面是稻草。来得早的，家人已经帮她拿来草席和被褥，躺在床上休息。来得晚的，就坐在稻草上，手捂着肚子，一脸茫然。我没有想到，抓计划生育，会抓出这么大的场面。人到了这样的场面，就会坚持不住自己，生出怯来。

每个村的大会堂，以前基本是用来开批斗会的，分田单干后有婺剧团来村里演出，大会堂就派上了新用场。井下村大会堂很大，我们这么多人住在里面，一点也不显得拥挤。而舞台那边，被一块很大的布帘子拉起来，那里边无疑是临时手术室，有几个医生待在里面。时不时的，会有医生大喊一个人的名字，那么这个被喊的人，就轮到进去人流或者结扎了。这短短的从床铺到手术室的路程，往往会拖得比较长，因为无一例外的，被喊的妇女会感到害怕。哪有不害怕脱下裤子，躺在手术台上任人摆布的！从手术室那边传来的痛苦呻吟，哀叫，更增加了恐怖气氛。总之，乱哄哄的一群人，一方面，是被迫押来这里人流和结扎的；另一方面，这些女人依然热爱看别人出丑。比方说，有一个学岭村的妇女，她说平时连扎针都怕，轮到她人流时就杀猪那样叫起来了，惹得帘布这边的妇女偷偷笑个不停。接着，某个笑了一通的妇女就轮到了，她瞪着眼睛，眼泪唰地一下涌出来，简直不敢相信刚才她还在笑别人。

好在，大部分人很快就适应了新环境，对帘布那边的痛苦听而不闻了。我们的床铺，基本是按照各自村子的归属划分区域的，这样既方便管理，也相互有个照应。我和我们村的几个妇女，睡在大会堂东头。我们一共来了十五个，七个大肚子是被迫抓来流产的，另外八个是生完孩子后，有的是还想生被迫抓来结扎的，有的则是生有男孩了自愿来结扎的。其中有一个叫"荷"的女人，她是被迫抓来结扎的。她长得细皮嫩肉的，却有一张尖刻的嘴。我跟她无冤无仇，她却在大会堂说我的坏话。其实在路上，我就发现她不怀好意，只是没想到她这么坏，到了井下村还不搞团结。

这个女人，可以说是一个蛇精，据说年轻时跟得令好过一阵，那是在水库工地上，得令还没得病，两个人你来我往很是亲密。不料，后来遇到了条件更好的麻小虎，也就是从吴村走出去的公社干部麻一杆的儿子，说变就变了。这样，这个女人就嫁给了麻小虎，但是落户在吴村。可是，也不知道是阴阳不和，做那事不得法，还是老天捉弄，过门后她怎么努力都生不出儿子。因此，她在麻家渐渐失去地位。这会儿，她已经是四个女儿的母亲，不但把自己生老了，还把麻小虎在乡兽医站的工作生没了。尽管麻一杆退休后还有余威，但是他也没法违抗计划生育政策，顶多让计生办减免一些罚款。没想到这次她也被抓了来。

她说："有的×呀，就是贱，贪，明明生有两个儿子了，却还要生！"好在妇女们叽叽喳喳着，没有注意听。而后大家议论起另一个人，说那人穿着的确良，太骚了，"以为是来找相好的呢"。

暗夜来临时，大会堂里终于安静下来。医生们累了一天，回到村里去住了，帘布后面漆黑一片。妇女们也累了。那些刚做完手术的，躺在另一道帘布后面，更是早早休息了。偌大的大会堂，显得有些压抑。电是用屋外的柴油发电机发的。许多虫子，在几只灯泡周围兴奋得嗡嗡地飞着。有的虫子个头大，叮的一声撞上去，灯泡摇晃起来。虫子大概撞晕了，扇着翅膀，没头没脑地撞到墙上、柱子上，有的落在地上，有的落在谁的床上。妇女们各怀心事，很少有人去关心虫子，一等落下来，就用脚踩死或者用蒲扇打死，然后捡起来扔到墙角。

再一会儿，得令终于来了，他为我拿来被褥、换洗衣服、脸盆、开水瓶、饭盒等等。走的时候，得令怕我想不开，说："爱莲，我们已经努力了，这孩子不能来咱家，都是命，上天安排的。你不要太过伤心。"我说："我不伤心，我只等轮到我，再通知你来陪护。"得令点点头。可是突然，我就泪流满面了。因为他不劝还好，这一劝反而让我心如刀绞。孩子毕竟是母亲身上掉下的一块肉，尽管没足月，可毕竟已经有了胎动了呀！谁愿意流掉！

得令见我哭了，一只手在破旧衣服上擦擦，再伸到我脸上来擦，他擦了手心擦手背，发现我脸上还是湿湿的，愣了一会儿，再伸手的时候，伸到一半，收回去了。他咳嗽两声，低着头走了，走到大会堂门口，又犯错似的回转来，说："这是从你姐那儿借的，你先交给他们。有什么事，你姐说，就让看门的去下坞找她来！"我接过一看，是五块钱。够我这几天吃饭打菜的。关于来做手术还要自己交饭菜钱，所有人意见都很大，但是计生办的人说了，让自己家送饭来，这来来回回的人会带来病菌，要做手术的人也不能老吃腌咸菜、梅干菜。其实，我们都清楚，那蒸饭做菜的是施长春的一个亲戚。

"嗨，你就安安心心等手术吧。每天打点好菜吃，营养很重要。家里还有两只鸡，到时候我杀了带来。"

得令走后，我埋在被褥里呜呜地哭。我想，我这是怎么了，和他在一起时，总是埋怨他没用，他这一走，就突然觉得没有了依靠，心里空落落的。

突然，好像有人推了推我。我睁眼看看，是个眼熟但记不得哪个村的妇女。

"刚才是你老公？"

我嗯了一声。

"他欺负你了，咋哭上了？"

我把头低下去，没有理她。她一屁股坐上我的床。

"听说你生了两个了？"

"嗯。"

"男孩好啊！"

"都一样。"

"怎么会一样呢，男孩是传宗接代的。"

"我倒是喜欢女儿。女儿孝顺。"我很不想理她，可忍不住说了一句实话。

那人听我这么一说，眼睛顿时亮了。她有一个鼻梁短、鼻孔很大且外露的鼻子，我们这里叫朝天鼻。她还有一张阔嘴，与我喋喋不休地商量起互换孩子的事情来。也就是，如果我这次又生了一个男孩，而她生了一个女孩，我们就互换孩子。前提是，我要跟她在晚上逃走。

我没有答应。不是害怕会被抓回来，而是压根不想互换孩子。她以为我嫌她家穷，接着就跟我讲起她家的条件来。她说，她家在和尚村（一听这名字，就觉得不好），家有三间正屋，独门独户；分田时阉抓得好，畈田就在家门口，她家粮食够吃；每年还养三头肉猪，一头公猪，一头猪娘；她家有一头水牛，农忙时节，家里那口子牵牛给人耕地，能挣一笔钱。而且，她又补充道，猪娘一年要生两窝崽，卖猪崽也挣钱，家里那头公猪每年也能挣一笔钱。我一听这话，就想起这个人为什么眼熟了，她经常赶公猪去什么地方给母猪配种。我还记得公猪走路屁股一扭一扭的，总是晃晃悠悠的。

"我家养猪、养牛又种地，被乡里评为致富能手。他人也很好。能下苦力干活的人，人能不好吗？不过妹子你放心，我不会让你家孩子跟着我们干活的。你想想啊，那么多姐姐护着他，拿他当宝贝，怎么可能苦着他呢，疼都疼不过来……"

我也不好说白。一是我总觉得这次要生女孩，否则我为什么要东躲西藏冒风险呢。二是这样的人家，太能了，钻钱眼里去了，一定抠得要命。我就说："谢谢姐，我感觉我这次要生女孩呢，而且，我们也不可能从这里逃出去的，整个大会堂的窗户，用木板钉得死死的，乡里的计生办专干、各村的计生员，都在门外把守着呢。"她并没有看出我在拒绝："那么，我给你们家挑十担稻谷，六十块钱！怎么样？！"

我吃了一惊，不仅仅为她开出的条件，还因为她的决绝，那是生气、绝望。我赶紧提醒她别说得那么响。但是很显然，睡在旁边的人都听到了。

果然，第二天，就有人告密了。计生办干部把我俩叫到隔壁的井下村村委会（也是计生办临时办公室），问了我们这件事情。我们当然是不敢承认的。那个秃了顶的施长春拍着桌子说："你们要是敢逃走，并且拿人口当交易，抓住了要交双倍的罚款，还要送到县公安局去判刑。控制人口是基本国策，经济要搞上去，人口必须降下来！"

施副主任的话，把我们吓得不轻。我甚至感到肚子隐隐作痛起来。

当我们回到床铺上，大会堂里的大喇叭就突然响了。

大喇叭没完没了地播放起计划生育政策来。我们这些山里女人，文化程度低，听大道理是听不进去的。甚至有不少人听不懂"小杨同志"用普通话念的这些政策。但是施副主任是本地人，当他出现在大会堂，站在一张桌子上对所有人用方言发出警告，大伙都听懂了。

"这次开展'百日无超生'运动呢，是县委下的命令，这三个月内不准有一个超生儿降生。嗯，这次来给你们做手术的医生都是从县医院派下来的，设备也是从县医院运来的。都是经验丰富的老医生呢。这是很难得的机会。要是把你们都拉到镇上去，妇女同志们，你们想想，吃饭住宿得花多少钱！谁去给你们陪护？我可以负责任地说，就晕船晕车你们就受不了！我没指望你们感恩戴德，但至少别给我翻草寻蛇，寻蜂找祸……"

施副主任滔滔不绝了一番，后来就累了，从桌上被"小杨同志"搀下来，他满头大汗，腿有点哆嗦。这个秃顶实在太胖了，起码有一百九十斤。他走了后，大会堂出现了长时间的沉寂。仿佛每个人从里到外被这个男人摸了一遍，有些别扭、不舒服、不干不爽的。无疑地，总得有个人站出来打破沉默。这样太难受了。于是，在大会堂西边，有个男人样的妇女很响地说了一声："我生孩子关你屁事，又不要你来养！"这一声之后，没人接话，那人又喊了一声："我倒要看看，能把我杀了剐了？！"两秒钟后，就从我这边出现了应和："计生办、计生员扒房牵牛、强制人流，不会有好报应！先断子绝孙！"

"先断子绝孙！"

"先断子绝孙！！"

大伙正这么过着嘴瘾，突然，舞台那边的帘布拉开，平时很少发火的"小杨同志"从里面冲出来破口大骂，扬言谁再说一声断子绝孙，他就踢死谁！我们愣住了，从没见"小杨同志"这副有失教养的模样。他进去后，才有人低声说，"小杨同志"是因为伤心。当年他从省城派下来支持山乡造水库，聪明能干，帮工地解决了施工机械不足的困难。后来，他和工地上的劳模戴丽花相爱并结了婚。谁能想到呢，戴丽花在工地上只讲"男女都一样"，不管经期还是下雪下雨，也要和男人一样下工地。结果水库建成后，说不上什么毛病缠上了身，逢阴雨天浑身疼，更糟糕的是不能生孩子……

这一天，从临时手术室那边不断地传来"痛啊！痛啊！轻一点！"的声音。有一个妇女，干脆是尖叫，听着像是有刀在割她大腿上的肉，那肉割成一条一条的，就挂在她头顶的一根绳子上。她在肉条条下叫得山响。医生不耐烦了，吼道："堕胎哪有不痛的！不要叫了，叫得人心烦！"那妇女的声音："你们就不能派几个女医生来吗，男人没有一个好东西！"

"男人不好就不要让肚子大起来嘛！"

"啊，你要把我的肠子扯出来啦！啊，痛啊，你们把我杀了吧……"

"叫了还是痛的！"

"那是我的孩子啊！天杀的，你们把他（她）扔哪里去了？！"

大会堂的这一头，我们下面这些还没有轮到手术的人，就像拴在河畔的羊，屠夫在柳树下宰其他羊，羊的血把河水染出一缕缕红，我们不敢看，吓得瑟瑟发抖。一浪高过一浪的痛哭、惨叫，就像洪水。水退了，剩下哭声，弱下去。接着，舞台那边的帘布又拉开，里面的医生们又开始喊人名了。

"学岭村的盛淑花！"

"井下村马骚盐组的张益芳！"

"坞头村的张桂花！"

"吴村的戴荷花！"

我们竖着耳朵，你看看我，我看看你，既想早点轮到，结束这折磨，早点回家还能省下几元伙食费呢，但是又担心两只铁钳子被医生粗暴地捅进下体，将活生生的孩子弄死。昨晚上也不知道谁说起的，说堕胎相当于杀害自己的孩子，是人命债，被弄死的胎儿成了灵婴，魂魄无依，无法往生，就会对父母产生怨气，将来会纠缠作祟。所以，我们在害怕肉体被摧残的同时，又多了思想上的罪。我儿时的姐妹张桂花，她就害怕这个，医生叫到她的刹那，脸一下白了。"我怕，我害怕啊！"她喃喃自语，哭着。

但是那个叫"荷"的戴荷花，她就没那么好摆布。她的名字响了好几遍，她照样坐在床沿上啃瓜子。计生办的人就从一个侧门进来了，后面跟着我们村的计生员土发，他们给这个女人做思想工作。戴荷花说，我没有说不结扎，我就想等到最后一个做。土发他们斗嘴不是她的对手，只好拖拉，她就拿自己的脑袋去撞他们，几个人都控制不住她。如果换了别人，那几个男人早把她打趴下了，但是她毕竟是老干部麻一杆的儿媳妇，所以，土发要去叫她老公麻小虎来看着办。原来麻小虎就在大会堂外面等着陪护，他一进来，不说话，啪啪两个耳光，骂她"没用的×""废物""丢人现眼的东西"，把这个女人扇进了手术室。

但是接下来，她的滚雷样的惨叫，就像是有意在报复所有人。

我浑身起鸡皮疙瘩，肚子也痛了起来。

在一波波惨叫声中，我这才理解了有些人，为什么要不停地找话说。如果不说话，心里就会发慌。我从这头走到那头，不敢去想什么时候会轮到我。我从大会堂里的栖栖遑遑声中，得知前两天，也就是我还没有来之前，很多人也想逃，但是逃了没多远，就被抓回来。有一个没被抓回来的，是因为她上吊了。

"她逃回家，她老公也像刚才你们村的这个兽医这样打她。"

"为什么呢？"

"因为她老公气的，觉得生活里的这一些麻烦，都是因为她生不出儿子造成的。他家因为超生，已经穷得吃不上饭，家里除了债，什么也没有。那天，她老公正好在家里借酒浇愁。"

"哪个村的？"

"好像也是你们村的。"

"你们村"其实指的是我娘家坞头村。我这才明白他们说的是彩娣。因为坞头村穷，当时彩娣发誓要嫁到外村去，所以彩娣嫁来井下村的山下组后，我们见面很少。一年前，我们是在坞头村见的面，她很瘦很憔悴。她说，她因为没有儿子，男人总喝酒，喝了酒就逼着她生儿子，她想离婚，男人不肯，说你生了儿子就离婚，不留下个儿子，死后变成鬼都是我的女人，勿想跑。

我因为有了儿子了，是体会不了彩娣她们的痛苦的。可想想我们小时候，彩娣、银凤，还有进了手术室的桂花，不都是女的吗？当然我们现在也还是的。我们种地，挑担子，摘茶叶，砍柴，背树，哪一样比男人差了？说来说去，女人命贱，都是因为男人瞧不起女人。可我们能怎么办？就连心高气傲的戴荷花，不也被麻小虎扇耳光？这么想着，我突然难过起来，有些怀疑自己想生一个女儿，是不是很自私。将来，女儿大了，她会不会被男人瞧不起，到那时还计不计划生育？我女儿也会被抓来吗？也会因为生不出儿子被男人毒打吗？

我忍不住摸了摸肚子。那是第一次放下了。想想还是女人最可怜。

我就突然有些盼着轮到我。

第三天，我已经随时准备做手术。此时，大会堂里就剩三十来个人没有轮到了。虽然说，很多人依然不愿提早手术，甚至压根不想手术，但是当做完手术的人超过没有被手术的，情况就变得有些不妙。那些已经做完手术的，呻吟哀叫，元气大伤，在一旁陪护的家人，一个个脸上挂霜，对我们还没有做手术的恶声恶语，好像我们得了什么便宜。当然，他们当中，有一些还想生育的人家，确实是伤了心。因为他们家再也不会有新的孩子了。我就听到一个婆婆故意说给儿媳听："我们老的，反正活不了几年了，我们死了有你们给收尸。以后呢，独生子女读书读出去，你们老了死在床上都没有人知道。"

想想那些刚生一胎就赶上计划生育的人，真是亏死了。我这个年纪的人，至少赶在前几年生了几个了。可她们呢，就没有这样的机会。当医生手中的剪子对准输卵管咔嚓剪下去，一个女人就变成一个再也不会生育的女人了。想想这些，心里乱糟糟。再加上我听说，由于任务重时间紧，几个医生已经累坏了，手术老是出错。特别是那个老医生，据说很流氓，会一边做手术一边摸自己裤裆。有人骂他，他就说一天到晚做手术太累了，必须给自己提提神。这样一来，他就病倒了。现在手术室就剩一个中年人、一个年轻小伙子，外加井下村卫生站的有金当助手。

老医生病倒的事传出来，我们这些没轮到的妇女，都觉得庆幸，等轮到手术，就不会被这个老流氓看到私处。可是紧接着又听说，老医生技术最好，都说他做手术不痛苦。而假如让那个满脸骚疙瘩的年轻人操刀，就倒霉了。这人手生，没有经验，而且脾气躁，性格闷。他做人流就好像跟女人有仇，恶狠狠的，都说没见过这样不懂得怜惜女人的男人。可能还没有结过婚的缘故吧。所以，现在只能指望那个中年医生了。计生办的人都喊他"吴医生"。他态度好，技术也不错，人虽然是城里人，但从小在汤溪附近的东夏村外婆家长大，会说汤溪本地话。可吴医生总是一副无精打采的样子，听说他是不愿被派到山里来人流、结扎的，觉得做这事丢人又缺德，因此他整宿睡不着，神经衰弱。

看来，只能听天由命了。我看着太阳正往高处爬，透过钉得死死的窗户，阳光正穿过窗栅和木板射进大会堂，金黄的光柱在移动，先落在这张床，接着到了那张床。临时手术室的帘布拉开，又闭上。一共进去五个人了。一直都这样，从帘布这头抬进去，手术结束，从那头再抬回来。抬进去的时候往往又哭又喊，抬出来的时候呻吟不止，或悄无声息。我们山里人是不讲矜持的，有了痛就要喊，不喊的，要么是没有了力气喊，要么是麻药起了作用。总之这一天少了老医生，手术的进度似乎没受影响。

中午时分，天气热，屋外树上好几只知了同时叫，一声长一声短，大会堂里则静悄悄的，手术后的妇女卧床休息，大伙都有些昏昏欲睡。医生们也午休了。直到一点过后，才重新开始手术。根据计生办安排，这一天的主要任务是堕胎。我刚来的时候，搞不清堕胎与人流的区别，以为不是一回事，其实是一回事。不过，这里面又分人工流产与药物流产。根据我的打听，肚子还小、不足两个月的，医生往往让她吃一种药。这种药吃下去，孕妇的肚子会疼得死去活来，然后出血，然后把大块淤血排出来。还有一个办法，说是三个月以后的，先用一个东西伸进子宫吸，然后用铁钳把胎儿取出来。这就是人工流产。

我的肚子已经有六个月大，只能做人工流产了。吴医生之前在一次例行检查时，看过我的肚子，直摇头，说孩子太大了，很容易出事。出事指什么？是指胎儿已经长了脑袋，吸不出，也夹不出来了？还是它已经懂得为存活奋斗，在危险到来时抽动乱移？我死死捂住肚子，又害怕又无助，唯恐喊到我的名字。奇怪的是，下午的手术出奇的慢。

还真出事了。比我早进去的是三个同样肚子滚圆的妇女，一个是学岭村的什么玲，一个是井下村的张大雄老婆，还有一个是东坑村的。她们进去时倒没有哭爹喊娘的，手术过程好像也没有我们村的那个贱女人喊得响，但是她们迟迟不出来，也不知道在里面为何待这么长时间。快天黑的时候，我很好奇，去问别人，有人含含糊糊地应了声"这次不用钳子的"。难道是剖腹产吗？直接剖开肚子把孩子取出来？我感到很恐怖。

夜里，手术室的灯一直亮着。断断续续地传来痛苦呻吟。耳朵经过这几天训练，我已经能从呻吟的时间间隔、声音高低、往嘴里倒抽气的次数等方面判断疼痛程度。很显然，她们刚开始的时候是隐隐作痛，后来变得非常痛，但是痛几下又转为隐隐作痛，这个过程反反复复，无休无止。我后来就睡着了。过了一夜，直到第二天早上，学岭村的那个什么玲才抬出来，脸白得像纸，头发湿得像从水里刚捞出来。家属大喊着："让开，让开！"我急急地凑上去问："怎么样，怎么样？"其实我也不知道要问什么，就是心里急。她的家属说："她没事，引出来了。还有一个井下村的，她家里人在的话，快进去看看吧！"张大雄就突然出现了，要往临时手术室里挤，被推出来了。推他的人是计生办的那几个。

"你先回去，安心等通知！"

"她到底怎么样了？"

"你老老实实听通知就行！"

大会堂里阳光还在移动，但是感觉冷森森的。临时手术室那边，既没有人喊我进去，也没有人喊张大雄进去。而此刻，得令还没有从吴村赶来。我很无助，双腿发软，心跳时慢时快，想到马上就要轮到我了，医生要剖开我的肚子，心里越来越紧张。这时，和尚村那个一心想跟我交换孩子的朝天鼻又出现了。原来她也还没有轮到堕胎。或者本该轮到的，被她用什么方法拖延下来了。

她凑到我耳根说："妹妹咱逃吧。要出人命呢！"

我摇摇头。我一点力气也没有。再说，大会堂里外都是乡计生办干部和村计生员，我们又挺个肚子，逃走简直是做梦。

"等天黑了，我知道怎么逃。你就跟着我。"

"我实在不想逃，没有力气。姐！"

"跟着我呀，那边窗户的窗栅被我偷偷掰断了。"

"要逃你逃吧。挺着大肚子，怎么可能爬出去？说不定我待会就轮到了。"

朝天鼻妇女脸黑下来，走一边去了，说："你会后悔的！"

后来，得令就来了，顶着乱糟糟的头发，胡子拉碴，穿着破旧的卡其布中山装，上面沾着树脂和树皮。他将一把毛钱递过来，向我解释这几天他背树去了，挣了一点钱，一是用于交这里的食宿费，二是等手术完了，给我买点补品吃。

"家里还有两只鸡，我明天杀一只带来。"

"你给我滚出去！滚出去……"

"怎么了？"得令看看我，苦兮兮的神色。

我最不喜欢他的就是这苦兮兮的样子。我向他发了一通火，接着就轻声抽泣。得令不知道怎么安慰我，拍着我的肩。我哭了一会儿，情绪渐渐平复下来，我俩像木头一样坐着。

我说："你回去吧。我不需要你。"

他的嘴好像被我封住了，过了好一会儿才说："我又不是故意的。还不是为了这个家。"我一听，心就软下来。我斜靠在铺上，闭上眼休息。这时，帘布那边出现了新的动静。我睁眼。张大雄老婆抬出来了，是伴着难以描述的哀号抬出来的。一听哭丧的调子就知道，张大雄老婆去了，从帘布后面抬出来的是一具死尸！

大会堂里顿时慌作一团。

"怎么了？"

"出血过多。"

"孩子太大了吧？"

"有可能。"

"也可能是医生太累了。你说呢？"

"你说得对，这都第几天了？医生都没歇着呢，昨晚上还加班呢。"

"但是出了人命了，他们是有责任的。"

"麻烦大了！"

在场的人议论着，死人已经从侧门抬走，应该是往家里抬去了，或者往某个祠堂抬去了。但是，死人仿佛无所不在，她的阴魂留在了大会堂了，让每个人感到恐惧。人们围在早先出来的那个妇女周围，询问张大雄老婆的死因。那个妇女说张大雄老婆的胎儿太大了，都七个月了，已经手术困难，吴医生就给她打引产针，让她把孩子直接生下来。打引产针时，张大雄老婆不配合，第一针打偏了，吴医生就给她多打了一针。然后就轮到学岭村的这个什么玲了，吴医生问她胎儿多大了，她答五个月大了，吴医生问她愿意打针还是手术，她问哪个不痛，吴医生说两种方式效果一样，打引产针不用动刀、动钳子，但时间会拖得比较长……

人们没有耐心听她讲琐琐碎碎的事情，都问张大雄老婆是怎么死的。这个什么玲又絮絮叨叨讲了一会儿她自己的事情，说打了引产针肚子非常痛，因为针是打在孩子脑袋上，打过针后孩子就会死掉，所以打针引产比正常分娩要痛十倍还不止，引产自己受罪还伤身体，因为孩子都成形了，孩子也痛啊！抽搐啊！因为孩子不想死！可谁舍得它死在自己肚子里？说着说着，她呜呜地哭起来，惹得气氛很是尴尬。

她的家人忍无可忍，把我们赶走了。

"有什么好问的，等一会儿就轮到你们进去了！"

"生死由命吧！"

我知道，等轮到我的时候，医生也会给我打引产针让孩子死，我再将死胎生出来。因为我的胎儿也非常大了。虽然现在还没有轮到我，但是即将失去孩子的伤心、自责，已经提前到来。但是，一直没人喊我的名字。事实上，自从抬出来一具尸体，就没有再喊过人名了，手术室那边一点响动都没有，我只听到村委会那边还在闹着。猜得出来，张大雄家的本家亲戚赶来了。得令陪着我，心神不宁，不一会儿出去看看，回来告诉我争吵的内容：一方说是急性心肌梗死，并发什么症；一方说是医疗事故，人是被医生打针打死的；后来吴医生就亲自出来说话了，说每个做引产的孕妇，都是按照严格程序打针的，该孕妇的死，不是死在引产过程中，而是引产之后，突然出现胸闷，呼吸困难，一种可能是急性心肌梗死，一种可能是情绪波动过大引发脑溢血。很多人围着看，各说各有理。

中午，得令回来却高兴地说："爱莲，我们可能不用手术了。"

我问："怎么可能？"

得令说："出了这么大事故，现在有人报案了，他们不敢再做手术了。"

我问："那怎么办？"

得令说："没人做手术不正好嘛，拖一拖我们就生下来了嘛！"

我说："想得美！"

说完，我的肚子就痛了几下，好像就要分娩一样。白汗从我额头冒出来。到了下午，得令再从外面回来，却没有带来什么新内容。的确，那边安静好久了。但是吴医生怎么还不开始叫人呢？我非常焦虑，好疲倦！

得令说："要不，我……"

得令是穷怕了，我知道的，得了一个挣钱的机会就格外珍惜。所以，他开始坐不住了。跟我说，背树的事是他牵头的，刚才一起背树的人来喊他了。这次我没有发火，也不想生气，与其看他在我面前耷拉着一张苦脸，不如多睡一会儿觉。于是得令又走了。

晚上，饭菜虽然照常供应，手术室那边的灯也还亮着，但是总感觉气氛不对。尽管我也说不清为什么会有这种感觉。大会堂里的人也都沉默着，显得很不安。难道，张大雄老婆真的是伤心而死的？

又耗掉了一天，大会堂里叽叽喳喳起来——

"这到底还要不要手术，把我们关在这里！"

"我们要出去，我们要出去，我们不是囚犯！"

得到计生办的回复是，手术是绝对要做的，一个都少不了。

目前的情况是，吴医生因为死人的事情，已经被派出所带走，县卫生局点名批评。生病的老医生身体还没有恢复好，在井下村卫生站挂吊针。现在只有小李一个医生。这个小李呢，毕竟年轻，难担重任，这几天的任务是在卫生站给育龄妇女上环（在我们这里，假如一对夫妻头胎生的是女儿，是允许五年后再生一胎的，但是这期间必须强制上环，到了第五年再取下来）。所以这两天你们安心休息，新的医生马上派下来。而且你们放心，肯定会派医术更好的下来。

这次代表计生办说话的是杜主任，他说话从不往外蹦脏词、粗话，但是想从他手中逃脱或者耍赖，却是难上加难。因为他很聪明，知道怎么对付山里人。听说张大雄带着一帮子人，冲进计生办临时办公室推倒施副主任，砸烂办公桌，抓住吴医生拳脚相向，这个杜主任在一旁看着，平平静静地捡起地上的电话，当张大雄他们前去阻止，他已经报了案。他对那些气势汹汹的人说："我们来山里结扎也好，引产也好，都是为了完成政治任务，我们执行的是国家政策，而不是私人跟你们有仇。遇到问题，我们都得通过法律手段来解决。有什么不满，你们有权跟我们的上级部门去反映，该坐牢的得坐牢，该赔偿的要赔偿。"他的这一番话，竟然镇住了那帮莽夫。后来公安局还真来了，带走了吴医生和张大雄。但是到了汤溪派出所，吴医生放走了，反倒审了张大雄一晚上。回来后，张大雄就变成了张大熊，再不敢来闹事。

我们也是这样，心有不满却不敢怎样。那些最早做完手术的，住了几天，收拾东西悄悄走了。不管怎样，肚子里的孩子没了，但人还没有死，接下来该怎样生活还得怎样生活。所以大会堂里没有了以前的杂乱、喧闹，几张床铺上，只住着伤口还没有痊愈、还需要打消炎针换纱布的，还有就是我们几个没有轮到手术的。特别是临时手术室那边，总是熄着灯，不再有痛苦的惨叫传出来。我开始变得嗜睡，白天睡晚上也睡。有时候会做梦，梦见自己生下了女儿。可是她并不像前面两个那样是生下来的，而是自己从肚脐眼爬出来的。我很吃惊，她爬出来以后就张开了翅膀，在我头顶飞来飞去，我喊她下来，她反而越飞越高。我要起来追赶她，感到四肢无力，然后没有看清她样貌，她就撞破屋顶飞走了。醒来后，我一摸眼角，湿漉漉的。为什么我不能像她一样飞走呢？

我愣愣地看着其他妇女，还没有轮到手术的，是学岭村的建忠老婆，和尚村赶过公猪的朝天鼻妇女，另一个叫"白豆腐"的妇女，井下村的树阳老婆、驼背儿媳妇，中铺村一个叫不出名字的，我们村螳螂家的；已经做完手术随时可能回家的呢，包括学岭村的什么玲，井下村的三尺墩老婆，代课老师的女人，坞头村的张桂花，还有我们村的戴荷花、磨刀六老婆，等等。她们有的哭丧着脸，有的在织毛衣，有的在聊天，说着谁家长谁家短。有的在睡觉，有的喃喃自语，跟肚子里的孩子说话……偶尔也有人牵头，说我们打牌吧，闲着也是闲着，但是没打上几圈，就把牌收起来了。因为打牌也是需要气氛的。这里的气氛总感觉不对。

我们这一带的大会堂，都是集体那会儿造的。那时候一切财产归集体所有，大伙一起劳动，一起开会，一起学习，总之需要一个场合，大会堂就诞生了。大会堂是除了宗祠、学校以外，几乎每个村面积最大的房子。井下村大会堂经过粉刷的墙壁上，还保留着层层叠叠的标语，有的是毛主席语录或"文革"标语，还有的是新写的计划生育政策。这个大会堂纵深特别长，人字梁木结构，硬山式屋顶，大门开于右侧山墙下面，外墙门顶上镶有一个大大的红五星，内墙门顶上画有毛主席像，被一束束、一圈圈的光包围着。

我不知道，我们这些人能在这么一个特定的时间待在一个特定的空间，算不算缘分一种。虽然山乡水库以里，就这么几个村子归山乡管，但由于山路不好走，女人又不常出门，平日里我们几乎没有机会在一个屋檐下住这么久。我更不知道，我们这些人上辈子因为做错了什么积下了罪孽，这辈子才会在育龄年纪遇到计划生育。以前生孩子多么光荣，多生的母亲是英雄，可现在谁也别想多生一个。昨天得令从家里来，告诉我二麦丁家的房子因为被计生办的人揭了瓦，下过几场雨，倒塌了，幸好几个孩子住在爷爷家。想想前些年，二麦丁勒紧裤腰带，吃了很多苦造了这栋屋。他造屋的时候，心里想的是要住几代人的，结果儿子生不出来，现在还因为逃计划生育房屋倒塌了。还有就是住在马骚盐的张益芳，前几天结了扎回到家，一家人吃饭不喊她，给她脸色看，她吃了老鼠药，结果就死了。

的确，比起某些不幸的妇女，我已经生有两个男孩，在家里也能做主，是非常幸运的了。只是，想到怀了这么久的孩子，都快生了，却要被引产。我倒真希望像有的人说的，老医生病得很重，是因为杀死孩子太多，被婴儿的魂魄缠住了，一时好不了，而计生办又找不到愿意来山里配合计划生育的医生，这一拖延，我们就趁机把孩子生了。有几个妇女甚至连名字都替超生的孩子取好了，有的说，如果是男孩，就取名堂生、超生、会男、会堂；如果是女孩，就取名阿妲、阿慧、阿糖。我也悄悄给孩子取了个名，不管男女都叫阿囡。因为我就是单纯地想生一个女儿，才吃了这么些苦，受了这么些罪的。

又一天，我迷迷糊糊地睡着了。又是梦。梦见有陌生医生将我捆绑在手术台上，给我注射引产针。肚子痛了半天后，哗啦一声，夭折的孩子生下来了。医生给我松了绑，我虚脱乏力，哀求医生，让我把孩子带回去埋了吧。医生竟然同意了。谁知这个装在黑色塑料袋里的孩子在回家路上顽强地活了过来。她的哭声就像从岩石缝里传出来的雨蛙的叫声，让人毛骨悚然。当我去解塑料袋，这个孩子就像一只小猴子，腾地蹦到我肩头抓挠我……我疼得哇啦一声叫起来，睁开眼，看见的是一大一小两个孩子。小的那个在扯我的头发，"妈，妈！"我听到他喊我叫妈，就真的醒了。

"你们怎么来了？"

"妈，我们想你了！你生完妹妹了吗？"

"唉！你们真幸运，是幸运的娃！"我摸着两个孩子的头，说着，眼泪噼噼啪啪落下来。

"咳，咳，"得令说，"你平时不能老睡觉，这都快要睡傻了。"

我问两个孩子："你们还好吗？"

他们说："我们好的，有爷爷照顾呢。"

得令说："怎么还没有请新医生来？这些天的伙食怎么算？被他们延误的日子，总不能算在我们头上吧！"

我没有理他。他说他要去问计生办的人，就出了大会堂。

如果说，这是我的不幸，那么不幸的时刻，是从得令走出大会堂的那一刻开始的。如果说，这是我和第三个孩子的幸运，那么幸运的时刻也是从那一刻开始的。其实，主要原因在于，在家里，孩子的爷爷还有得令对山子、庆子管教很严。这两个孩子，几乎是在责骂、挨打、饥饿、劳动中长大的，加上平时也没有东西玩，没有书看，所以到了井下村大会堂，觉得这里的空间很新鲜，就嬉闹起来。他们一会儿在我们床铺这边追来跑去，一会儿又跑到大会堂的环形阁楼上，踩得咚咚作响。

"庆子，藏好了吗？"

"藏好了！"

"我要睁开眼睛了啊！"

"你找不到的！"

我是习惯了。他们爱这么玩。没想到的是，他们会在阁楼的一个储藏间里找到一些演样板戏的道具，可把他们高兴坏了。我记得做姑娘时，我跟着姐妹打着火把下山来看过样板戏。那时候，这屋里放过电影和演过样板戏。我的这两个孩子拿着木头刀、木头枪，头上戴着土匪和解放军的帽子，又开始追和跑。

"看你往哪里逃，砰砰！"

"啊！我中枪了！"

"你是坐山雕！"

"你是鸠山！"

我也不知道样板戏里的坏人的名字，他们是怎么记住怎么知道的。他们这么闹了一会儿，我看已经惹得几个妇女不耐烦，赶紧喊他们下来。他们不听我的，还对着楼下所有人哒哒哒扫射。我又生气又急又累，直等到得令回来，我才狠狠骂了他，让他赶紧把孩子带回家。我哪里知道，得令带两个孩子离开后，会发生下面一些事情。当时，我想的只是，我真的不希望再生一个儿子，可生女儿呢，谁知道明后天新医生会不会来引产或手术；并且就算真的因为种种原因拖延了时间，趁机生下来，又怎样呢，就像前面讲过的，女人的命总是苦的。正这么想着，我就听到好像有人在议论我：

"得意什么！就算有儿子也不要这样！"

"有儿子又怎样，将来儿媳妇，啧啧，会去夺她的碗！"

"谁都得意不了很久，看着吧！"

我以为这又是和尚村那个朝天鼻在背后说我坏话。这女人自从我明确拒绝她的换子计划后，就跟我翻了脸。但是仔细听，好像又不是。我这人脸皮薄，不爱跟人闹别扭，随她们说。闭上眼睛睡觉。迷迷糊糊的，中间，我又听到她们在说：

"哼，装睡呢。黄脸婆！"

"听说他男人有病，背棵树喘的，呵呵，"

"家里很穷。你们看那俩孩子穿的……"

"你去，你去，问问她，为什么生了两个儿子还要生？"

"亏你说的，我才不去。要去你去！"

停顿了一会儿，没有再等来新一轮嚼舌头的声音，我感到睡意卷土重来。这时，我却听到了我们村那个恶毒女人的声音："哼，我知道，她是我们村的。"

"你知道她为什么还要生？"

"就是为了气我们家呗！这个贱×，她还要生，就是有意气我们家！"那女人的口气恶狠狠的，"因为我们麻家一个男孩都没有。"

"那又怎么样？"

"我也不想瞒了姐妹们，唉，我家公公原来是他们家的长工呀……解放前，我公公参加了革命，打倒地主，从此两家结了仇。这是我公公亲口说的。"

"你公公谁呢？"在她们当中，有人提出疑问。有人轻声作答："原来的公社干部麻一杆呀，退休了的。"又有人问："地主呢，吴村的陈大斤？"有人不耐烦道："陈双砼。"另一个"唉唉"之后，就听那蛇精的声音继续响了起来。

"我公公总希望两个儿媳妇能给他生个大胖孙子，可是我们都生不出。我自己是看得开的，男人女人都是人，可我公公不这么想，怕人说因果报应……"

"嗯。好像是这么个理……"

"正因为这样，我也东躲西藏了好几年。这次我是从龙游亲戚家被计生办苦口婆心劝回来的。毕竟我公公还健在呢，他们不敢拿我怎么样。我也是昏了头，心想都这岁数了，算了，该扎就扎了吧，我又不是麻家养着的生育工具。我早知道这贱×会这么骄傲，趁我结扎后来这一手，我就是死也不会回来结扎的。天底下哪有这样的贱×，自以为生了儿子就了不起，她看我们再也生不了孩子幸灾乐祸呢，就指使两个儿子到这里来气我们呢……"

"可不是嘛！儿子两个足够了呀！这个贱×！生两个儿子了，为什么还要生？！"

"唉唉，我也是昏了头，说什么也不该来结扎的。这下回到村里，还不被这家子气死！"

我本来还想听下去，可我忍无可忍，她能生与不能生关我屁事。我睁开眼，坐了起来。我看到妇女们突然噤了声，仿佛刚才都没有说过话，但是敌视着我。俗话说，"三个女人一台戏"，女人在一起免不了东家长西家短。但是她们太过分了。我冷冷地盯住她们。心里说，我有两个儿子，我碍着你们什么了，我还想多生一个，你们管得着？

这时，突然响起一个声音："喂，刚才走的那俩孩子都是你的？"问这话的是三尺墩老婆，跟她男人一样长得又敦实又粗野。我点点头："是的。"她突然厉声道："你为什么要这样做？！"我说："怎么了？"她说："怎么了？你心里清楚！"我说："我不清楚。"她说："会让你清楚的！"她就把刚才她们议论的"幸灾乐祸"等话搬出来。我扭过脸去，后悔跟这帮人一般见识。她们以为我理亏了，又嘀嘀咕咕起来。学岭村的什么玲说："这女人就是欠揍，生两个儿子就偷偷乐吧，不用跑这里来招摇。""白豆腐"说："问题是她多生一个，超生的人就会增加一个，乡里就更不会让我们多生一个了，不是吗？"有人附和："对呀，如果生过两个儿子的人都要超生，人口就更难控制了！""可不是！该生的不让生，该扎的却没有扎！这下，没医生来了，反倒便宜了她。"

她们就我生有两个儿子却还要生这事议论纷纷。好像我被抓是活该，去手术室挨刀第一个就该轮到我。我听着不是滋味，正准备跟她们理论几句，不料，和尚村那个与我结仇的朝天鼻出现了。她是提着裤子从临时厕所那边出来的，她显得很憔悴，但是声音很亮："嗨！你们想不到吧，这女人之所以超生，可不是想再生一个儿子，而是为了想生一个女儿！"

"女儿？！"

"怎么？不信？"朝天鼻女人咋呼起来，"我也没见过这样的，为了生个女儿东躲西藏。不知道她安的什么心！还是故意要这么说，羞我们！反正，我跟她私下商量，如果她真想要一个女儿却又生了儿子，我愿意拿我的女儿跟她交换，还拿出十担稻谷、六十块钱，她都不换！"这女人的话，像一勺油浇在了火上。妇女们纷纷说着"肚子可真金贵"之类的话。这女人得到众人回应，就更来劲。她跟我们村的那个蛇精一唱一和，说："你们说她到底想干什么？毕竟都是女人，她为什么就不能体谅一下我们的心！"

"哼，她当自己是蜂后当我们是工蜂呢，要不然，谅她也不敢说还想生一个女儿！这么些天，我们看到多少被扎的妇女，哪有一个像她这样的，想生一个女儿，她什么都想得到，想的真是美！她可知道，别人想生一个儿子受了多少苦，生下一个女儿遭多少罪……"那个蛇精说着说着哭起来，"为了一个儿子，我们受够人世的苦啊……受家里人的气不说了，十月怀胎，担惊受怕，天天梦到被计生办的人追，梦到被查，梦到被抓……"

也不知这女人是真哭还是假哭，受她的情绪影响，妇女们开始诉说起逃计划生育的种种。磨刀六老婆说，她被抓来的时候，四名男子紧紧抓住她的手和脚，将她离地，她奋力挣扎，结果孩子流了产，身体还没恢复。"白豆腐"说，因为超生，家里已经被计生办的人掏空了，她老公跟他们打，结果被绑在电线杆上，两天后抓到了她，才给松绑。一个女的说，他们村的计生员都是泼皮流氓，只要是个妇女，就整天盯住看，跟踪，甚至以检查是否怀孕为名动手动脚。又一个女人说，抓计划生育那天她一个人在山里待了一天，晚上刚在窝棚睡着却被逮着，几个人上来就蒙住她的头……

而这些人中，最惨的无疑是代课老师的女人。她说，她的孩子已经快足月了，那天下午一点四十，一群不明来历的人冲进学校宿舍，将她和母亲扭住胳膊。她问是什么人。他们说给乡计生办办事的。其实就是计生办让各村的计生员联合起来抓人，有的手里有绳索和棍棒。她大喊起来。她丈夫从教室里冲出来阻止，那些人当着学生的面，几下子将他打趴在地，满脸的血。"我被押来这里引产，只是那一针并未将他打死……我听到哭声，整个人都碎了，那是我的骨肉啊，他们有什么权利捂死他！我跟他们拼命，计生办的人都跑来将我抱住，捂住我的嘴……我只是没有像那个张大雄女人那样死掉……"

妇女们讲述着为了多生一个孩子付出的代价，可以说每个人都有那么多不幸……

我完全没有意识到，这个晚上会发生什么。或者说，接下来会发生什么。这是一个恐怖的夜晚。大雨是随着妇女们的哭诉，哗哗地落下来的。大雨，就像天空为不幸女人流下的眼泪，又像要掩盖她们的哭声。同时，冲走了大会堂后面石灰池里那些幼小生命的残迹。只能说，是不幸的遭遇、饱受摧残的痛苦，让她们情绪失控，失去理智。但是她们不该指向我。

仍记得她们哭诉着，讲述着，"那是我的骨肉啊，可这么没了，我再也怀不上了"，"去找几次没找到我，就抓了我妈妈，还打了我弟弟，可怜我妈受了刺激，倒地不起"，"我想躲到山里去把孩子生下来，被一帮子人抓到，说你孕妇怎么了，专拣肚子猛踹，省得让你堕胎你不情愿"……众人的苦难就像乌云堆积，黑暗加重，让我喘不上气，使我想起自己也曾东躲西藏，住在窝棚，住在两堵墙的夹缝里，终日提心吊胆，想起这些，我也想哭出来。我并不是有意怀上这个孩子，我是上过环的，这中间环是不是掉了我不清楚，我只知道一旦怀上，就有新生命要诞生。"他们有什么权利杀死他！"这是刚才代课老师的女人说的，我忍不住重复了一遍，这就像一个闸门打开了，我就开始说："我们女人的命多么苦，为什么要生男孩才能传宗接代，生孩子不都是女人生的吗？女人不但要生孩子，还要在家做饭，还要到农田干活，女人哪一点做得比男人差了，为什么非要生男孩？"……我其实对这些问题没有专门去想过，只是一时冲动想到哪说到哪，其实也是为自己也为这些女人说上几句公道话，以至于戴荷花走到我跟前，突然朝我发火，我一点都不明白说错什么了。

"你给我闭嘴，贱女人，你还有脸跟着说这些？你也配！"这个气势汹汹的女人，指着我的鼻子，"大家都是爹妈养的，都是血铸的肉做的，你别站着说话不腰疼！你个贱×，你家里有姐姐弟弟，父母偏爱谁？你不也从小被当作给弟弟换亲的工具？你说这些什么意思，就因为你现在没有这样的压力？！去别的人家试试吧，你去问为什么非要生男孩！"

我完全愣怔住了。没想到她也知道我曾经是换亲的工具。

"你是遇到了一个没用的男人，才会这么迁就你。哼，现在你是得意了，老公怕着你，膝下有两个儿子了，这还不够，还要故意说要生个女儿来气我们这些人，你这跟为富不仁有什么区别！你这个看得吃不得的东西！今天让我告诉你，当年要不是我甩了那个痨病鬼，你个老姑娘还不定嫁到什么厉害人家，过得比这里所有女人都要惨！"

我们村这个蛇精一样的女人，真不是个好东西，她骂人还连带着揭老底，我呸的一声朝她吐了口唾沫，只见她突然发飙，扑上来打我。我不示弱，她打来巴掌，我用手臂挡开，她挥舞利爪来抓我的脸，我狠狠地打了她一巴掌。没想到，她捂着脸后退两步，突然就像一头牛顶撞上来。我知道她是冲着我肚子来的，赶紧往边上一闪，她撞了一个空，我却因为躲闪肚子痛了起来。

"她！就是她！十足恶毒，一等下贱，自以为生了儿子了不起，天天看我们笑话呢！哼，自作孽，不可活，还轮不到你来羞辱我，今天我非教训教训你！"戴荷花叫嚷着，又扑我。我已经没有能力再挡开她，她是结了扎已经休养好几天、身体快要康复的人，我却是六甲在身。我被她摁在地上，她用拳头打我的头、脖颈，啪啪地响。我尽力去抓扯她垂下来的头发，趁机爬起，又被她打下去，我再爬起来，眼看就要将她掀倒，这时和尚村那个朝天鼻女人赶来帮忙，接着井下村的三尺墩老婆，还有其他妇女，纷纷围了上来。

"好！打得好！叫她生了儿子还要生，不知好歹！"

"就让你多生？你养得起不？贱女人，就该挨挨！"

"缺德女人！揍死你，这里容不下你这样的！撕烂这张猪×嘴！"

我不知道事情为什么会这样发生，她们又为什么恨我，我没有反对过她们超生，我对她们没有任何恶意，相反，一直有同情。可好几个妇女帮着蛇精，用脚踢我，有的抓我头发，有的抓我衣服，有的踹我。我知道我是斗不过她们的，她们联合起来很可怕，并且，我还要保护好肚中的胎儿。我多次向大门那边奔跑，可是雨声掩盖了我的呼救，而且那边也不会有人守着。因为门是锁死的。我终于发现，那几个满腔仇恨的妇女不仅仅帮着蛇精出气，她们显然还想消灭我肚中的胎儿。当我意识到这一点，我就跪下去求饶，把整个人俯下去，两肘着地，像老母鸡用翅膀护着鸡仔那样搂住肚子。她们就只能打在我头上、背上、屁股上。

当然，这时候也有帮我的，比如坞头村的张桂花，我们村的磨刀六老婆、招娣，包括代课老师的女人，等等，否则，我早就被打死了。但是她们有的像我一样挺着肚子，有的只是嚷嚷几声，善良终究敌不过仇恨。而这时大雨又偏偏越下越大，我们的声音并不能传到外面去。很快，那几个想帮我的人撑不住，退了回去。我们村那蛇精一样的女人就再次冲上来，她骂了一句什么我没有听清，只记得第一脚被她踢中了，胎儿一阵揪扯，疼得我大汗淋漓。当她踢来第二脚，我已经预先用双手护住肚子，她就用脚踩住我的背，只听她嘶吼起来："贱女人，贱×！当初嫁到麻一杆家的为什么不是你！你说，你说，老天爷咋就这么不公平！我生不出儿子是不是你家痨病鬼发毒誓诅咒过我！"我被她踩在脚下，我心想，你要骂就骂吧，只要不踢我肚子，明天引产也好，死了也罢，不能让孩子先天折。她就喊来和尚村那女人来拖我，帮她一起打我，我就跟待产的母狗一样张嘴咬人，咬住了和尚村那女人的小腿。那女人疼得跳了起来，当她从空中落下来，有一只脚落在了我头上，我的头咚的一声撞击地板，就像一只榔头狠狠地砸在我头上，顿时我眼前都是火星，仿佛有一只爆竹在脑壳里爆炸了。

那一刻我的头就像碎掉了，就像整个大会堂也跟着坍塌了，耳朵里嗡嗡作响，头动一下就感觉所有东西都在晃，眩晕，恶心，后来就感觉鼻子和耳朵伴有出血，当剧烈的疼痛逐渐减弱的时候，我身上的力气也在减弱，神志不清，直到整个人轻飘飘的，高处的声音仿佛是从很远很远的地方传来："她流血了，七窍出血死了吧，活该……"嗡嗡声中，我先是向下坠，坠着坠着又向上飘升，升到一个高度，又开始下坠，我渐渐陷入昏迷，偶尔能清醒几秒钟，知道自己正死狗一样躺在地上，手脚也能动一下，但是当她们七手八脚把我拖到床上，我再也睁不开眼，听不清声音。我感到神经麻木，正在死去，死去就是急速下坠，不断地下坠，不能再飘升上来。那感觉就像掉进了一个很深很深的深渊，一个凭自己的能力永远无法脱离它的深渊。绝望是唯一真实的处境。

很多人都以为我死了。事实上我自己也以为我死了。死了的人，就会被包围在无边无际的绝望里，动弹不了也发不出音。就像活着时做过被猛兽追逐无论如何都摆脱不了困境的梦，但这不是梦，那深渊就像磁铁，将一个人原有的念想、力气、野心、尊严、慈爱……全部吸走，人就像空气一样没有重量，更不会有欢乐痛苦。

甚至可以说，我是在去世两个月后生下第三个孩子的。我不知道该如何讲述这段活死人的经历。它不是离奇的故事，而是充满无奈的生活。我依稀记得那个夜晚，我坠落到了地底，一个无比巨大洞穴般的地方，那里有一座金光闪闪的宫殿，难道这就是冥府吗？我走过去看，只见城门上面挂着一颗竹匾那么大的红五角，城墙上一样写满五花八门的标语。我很是吃惊，我这是到了哪儿啊？是地狱还是人间？我正欲离开，宫殿大门突然打开，我听到里面传来恐怖的叫喊，接着就看见凶神恶煞冲了出来，当我被他们抓进去后，就完全丧失了记忆……唯一确信的是，大门打开的瞬间，我听到的声音是那么恐怖，看到大门里面拥挤着大多的鬼魂，瞪着一双双白色的眼睛，他们当中好像有在大会堂里死去的妇女，还有在不同的政治运动中死去的亲人……这么一来，我又不能确定这部分记忆到底来自魂魄的游历、混乱的梦境，还是来自遥远的童年回忆了。

总之，据家里人讲，我深度昏迷，人事不省。我们村的那个蛇精、和尚村的朝天鼻和计生办的人都吓得不轻。正因为这样，我是被当作死人抬回家的。一路上，得令和我姐夫用担架抬着我走，得令哭得迈不动腿，被大雨淋湿的路面异常泥泞，我姐走在后面哭得声音沙哑。对这些情况，我一无所知。我双目紧闭，喊我我不应，掐我我不疼。村里人听到哭声都赶来看，得知这事是麻一杆儿媳联合其他女人干的，纷纷谴责，同时劝得令早点准备后事。不久，我的心跳和呼吸停止，得令向我公公陈梓桐借用棺木。我公公没有说话，而是去了麻一杆家，据说跟麻一杆吵了一架。麻一杆理直气壮地说他是公家人，死后火化家里不备棺材。等我公公两手空空回来，他才同意把他的棺材从楼上抬下来借给我用。可就在得令准备将我装进棺材的时候，我的魂魄从地底飘升上来，回到了身体内……

接下来发生的事情，我不说你应该也有听说，一家人发现我还活着，又惊又喜，得令命令两个孩子不要泄露任何关于我的消息，然后他和我公公趁着天黑，去河滩抱回几块石头用稻草包裹捆扎，穿上我的衣服放置在棺材里再盖上被子。两天后，抬棺人将棺材抬到山上，将我埋在头一天挖好的墓圹里，而我本人则躲在家里的阁楼上。得令回来表功说，那墓完全按照正常规格挖的，坟面砌得很好很规整，别人压根不会想到其他。我听了心里虽然不太舒服，但是想到哪天我真死了，倒是可以埋在这墓里。以后就不用搞得这么紧张。于是就为自己感到高兴了。只是这阁楼一直是我公公住的，他年轻时得过烂脚病，有一条腿的下半截常年裹着纱布不让我们看，偶尔纱布上还有血迹。他住过的地方总让人感觉脏兮兮的，我很不习惯，过了几天，我转移到厨房两堵墙之间的狭小空间住。但由于担心有人怀疑我没有死，随时会来家里张望，我又住到了阁楼上，而让我公公搬进了厨房。他很不乐意，因为住在两堵墙之间实在憋得慌。迫不得已，得令在朝外的墙上凿了一孔小小的窗，这样，我公公在里面睡觉的时候，还可以看到有没有人朝我家走来。一旦有人走来，就拉扯一根绳子，院子里有一个铃铛，就会发出清脆的声响。那声响是我最不愿听见的，每回都将我吓出一身冷汗。

　　如果说，为了这个超生的孩子，之前我就曾东躲西藏、担惊受怕，却非此时所能比。因为那时虽然很想多生一个女儿，其实也做好了随时被抓走、不能生的准备。但这次不同，一旦被发现，不仅孩子保不住，还会因为装死被人嘲笑讥讽。所以接下来的日子，我庆幸自己和胎儿都还活着，同时也有些后悔，这事不是闹着玩的。如果能顺利熬到分娩的那一天产下一个女婴那也值得，但要是再次被抓呢，于我，胎儿月份越大罪孽越深，我害怕被它的冤魂纠缠；于家庭呢，这事必定闹得沸沸扬扬，我们家因此被人指指点点。到那时，我该怎么跟人解释，人们会怎么看我这个活死人？难道这是一个诅咒，有一天会把自己咒死？随着胎儿的发育，肚中动静越来越大，我自身的状况也越来越不好。身体变得笨重、浮肿，肚皮上出现很多暗红色纹路。由于缺营养、缺钙、晒不到阳光，我经常腿部抽筋，厉害的时候，好像有蛇钻进血管，怎么都不能将它捋直。也经常肚子痛、下背酸痛、便秘。便秘时，是既不敢用力，也不敢出声的。加上有时数分钟，有时半小时，头痛欲裂，头晕乏力，有时会突然忘记近前的事情，那种神思恍惚叫人心慌，仿佛又一次坠入深渊，离开了人间。这种种情况，经常让我或目光呆滞，或心烦意乱，真是度日如年。

最难过的一次，是我担心肚子里的孩子死了。我每天晚上都要测胎动次数，可是那一次怎么都测不到了，我就担心是不是肚子里缺氧。因为每天待在这低矮、压抑的阁楼上，连我自己都经常喘不上气来！那个晚上一夜没睡，我太伤心了，抱着肚子，想了很多，想人的一生，想生与死，想现在和过去，想以后可能发生的事。我对守着我的得令说，阿图死了，七个月的阿图死了，这可怎么办？！我的眼泪唰唰地往外涌，我舍不得我的骨肉啊，也不知道怎么把死胎生下来，我的声音发颤，完全不像我发出的音。得令示意我别声张，更不要哭出音来。可我真的很想放声哭泣，我太伤心太绝望了。可我怕哭声被人听见，忍不住的时候，就狠狠地咬自己的嘴唇，血又腥又咸，流进嘴里……

终于，得令想到了一个办法，他在黑暗中用手电筒照射我的肚子。我的肚子就像一块暗蜡照不透，但是突然，宝宝有了动静，她的头部正朝着光源掉转呢。瞬时，我们都控制不住，呜呜哭起来。生命是多么顽强！谁也别想扼杀……

哭过之后，心情好了许多，但是随即又被新的恐惧笼罩，担心刚才我们的哭声被邻居或路人听见。好在一直没有人上门来调查。我就这样战战兢兢地躲了下来。一个月后，腰腹作痛，下体收缩，尿意频繁，似有东西下沉，根据经验，我赶紧叫得令烧水。但是要不要去请接生婆呢？得令说人命关天，去请。可我喊住了他。我说你把剪刀也放水里去煮一煮吧。接着，我就像藏在洞穴中的母兽那样，一声不吭，自己生下了第三个孩子。整个过程，生得比前面两个孩子顺，一是瓜熟蒂落，他自己要急着出来，可能他也受够了担惊受怕的日子；二是那天刚好村里放电影，附近几家人都出去了，我生的时候就放松多了。但是，让我感到遗憾的是，生下阿囡的那一刻，我想的仍是生女儿，我就是为了女儿才坚持的。所以得令告诉我又生了一个男孩，我的心凉了一下。但是不管怎么样，我看他不缺胳膊不缺腿的，踢蹬得挺有劲，一颗心落了地，掀起衣服给他奶喝。

本来，我是计划等阿囡过了满月，再抱他下楼的。因为按照老一辈的说法，婴儿过了满月就能活下来。可是孩子的哭声我怎么能控制得住呢？前两天，我奶水充足，孩子食量也小，喂饱后哭得少。但很快就缺奶水了，孩子饿了就哭，我急慌慌地拉被子，把自己和孩子罩起来，用手在里面撑成一个帐篷，然后将奶头塞进他嘴里，也不管有没有奶水，先将孩子的嘴堵住。有时他啪嗒啪嗒空吮一通，有时脸憋得通红，有一次差一点就岔了气。后来我就不敢再那样堵孩子的嘴。但是不那样做，我担心孩子的哭声随时会被人听到。我就跟得令商量，要不我们干脆离开吴村吧，等天黑带孩子到外面去谋生吧。得令想想也是，三个孩子以后负担越来越重，靠在家种地是难以养活的，不如早谋生路。只是这么说过，问题马上又回到了起点，"要不等过了满月，孩子就好养了，到那时我们就走"。

还没有等到孩子满月，事实上，出生一个星期都没到，土发就带着计生办的那几个人上了楼。他们上了楼，就要抱走我的孩子……

现在很多人都在骂土发还有计生办的人，骂他们是吃人的狼。这是因为他们老了，搬不动家具，爬不上屋顶，政策也没先前严了。想想那些年，他们无处不在，有的偏远村子，一年到头见不到一个政府工作人员，却总能见得到计生干部挎着红十字加"优生优育"四个字的医疗箱，走村串户。现在他们没有以前威风了。当然这么说也不对，当年他们那样做，还不是为了执行国家政策？只是退下来后，乡计生办的人还好，有退休金，村里的计生员可就什么待遇也没有了。不但如此，手中没了权力，村里人对他们态度冷淡，有的甚至当众遭辱骂。

说起那些年，杜富、施长春、"小杨同志"，还有每个村的计生员，他们要是出现在某个育龄妇女家门前，说某某呢怎么不在家是躲出去了？还不吓破你的胆！——我当然记得，那天，他们的出现吓坏了我，我哭叫着，去夺被他们抱走的孩子。施长春斩钉截铁地说："你他妈的装死，孩子也生了，你自己说怎么办吧！"我哭着说："孩子是意外怀上的，我上过环，这不是我的错。"施长春冷笑道："怀上是可以打掉的！"我说："我不是去井下了吗，我是被人打死后抬回家的！"施长春说："我不想跟你啰唆。你比我们清楚，你超生了，你超生违反国家政策了，我们乡完不成任务了！"我说："我不管，你还我孩子——"

他们抱走我的孩子，我担心不是拿孩子做人质，好罚款，而是要将他当场摔死，我使尽全力呼喊起来："还给我孩子——还给我孩子——救命啊——"我边呼喊，边下楼去抢孩子。没一会儿，有村里人赶来。随即得令也到了。这个平日里看上去没什么脾气的病恹恹的男人，这回他手拿一把菜刀，也不同计生干部争辩，进来就挥舞着，向他们砍过去。那几个人也是怕死的，在屋里逃了一圈，被得令堵在门口："我女人被你们抓去时好好的，抬回来时成了个死人，打成那样，我还没有去找你们算账！今个倒自己找上门来了！"闻讯跑来的村里人中就有类似的受害者，趁机帮着得令说话。那几个家伙支支吾吾，跑之前丢下一句："五百元，限你半个月内准备好。"走到院外，又恶狠狠地说："限十天内交清。超过十天，别怪我们六亲不认，毁你家屋梁，二麦丁家的情况你们都有看到！"

为了超生的事，得令从来没有这么像个男人。我不知道那个月他为了交出罚款，借了多少人家，问了多少人，向多少人解释，遇到多少冷脸。这中间，计生办的人一次次上门来，有一次杜富还带着一条狼狗，仿佛不交钱就放它来咬人。我们也怕的，不得不说软话拖延，恳求减免。最后，钱是分几次给的，一部分是在得令的要求下，计生办的人去和尚村向那个朝天鼻妇女要回了二十元医疗赔偿，一部分是自己家里的收入，主要是卖了山上一些树，共计四十来元，另外一百多元是得令借的，加起来一共给了一百七十五元。这笔钱在当时是很大一笔钱，就我们家，差不多需要三年才能存上这么多钱。但是不交这么多，他们会天天上门来恐吓。我只能这么想：一百七十五元，换回来一个活生生的孩子，这钱值得。虽然阿囡不是我一直想生的囡，但是到了这个时候，谁还会往这方面想呢。

有些事啊，说不清因与果。那时我那么想生一个女儿，结果又生了一个儿子。好在这儿子文静听话，后来上了学，学习也好。可同时，有一年土发去拆超生户的房子被人用鸟铳打下来，摔断了腿。土发是个光棍，当不成计生员，这下成了村里人的厌弃对象，又可怜又可恨。我家阿囡在乡里上学那年，有一次回来说，土发在乡上，大概是向乡政府要低保或者其他什么引发争吵，被人打得躺在地上起不来，也没人管。这孩子心善，就把他送去医院，给他垫了钱，还给买了吃的。我听了，心中没有高兴，没有赞许，只有心酸。后来听说，土发从外面讨生活回来，坐在代销店门槛上跟人夸："那娃是个好娃啊！当年，如果我早点发现爱莲怀了这娃，或者躲在楼上，肯定拉去做掉了，那现在还哪来这么个好娃娃啊！"据说土发边说边捂脸呜咽。这事让我想了很多很多。

其实我们心里都知道的，面对超生他们要尽责，就必须心狠，不心狠，谁愿意去结扎？连上环都难。他们不做这事，肯定会有别人来做。所以，该过去的就让它过去吧，世上没有过不去的坎，否则，这日子怎么过下去呢。只是，心里过去了，身子不一定过得去，别人不一定放你过去。生阿囡那年，情况那么糟，我落下头痛的病，遇到阴雨天或者风大些，头痛得恨不得将它从脖子上拧下来。加上我的月子没坐好，上了年纪，腰痛得直不起来。更不幸的是，那年生了阿囡，我就被人当作从坟墓里爬出来的鬼。这事跟我一样年纪的人，能明白我，坏就坏在那些道听途说以及晚辈人身上，这事越传越邪乎，以致现在有小孩看到我，仍会害怕，喊着："鬼婆来了，快跑，鬼婆来了！"刚开始我心里难受极了，这些将我当作鬼的小孩不少也是超生的，他们能在那年月生下来活下来，比鬼厉害多了。更何况，他们要么被人骂作"多生的"，要么因为没户口被骂作"黑人"，他们怎么不想想为什么。

井下村有个打引产针没打死的，被医生扔进石灰池又被人偷抱回去养大的孩子，打中了针的左臂、左胸畸形不发育，人就像只长了半个。这孩子每次见到我，特别怕我，跑得特别慌张。可能他把我也当作拿针筒要他命的人了。好在这几年他不跟着跑了。只是那些更小的孩子一批批长起来，看见我还是吓得要跑。也可能他们没有恶意，并不是真的怕我，只是拿我寻开心。或者通过骂我，要让人一遍遍回想起那些让人害怕的日子，他们的遭遇。或者是，他们在娘胎时，他们的娘过于害怕被抓，高度紧张的情绪影响了羊水，导致出生后胎儿的胆子比正常孩子要小。这么想过，他们骂的时候，我就不那么生气了。

杀　猪

杀业之上无余罪，十不善中邪见重。

——《佛经》

　　长辈们说，吃了多少苦，经了多少事；说以前共产党和国民党打仗，鬼子进村，瘟病流行，亲人相继离世；解放后，阶级斗争，吃食堂，大炼钢铁，造水库，农业学大寨；等等。也许吧，长辈们一生命运多舛，生不逢时，相比他们活着的年代，兵连祸结，政治运动不断，我们这代人算是遇到了好时候。可是尽管如此，政策越变越好了，不再有战争、瘟疫，不再批斗人，且我长到十来岁时，恰巧赶上了农村承包责任制，生产队解散了，每户人家分到了土地，日子渐渐好起来。但是！相比那些比我生得晚的人，我也是吃过苦的。

　　怎么会不苦呢？

　　就说那些年吧，我父亲一直多病，我家本来就穷，母亲又因为超生被计生委罚款。为这笔罚款家里到处举债又还债，日子一夜间更艰难。母亲的情况就不说了，为了逃计划生育东躲西藏，身心被摧残，以致很长时间都不愿跟人交往。而我父亲也因为没钱吃药老毛病发作，病恹恹。犹记得，那些年他的日子好像不是靠呼吸过来的，而是像咽了气似的剧烈咳嗽过来的。父亲在冬天的时候躺在床上，直到春天才能下地，但他对春天是过敏的。油菜花开时节，去往田地的路上，他要蹲下来五六回。一次，我问："爸，你为什么老咳嗽呀？"父亲摸摸我的头，凄然地说："山子，因为我的肺烂了，不会好了。"为此，我哭了一场。

后来，我知道父亲的病叫慢性支气管炎，据说是多年前派他去造水库得上的。虽然结婚后病情有所好转，但一直没有断根。每年到了寒冷季节就彻夜咳嗽。因此，父亲总是盼着过夏天。夏天来了，支气管炎就不发作了，他就有力气去干活了。即便不能干重活，有他在田间地头指导母亲怎么播种，怎么管理庄稼，什么农药治什么虫，庄稼长势总是良好。村里人嫉妒地说："得令，你就是动动嘴皮子也比我们强啊！"父亲并不恼："如果收成不好，我们一家老小可就要挨饿哪！"

每一个夏天，父亲为了在冬季病倒前积存更多的药物，总爱带我和庆子上山。正如父亲教母亲怎么播种、怎么管理庄稼，他耐心地教我们认草药。他几乎什么都懂，知道什么草药长在什么山上，知道什么草药吃它的根，什么草药采它的叶。在父亲的指导下，我很快学会了辨认。我眼尖，在灌木丛里钻来钻去，一会儿找到了老虎刺、黄芩、半夏，一会儿找到了柴胡或者蝉蜕。整个山谷里回荡着激动人心的叫喊。

父亲还爱带我们去河里捕鱼。我家门前有一条小溪，虽是小溪，却叫金塘河。久住溪边的人都知道，溪水流经险滩，会在巨石背面形成涡流，鱼喜欢躲在这水域。父亲常常在这地方扔下鱼钩，很容易钓到鱼。那时候，父亲还拥有一副尼龙丝渔网，浸在水里几乎是透明的，渔网撒下后再抛下石头，鱼群受到惊吓，惊慌逃窜中会一头扎进网眼，头就卡在尼龙丝网里了。我和庆子就像两只鸬鹚，潜下水，寻找水底闪烁鱼鳞的反光，几分钟后从水里钻出来，嘴里、手上都攥着鱼。每次，父亲将捕到的鱼撒上盐，煎成鱼干，储藏在陶罐里，等到有客人来的时候，或者口中无味了，特别需要营养的时候，才拿出来吃。

记得只有一件事，父亲不愿让我们跟着去。那就是去井下村卫生站捡胎盘。胎盘药名紫河车，是治气管炎的药。父亲得病多年，卫生站的医生有金认识他。有时候，遇到产妇生孩子，有金会把胎盘留着，捎口信叫父亲去拿。可是，母亲总反对他去拿，嫌那东西脏，并且不允许我们看到。她偷偷地煮，把煮那东西的锅洗了又洗，还是觉得不干净，又带上一撮草木灰到金塘河去洗。洗完回来，要把锅晾在屋外，过一夜才拿回来。

事实上，父亲也嫌那东西脏，第一次吃他吐了，所以并非每次都去拿。但是，疾病在身又无钱买药，还是会偷偷地去拿。一次，父亲又弄到一只胎盘，趁母亲不在，切成一条一条的。这时候，我刚好从外面回来，闻见锅里冒香气以为煮的是肉，高兴得不得了。父亲不忍心告诉我真相，又不忍心看我失望，就帮我盛了一碗。我端起来，味道十分腥，有点怪，像牛肉但是有点夹口，正要咽下去，他突然扑上来，夺走了碗。

"吐了，吐了它！！小孩不能吃，吃了会生病的。"他说。

我就吐出来了。

"再等一些日子吧，等我们家杀了猪，就有肉吃了！"

我们家那头猪，确实养一年多了，每次母亲硬着头皮去央求村里的屠夫磨刀六来杀猪，磨刀六总说，请他杀猪的人太多，他杀不过来，他太忙了。结果这头猪"光吃草不下蛋"，成了全家人的负担。前一阵子，母亲不下十次央求磨刀六，并且决定自己家留下猪头、猪脚、猪内脏，但是磨刀六还是担心肉卖不出去，叫她先预定好买主，再叫他去杀。

谁能想到养一头猪不容易，杀死它会更难呢？想想一年前，我们还都为它长得快而高兴。隔壁的顺娣还嫉妒说，我们两家的猪差不多时间养的，她家那头一定是猪蒂子，催也催不大。猪蒂子就是一窝猪崽中生得最晚的那头，往往体弱多病，长不大。其实母亲知道，我们家养的才是真正的猪蒂子，但她没有时间与人争辩。母亲太忙了，要说忙不过来的，是她。

我们家一共六口人，但正如前面讲的，真正干重活、挑重担的，只有母亲一人。我祖父年纪大了，干不了重活，他干活也慢，一个人蹲在一小块地里除草，一蹲就是一天。而且他患有烂脚病，下不了水田。父亲倒是青壮年，但他患有支气管炎，尽管他也挑担子、翻地、砍柴、背树，都去的，但他干这些活要比别人艰苦百倍，往往没有干多久，就咳嗽、哮喘，喘得透不过气来，那样子让人看着难受。母亲就会说："得，你还是不要背、不要挑了，由我来吧！"母亲从稻田里挑回稻谷，从山上挑回红薯，从家里挑去化肥，背去打谷桶……母亲任劳任怨。但母亲也有发火的时候，发火的原因往往是我不跟她好好干活，比如挑担子挑重了就在半路上歇下来，因为肩膀火辣辣疼而哭泣，母亲从来不会像对待父亲那样让我歇着，而是说："你是长子，你是哥哥，应该听话、吃苦。你知道吗？"

我知道母亲盼着我快快长大，好为她分担忧愁。有时候我真后悔自己是家里的长子。可是我和两个弟弟，已经没有办法重新回到母亲的肚子里去重新排序。不仅仅连接母子的三根脐带已经被剪断，更因为两个弟弟都不愿意。

"如果还能重新回到妈妈肚子里去，我就再也不出来啦！"

"对，我也不出来！"

他们并不认为生为老二、老小是一件幸运的事，相反，他们比我更为自己的命运叫屈。

没错，我的大弟庆子比我小两岁，他是一个机灵鬼，虽然他也能帮家里干点活，但是只要有机会偷懒就绝不会多干。他最正当的理由是照顾弟弟。我的小弟阿囡要比我小九岁，庆子的大部分时间都用来照顾他了。只要有阿囡在，庆子就带着阿囡在我们干活的附近捕鱼虾、摘野果。除非阿囡睡着了，母亲让他睡在树荫里，用围裙当席子在地上铺着，庆子才跑来跟我们一起干活。

那是分田到户后的第五六个年头吧。我们家位于金塘河畔的几块稻田由于洪水频发，田里的黑土层被冲走了，作为回报，洪水留下的是一堆沙石。但肥力再差的田，也只能接受，毕竟这是属于我们自己的田啊。田坎被洪水冲得松垮了，我们可以就地取材，用溪滩石加以坚固。田土失去肥力了，我们可以挑去鸡粪人粪牛粪阴沟里的腐殖土，使它变得肥沃。总之，那时的人们依然心存挨饿的恐惧，或者终于拥有土地的狂喜吧，家家户户都这样举家出动，恨不得在属于自己家的田里种出"亩产万斤"。以至于我们家尽管只有母亲算得上是体格健壮之人，然而一家人同样参与了这场轰轰烈烈的从饥饿奔向温饱的比拼。

正如一些人说的，在生产队干活也忙，但从来没有忙成现在这样，早出晚归，一家老少围着田地与庄稼打转。因为生产队是可以偷懒的，干多干少都一样，现在是自己给自己干活了，庄稼它知道你有没有偷懒。而且那时候，稻田一年内要种三季作物，第一季是油菜与小麦，第二季是早稻，第三季是晚稻；与此同时，旱地一年内要种土豆、大豆、番薯、毛芋、玉米……那时候的我虽然只能顶小半个劳力，干不了什么正经的活，但也得一天到晚跟大人待在一起。尤其盛夏时节，收割完早稻要马上将稻田翻过来，将田土一锄头一锄头捣成糊状，在立秋之前插上晚稻秧。时间的紧迫，体力的透支，对劳动的厌恶，使得我经常想逃跑……

只是如此拼命，挨到秋天临近的结果，是我们家的那几块畈田又一次被暴雨后的洪水洗劫了。面对已经拔节抽穗的晚稻拦腰折断，匍匐在暗红的泥沙下，父亲站在豁豁牙牙的田埂上低垂着头，说不出一句话。母亲则泼妇一样骂骂咧咧，怨父亲在分田单干的时候没有把阄抓好。父亲被骂得咳嗽起来，说："现在你骂得再凶，又有什么用呢？"

也就是在那场洪灾之后，粮食歉收的日子里，外祖父来到了我家。

外祖父是一个性情温和的老人，一点都不像我那脾气古怪的祖父。他是挑着一头猪来到我家的。也就是担子的一头是猪，另一头是一袋玉米。那时候猪还小，它被外祖父放在一个竹笼子里。外祖父说，他家的母猪一共生了十头崽，卖了九头，就剩这头没人要。"你们就随便给它喂点啥，养大了三个孩子就有肉吃了。"说着，他把装玉米的袋子解开了，特别吩咐说这些玉米是他为猪带的点心，猪吃苦了猪草偶尔给它喂几把，并且解释道："坞头村山高田少，山上只能种玉米哩。"似乎怕祖父笑话他。

事实上，我们有一段时间连玉米这样的粗粮都吃不上了。外祖父的到来，迫使母亲去顺娣家借大米为他专门煮饭。外祖父回去后，母亲就把玉米用石磨碾碎了，做成喷香的玉米糊给我们吃。我们不免有些激动，几张嘴沿着碗沿吸溜吸溜地吸着，一边吸一边又怕被烫伤，进食的声音好比几只鸟在鸣叫。玉米糊吸溜完了，我和庆子还把碗倒扣着，用舌头去舔碗底。这时母亲从厨房里提着一桶猪食出来，看到我们那样一副饥不可耐、形同上吊的样子，就把猪食搁在地上，跑回厨房里哭泣起来。

我们愣住了。我们做错什么啦？她是因为我们抢光了玉米糊伤心的吧？直到看见桌上属于她的那碗还在，祖父差庆子去解释一下，说你妈的玉米糊还在呢！这一解释使得母亲哭得更响了。她的哭声从厨房里传出来，内容大意是：我就是因为在坞头村吃厌了玉米糊才嫁到吴村来的；从很小的时候就听说吴村的稻田多，顿顿有白米饭吃，可谁知嫁到你们吴村来，一家人连玉米糊都吃不上……

父亲的脸色很难看，他走到厨房去想说点什么，又没说一句话就回来了。我发现有发亮的东西在他的眼眶里打转。我怯怯地放下碗，走到门槛上坐下，担心有一场争吵要爆发。但是什么都没有发生。母亲哭了一会儿，出来把搁在地上的猪食提走了。屋外的猪圈里，立刻响起那只小猪哼哼哼的叫唤。

　　流肥油，是我和庆子给猪取的名字。与其说这是它注定的结局，不如说是我们对杀猪吃肉那一天的期盼。但猪是不知道它的命运的，就像我们同样不知道自己的命运，所以它总在猪圈里叫着，吃着，吃饱了就睡。仿佛不把自己一日日吃胖起来，就不足以证明它过得幸福。于是一天之中，我和庆子提着竹篮去拔猪草的时间越来越多了。有时候我们不愿去，母亲就说："大人有大人的活要干，你们不愿去拔猪草，等到杀猪的那一天别怪我不准你们伸筷子！"

　　简直没有比不能吃到肉更严厉的惩罚了。在我的印象中，除了过年过节、家里来了亲戚，平时几乎吃不到肉。那时候，村里最有钱的人一个月最多买三次肉吃。这样的人家加起来不超过十户。他们买了肉，心里往往十二分得意，第一件事就是把肉当旗帜一样拎在手上，于众目睽睽下穿街而过。我和庆子最喜欢看的就是他们手中那白里透红、用笋壳做绳子扎着的肉，比什么都醒目。有一次我们甚至神不知鬼不觉地跟着一挂肉来到了一户人家的厨房后头，张着嘴，扇动鼻翼，终于闻到肉的香味。那是多么让人陶醉的香味，以至于忘记了这是凶神恶煞的大麦丁家。大麦丁平时有钱买肉吃，是因为女儿多。女儿们都嫁出去了，他每月要敲诈女婿拿出钱来花。他花钱的方式就是买肉、喝酒。喝醉以后，就是发脾气。因为他以前是生产队队长，终年指挥人干活，现在生产队解散了，没谁会听他的了。因此，他对村里人怀着不可理解的仇恨，对全村孩子也是如此。当他听见屋后有声响，就拿着棍子追出来，一边追一边喊："喂，该死的贼，又想偷吃什么？地主富农们的后代！我杀了你们！"

我和庆子猛地从久违的肉香中醒悟过来，吓得两腿发抖，在田埂上没命地跑着，鞋子踩进了稻田，身上糊满了黑色的烂泥，也不敢停下来……

每一回，我和庆子闻到肉香，或者看到有人提着肉走在路上，就日日盼、夜夜想，要是我们有肉吃，那该多好啊。那时候，我们把吃肉的希望，都寄托在流肥油的身上了。它身上的肉，就在眼皮底下生长着、蹦跳着。我们天天幻想杀猪的那一天，家里的两只锅里盛满了猪的各个部位：一只锅里煮着猪头、猪肠、猪肘，一只锅里焖着红烧排骨、五花肉、猪蹄……

母亲看出我们的心思，或者说是故意要转移我们的空想，总是说："只要你们天天去拔猪草，等杀了猪我自然会留很多很多肉在家里，让你们吃个够！"于是像拔猪草、切猪草之类的事，就落在了我和庆子的身上。我们一得空就提着竹篮去拔猪草。溪滩边、田埂旁、山涧下、林中野地，都长着猪爱吃的长毛头、益母草、苦菜、奶浆草等等，只要有足够的耐心于杂草丛中择取，总能满载而归。问题就在于，耐心的过程总是让人难受。青草疯长的季节太阳往往很毒，虫子与蛇出没。很多时候，我真想扔了手中的篮子跑去玩耍，就像别人家的孩子。他们要么在河里游泳，要么在树上捉鸟雀，每回看见我和庆子就怪里怪气地喊："拔猪草拔猪草，嫁不出去的囡！"但是我从没真的扔了篮子，倒是庆子经常这么干。

"哥，咱家到底什么时候才杀猪呀？"庆子一遍遍地问，从猪二三十斤开始问起，问到猪四五十斤，再问到猪拥有了流肥油这个名字。其间我不得不一遍遍地回答："快了，快了。过不了一个月妈妈就请磨刀六来杀了。"我总拿这样的话安慰他，然后在下个月异常失落，因为说得多了，连我自己都信了。

如果下个月还请不来磨刀六杀猪，我们要养流肥油到什么时候呢？我们还要拔多少猪草给它吃呢？如果辛苦的劳动换不回一顿猪肉，付出的代价未免太大了。特别是当我每天嚼着难以下咽的酸豆角的时候，当我看见别人家的大人又一次提着一挂猪肉从街上大摇大摆地走过的时候，我真想吃肉。我真想拿刀从流肥油的身上割下一块肉来，和庆子偷偷煮了，躲在灶台后面吃了，然后把嘴抹干净。

但母亲说："猪正是长身体的时候呢，怎么着也得养到十月龄再杀。"

我和庆子计算着日子，一天，两天，三天，一个月……

其间，我们不断地纠缠母亲，央求她去央求磨刀六来杀猪，她烦了："你们就知道吃肉吃肉，要不，唉……我去磨刀六那里赊一斤肉给你们吃吧！"大概，我们家也养有一头猪的缘故吧，从不赊账给我们家的磨刀六，竟然一下子砍给母亲三斤肉。母亲吓得直呼："太多了太多了。"磨刀六说："多什么，你多喂几勺米糠就长出来了！"那一天我们家像过节一样。"今天就都不出去做工了。"母亲似乎也受到三斤肉的感染，破天荒地说。但是肉也并没有立刻端上桌。母亲一会儿让我们去菜地摘辣椒，一会儿让我们去代销店打酱油，我和庆子没命地奔跑着。奔跑是因为唯恐回到家中，肉已经被家里人吃光……

当一阵里里外外的忙乎之后，母亲终于将我们日盼夜盼的肉端上桌了，屋子里突然静得可怕。那是多么金光灿灿、色香味俱全的一盘肉啊，精肉、青椒、肥肉、酱油、葱段的颜色刚好形成鲜明的反差。我们拿着筷子，盯着它，简直没有比这更美的、更诱惑人的食物了，仿佛筷子一碰，精肉、肥肉、青椒、葱段就会像五彩的蝴蝶一样飞舞起来。

"还愣着干啥，吃吧吃吧，这是用流肥油赊的肉，没花一分钱呢。"母亲坐下来，一脸压抑的欢喜，夹了一片肉给阿囡，阿囡的嘴突然张开，就像一条吞吃虫子的蜥蜴的嘴，然后他叫了一声："真辣！"于是剩余四双筷子再也按捺不住激动的心情同时伸了出去，于是剩余的四张嘴在阿囡"斯哈——斯——哈——"嫌炒肉太辣的撒娇声里急迫而夸张地咀嚼起来。三斤肉我们一顿就吃掉了。然后，那顿美味之后，没想到，我们反而更想吃肉了。我们面临着吃不到肉的煎熬。因为吃过那次肉以后，人就像中了毒，舌头总想体会肉的香味与油的滑腻。而等磨刀六来杀猪的时间，依然遥遥无期。

尽管流肥油早已养过十月龄，磨刀六却没有如期而来。母亲每次去，他总说："你割几斤肉吧，我赊给你。"母亲说："你这几天就来杀吧，猪头猪脚内脏什么的，我都留给自家吃。"磨刀六说："你知道村里养了多少头猪吗？就差赶上人口了，有人家的猪养了快两年了，我还没去杀呢。你急什么急！"母亲说："你就不能帮我们家先杀吗？别人家养过很多年猪了，你都杀了好几茬了，我家还是头一次养呢。"磨刀六说："现在天太热了，猪当天杀了卖不掉肉就变臭了，我得隔三天才杀一头猪。"

三天后，母亲再去的时候，磨刀六说："我不是说了嘛，你这个讨厌的鬼婆！轮到你家还早呢，要不你今天先赊一点肉吃吧，我正愁卖不掉呢。"母亲犹犹豫豫，总觉得赊肉吃不是什么正经事，但是在磨刀六的强行推销下她勉强买了一副猪肺，因为父亲的病不是跟肺有关吗？——猪肺吃起来一股怪味，不知为什么，总是让我联想到胎盘，我和庆子都不爱吃，也只能让给父亲一个人吃了。

转眼（其实也算不上转眼）又过了两个月，天渐渐凉起来，我家的猪还没有卖掉，但是父亲开始彻夜咳嗽了。父亲的病总是这个季节变得严重。母亲说："你光吃自己煎的草药怎么行？还是到井下村卫生站去打针吧！你能斗得过病吗？"父亲说："卫生站的针都打过了，早打疲了。"母亲说："你是因为在那儿欠了不少债吧？"父亲不吱声，母亲说："你不要怕欠债，等杀了猪多少能得一笔钱，你明天就去打针吧！"

问题是，父亲走了后，母亲再去催磨刀六，他依然说："你们呀，就知道养猪，盼着别人买你家的肉，自己家却从不买别人家的。都像你们这样，我杀了，卖给谁呀！"

母亲无计可施，只得将猪继续养着。不管怎么说，猪多养一天它还会再大一天，猪越大将来磨刀六来杀了，一头猪杀出两头猪的价钱，岂不是更省事了嘛。母亲没有读过书，但她会简单的算术：按流肥油毛重一百五十斤算，减去流掉的血、刮掉的毛、掏出的内脏、砍下的猪头猪尾，剩下的猪身板有一百斤，按照行业规矩以批发价卖给磨刀六（他再按市场价卖出，工钱就是两者间的差价），我们家至少能得百来块钱。这些钱足够给父亲治病，也足够给我和庆子交学费了（尽管我早已过了上学的年龄）。

母亲想到这些，也常常跟我们说。她甚至想到了：猪头、猪耳煮熟了，扒下猪头肉，用梅干菜炒一炒，密封在坛内，猪头肉不会烂并且会变得半透明，能吃大半年呢。并且说：猪脚、猪肝和猪肚要挑到坞头村去，给外祖父吃；猪肺、猪腰给父亲吃；我们再将猪肠、猪心、猪血什么的煮上一大锅，肠子捞出来切碎，再和上汤水给邻居们各端去一碗，剩余的就让我们兄弟仨吃个够。我和庆子虽然觉得养一头猪辛辛苦苦，到最后只能吃剩下的猪下水之类，有些不划算，但也只能顺从。否则，我们能怎么办呢？我们能做的，就是尽量多吃一点儿。

"等到杀猪的前两天，我一定要饿肚子，什么都不吃。"那一天，我和庆子去自留地里拔萝卜，拔了一会儿，庆子一脸天真地看着我，"我要把肚子里的油都饿干净，那样子才能吃肥肠吃得更多。"

我有些哭笑不得："你要饿就饿好了，谁也管不着。只要你不要把我的一份也吃了。"

庆子说："你才把我的一份也吃了呢！你上次吃得比我多多了！简直跟饿狼一样！"

庆子这么气愤的时候，我再一次想起上次、上上次母亲买肉回来的情景。那些情景是那么值得回味。我们家又有一个多月没有吃肉了。尽管母亲每次去催磨刀六来杀猪，磨刀六都要强行推销猪肉，但是母亲也只在冬至节买过一次。那是为了祭奠死人才买的，尽管祭奠之后的肉被我们抢着吃了，但是总归满足不了一千只蛔虫一般的欲望。于是坐在树下休息的时候，我又想吃肉了，一想起吃肉整个人就有一种漂浮起来的无力感，嘴里盛满口水，我臆想着满嘴的肉，不由自主地咀嚼起来，干瘪的腮帮子就被咬破了，我甚至都不知道嘴里泛起一股子咸味，是腮帮子的内壁流出的血，直到庆子看到我的嘴角流出血，大喊大叫起来。

"你这是怎么啦？是不是吐血了？"

"你才吐血呢。"

"那你是咬腮帮子了吗？哈哈！"

"这个不用你管。"

"我要去告诉妈妈！"

我们这里有一种说法，说的是，有一天你的牙齿咬破了腮帮子，那是你想吃肉了。因此有些人家的父母听说孩子咬破了腮帮子就会给孩子买肉吃，有些孩子为了吃肉就故意将腮帮子咬破——而我是真的在想吃肉的时候咬破的——但是我知道，就算我把这个事实告诉母亲，她也不会买肉。因此我有些讨厌庆子跟着我，没好气地说："你跟着我干吗？快去拔萝卜吧！"庆子说："拔萝卜拔萝卜，总是拔萝卜！现在我们拔光了萝卜也喂不饱流肥油了！"

没想到事情竟有这么巧，那一天我们扛着成捆的萝卜回家。远远地，就看见磨刀六在我家的猪圈前探头探脑，往猪圈里瞧呢。这说明，一个人咬破腮帮子就会有肉吃是有道理的。

磨刀六一副凶巴巴的样子，问："山子，你爸你妈呢？"

我说："他们一早就去山上砍毛竹了。"

磨刀六问："砍毛竹做什么？"

我说："他们说想卖点钱，治病。"

磨刀六就命令我："快去把他们叫回来，就说有人要买你们家的猪了，卖了猪就有钱花啦！"

我连奔带跑，想起父亲带病上山，就跑得更快些。等我跑到了毛竹林，父母正将毛竹一根一根从山上往下滑。精光赤溜的毛竹，在陡峭的滑道上越滑越快，跟飞一样，我左闪右躲，大声地呼唤……然后，父母高兴得跟我一样……

那是磨刀六的一个亲戚要结婚，委托他买一头猪做婚宴。那个亲戚其实不是别人，正是他的小舅子。可能是姐夫替小舅子省钱吧，或者这头猪原本就是做姐夫的准备送给小舅子的礼物，总之磨刀六说出的价格让我父母难以接受，最后他丢下一句"那我去别处看看"就走了。

那个晚上，我父母一直在议论这件事，觉得磨刀六做人太不地道了，既然是买猪去杀就得按统一的价，他这是欺负人。再联想到之前央求他杀猪遭到推诿的种种，父母很是气愤，说这个家伙早就在打流肥油的主意了。但是夜深了，见磨刀六再没有回来问买猪的事，他们又开始嘀咕，怕得罪了磨刀六以后更难请他来杀猪。

第二天，父母早早起床了，心里既盼望着磨刀六回心转意，又盼望着听到有人跟他们一样痛骂磨刀六"乘人之危"。然而刚出门，就听说磨刀六昨晚去了顺婶家买走了她家的猪，猪的价格比报给我们家的还要低呢。他们一前一后苦着脸回来，其后较长时间，既恨磨刀六也不搭理顺婶，对流肥油也没有好声气……

此时流肥油已经长到一百七十来斤，正是一头猪最适合宰杀的时候，猪再大一些肉长得慢不说，杀起来也吃力。可是村里只有磨刀六一个杀猪的，而且附近几个村有不成文的规矩，就是自己村的屠夫杀自己村的猪，卖肉也在自己村卖，一旦闯入他人领地杀猪卖肉，轻者警告重者"白刀子进红刀子出"。猪是注定没有人来杀了。

如果说，当流肥油还是一头猪崽的时候，我和弟弟们天天盼着吃肉，以至于口水滴答，现在流肥油身上肉很多，我们却再也没有心情提吃肉了。因为我们知道父母的难处。我们能做的，就是每天去拔萝卜、割苜蓿草，弄很多很多猪草。除此之外，还要帮母亲干其他的活。

到了来年春天，全村人都忙于春耕、播种，我家自然也是。但由于父亲对花粉过敏，尽管他照旧去地里帮忙，却免不了拱起身子，大张着嘴，痛苦喘息。春天，这个美好季节，对父亲而言是有人扼住他脖子的季节，令他窒息的季节。同时春天于我祖父，也不是什么好季节。因为祖父的烂脚病，在春雨绵绵、空气潮湿的季节容易复发，如果他的烂脚被雨水打湿或者在水田里泡了一天，烂脚就会溃烂，祖父就会痛得在阁楼上叫唤。

这样的情况下，母亲不得不日夜操劳。

母亲是忧愁的。如果说，流肥油也是我们这个家庭一员的话，这时候大概只有它和我不谙世事的阿囡是无忧无虑的。但是很显然，阿囡至少是不会给家庭惹是生非的，流肥油却是吃饱了就用猪拱嘴拱猪圈的栅栏，拱穿后就逃到外面来闹事……一次它跑到别人家的地里去，把整畦乌冬青拱出来吃了，那户人家的女主人跑到我家来骂骂咧咧，要求赔偿。

直到这时，父亲才下定决心必须把它杀掉。这一次，是父亲亲自去的磨刀六家。父亲信心十足，一边走还一边吹嘘："总该轮到我们家了吧。他提什么条件我都答应他还不行吗，总比永远养着它好。我之前不愿去找磨刀六，是因为男人之间碍面子。你们知道吗？造水库的年月，我被几次评为先进，磨刀六一次都没评上过，而且被平原人欺负！那时候，我身体比他好，年纪比他轻，去他娘的，现在他学会了杀猪，竟然这样……"

但是，让人吃惊的是，他走后没多久，就垂头丧气地回来了。母亲问他是不是忘了拿什么东西？他说没有，是他碰巧在桥那头碰到磨刀六了，那家伙正蹲在茅厕里出恭呢。

"那你问他了吗？"母亲问。

"问了。我说，磨刀六你给我一个牢靠话，猪你到底杀还是不杀？什么时候杀？……他还是一副支支吾吾的样子，没说杀还是不杀。我听着听着就火了。我说，你不想杀我家的猪是不是？我这一吼吓他一跳，差一点就掉到粪池里去，以至于他屁股都忘了擦，提着裤子瞪着我说，你养猪是给我养的吗？我想杀就杀，不想杀就不杀！我说，你有本事就不杀！他说，我就是不杀，我还要明确地告诉你：以后只要养了猪平时不买肉的，或者跟我讨价还价的，我都不杀！你能把我怎么着吗？"

母亲问："那你怎么说？"

父亲说："我说，你不杀拉倒。"

母亲说："你看看你，还不如不去说呢！"

父亲不吭声，过了一会儿说："养头猪还要受他欺负？我偏不信这个邪，没有他，猪就杀不成卖不掉了？呸——"

这件事之后，父亲就开始准备了，只是我和庆子不知道。

那几天，母亲带阿囡去坞头村了，祖父也被山外的姑姑接去住了，家里只剩下我们仨。父亲在门口放了一盆水、一块磨刀石，然后他把家里所有的刀具——菜刀、砍刀、柴刀、尖刀、斧头、剪刀，都拿来摆在地上。他蹲着，将它们磨得刃如秋霜、寒光闪闪，就像要去打一场仗。然而吃过简单的晚饭，父亲就睡了。我和庆子见他睡了，也只好上了床。

我们家房子很小——但是据说，我们家以前的祖屋是很大的，是有两个天井的老宅，祖父说能住二十来口人呢，可惜全国解放时被集体没收，搬出来了——我们家现在的房子，楼下除了堂屋，只有一间卧房。卧房里摆两张床，大的那张属于父母和阿囡，我和庆子睡在另一张床上。黑暗中，楼上的老鼠因为祖父去了姑姑家没人在阁楼上睡，疯狂地跑来跑去，好像在过"老鼠娶媳妇"节。半夜里，或者更晚的时间，我被一阵窸窸窣窣声惊醒，还以为是楼上的老鼠闯进了卧房，支棱着耳朵听了一会儿，却听出是睡对床的父亲正蹑手蹑脚地朝卧房外走去。这个时候父亲要去干什么呢？我不禁坐起来，然后偷偷摸摸地跟了去。

屋外月朗星稀，清冷的月光照得我家屋外的场地好像镀上了一层银，但是对岸高耸的群山暗得像一堵近在咫尺的墙。月光下，父亲在梳理一根不知从哪儿弄来的绳子，然后他拿着绳子朝猪圈走了过去。我想，此时猪跟人一样也睡着了，里面安静得出奇。我看见父亲走进猪圈，几分钟后出来时手中的绳子不见了，他拿起地上一笾筐预先磨好的刀具，再次朝猪圈走去。我想，他刚才一定是趁猪睡得香甜之际把它的四肢绑缚了，这会儿他进去是要把它杀了吧。我猜得一点没错，当我也跟着进去的时候，就看见父亲正要拿起尖刀捅向猪的喉咙，因为发现了我他不得不停下了手中的动作，他把我拉到堂屋不容争辩地命令我："山子，你怎么起来了？快给我睡觉去！"

我说要帮他杀猪。父亲说："能杀死不能杀死还不知道呢！你给我老老实实地躺到床上去。"我不依，父亲就上前一步，晃了晃手中的刀子，吓得我后退一步，明知父亲不会将刀子捅向我，心中仍然掠过一股寒意。我不得不回到卧房。父亲说："听话，猪杀不死会咬人的。你在里面把房门闩上，无论如何都不要出来！听见了吗？"

我不应声。父亲说："我要趁猪未醒来前杀了它。你在房里好好待着。如果你真愿意帮我，等我杀了它之后，我再叫你起来帮我烧开水。我们在天亮之前把猪毛褪干净了，明天一早你就跟着我去卖猪肉。你嗓门细，又不气喘，到时你来帮我吆喝。我们先在自己村卖，卖不掉再挑到井下村、和尚村去卖。怎么样？"

父亲一直等我答应了，才真的去杀猪了。

我在屋里待着，煤油灯的光忽明忽暗，我的内心很是紧张，毕竟父亲没有杀过猪，连羊都没有杀过，他只杀过鸡和鸭。而且，我们家的流肥油养得太大了，它已经不是普普通通的猪，前阵子我和庆子喂猪食，发现它长有一对奇怪的牙齿，都长到嘴唇外面来了。庆子说，那是野猪的獠牙！——如果那一对獠牙一口咬中父亲，我不知道父亲会不会断掉一条胳膊。我随时准备去救父亲，但是屋外迟迟没有响起猪的尖嚎。

这是父亲在犹豫吗？还是他也害怕了？等待的过程越长，心里越不安。

然后，事情就突然爆发了。那是我期待已久的叫声。猪临死的叫声，就像一把出鞘的尖刀。是的，父亲终于动手了。我握着拳头，也不知道是因为激动还是害怕，双膝都有些发抖。我想打开房门出去看看，但是庆子醒来了，他吓得从床上跳下来，死死拽住我，问我发生什么事了？我说是爸爸一个人去杀猪了。我说了两遍，庆子才明白过来。

"你是说，流肥油要被爸爸杀掉了？"

"是……嗯哪。"

"太好了，太好啦！我们终于不用再去拔猪草，还能吃上肉啦！"庆子要打开房门跑出去，我拉住了他。因为爸爸说过，猪在未杀死之前，会像疯狗一样见人就咬。直到屋外的猪叫声渐渐小了，我才打开房门和庆子走出去。

屋外月光依然皎洁，群山却显得不再黯淡，因为月亮已经升上天空。我看见月光下有一个活物正朝田野的方向奔跑，它跑得那么仓皇，就像一只球边滚动边弹跳。但我没有闲情去看那个逃脱之物，因为我看见地上躺着一个人，就战战兢兢地跑过去看。当看清楚这个人是我父亲，我禁不住哭了起来。父亲在我和庆子的哭声中，痛苦地喘着气。我们把他扶了起来，他才说："你、你们，快去……去去，把猪、追、追回来……"我一摸父亲的身下，衣服和土都湿了，血是从他的腿上流出来的。他的腿上有一大块肉没有了，裤子撕开了一角。

我哭着说："爸，爸，你怎么啦？你在流血呢！"

父亲艰难地说："流肥油逃走了，快、快去找，不要让它跑远了，跑到山上就成野猪啦！"

我给父亲找来一个枕头，让他躺得舒服了些，再用布条捆扎在父亲汩汩流血的地方，让庆子陪着父亲，自己拿了手电筒跑到街上，去找大人来救他。

第二天母亲就带着阿囡赶回来了。父亲杀猪未遂的事，也不知怎么就传到了坞头村。母亲见到躺在堂屋竹椅上的父亲，看到他的两条腿上都绑着暗色的结痂的纱带，眼泪就涌了出来："你，都干了什么？你要是被猪咬死了，你说我怎么办？"父亲的伤势和母亲的怒吼，把刚刚到家还没有适应过来的阿囡吓哭了。我趁机带阿囡来到门外，陪他玩。阿囡玩着玩着就忘了刚才的事，可我仍然竖着耳朵，听见屋里在争吵。

"我以为你被猪咬死了……你知不知道……"

父亲的腿伤至少养了有两个月。这期间，最大的一个伤口烂成一个洞，里面甚至生出蛆虫。很多人说必须到镇卫生院去把烂肉挖掉。母亲也几次提出来，她要再去请磨刀六来杀猪，用杀猪得来的钱去治父亲的腿伤，但父亲坚决不同意。父亲说："你不要管我的腿伤，我不会为它花一分钱，就算将来我跟我爹一样常年烂脚，我也不会认输的。"母亲说："谁要让你认输了？你昏头了吧！"父亲说："我让你不要去你听着就是！你现在再去求他，你知道他会把我看成什么吗？你还要让全村人再看一次我的笑话吗？"

母亲拿父亲没有办法，只能继续养着猪。而流肥油在经历被杀的恐怖事件之后，在我们把它当作敌人的同时，它也把我们当作了它的敌人。比之前，它更难养了。它在猪圈里显得不安，当有人靠近就会显得狂躁。母亲说："你到底怎么想的？你要把猪一直养下去，养成你的祖宗吗？"父亲气咻咻地说："我没有想把它一直养下去，我只是不想求他来杀！"母亲说："你又不是不知道，我去井下村找过别个杀猪的，他们不愿来！"父亲冷冷道："那我就用农药毒死它，也罢！"母亲又有些想哭了："毒死它？你不卖钱啦？你说得轻巧，你知不知道为了这头猪，我们一家付出了多少劳动，毒死的猪肉谁会要？"

　　为杀猪的事，父母吵了好几次，但每次都没有找到解决的方法。后来，母亲就偷偷去找磨刀六，但磨刀六还是没有答应。说他不是不想杀，而是来了肯定被我父亲骂，岂不是自讨没趣吗？——话虽如此，第二天磨刀六还是背着一背篓杀猪工具上门了。可能是背篓里的一些刀具带有一股杀气吧，他刚走近，流肥油就哄的一声叫起来。它的叫声把磨刀六吓了一跳，同时也引来了父亲的注意。他瘸着一条腿从卧房走到门外，看到磨刀六他不说话，只是死死地盯住他。磨刀六就像做了亏心事，跟母亲嘀咕几句，就灰溜溜地走了。

　　磨刀六走了后，父亲才说："你以后不要再叫他来啦！"

　　母亲说："那猪由你来养吧！"

　　父亲说："这个不用担心，它饿不着，也活不成！"

　　事情继续僵持着，母亲就真的不管猪的死活了，一早上山去干活，中午饭用饭盒带着，傍晚回来也不往猪圈里去瞧瞧。仿佛她与父亲的矛盾，变成了她与猪的矛盾。而事实上，这个矛盾的后果，也就是猪由谁负责养的问题，全部转嫁到了我和庆子身上——或者说，主要转嫁到了我的身上——因为庆子还得腾出精力去带阿囝。于是，我既要拔猪草，回来还要把猪草切碎、掺进米糠等东西放进锅里去煮，再用锅铲把它捞到猪食桶，提到猪圈里去喂猪。

猪因为饥渴难耐，往往听到我的脚步声、闻到猪食的气味，就在猪圈里咆哮、腾跃，不容我一勺勺地舀进猪食槽，它就扑上来咬勺子，那样子非常可怕。如果抽手速度慢了，非得被它咬伤。一桶猪食，往往是一边舀一边被它抢，当我舀完最后一勺，猪食槽里已经没有剩下多少。这时我得赶紧在它吃完最后一口之前，从猪圈里逃出来，把门锁好。如果逃得慢了，那长出獠牙的东西，说不定会扑上来把我吃掉。至少这种恐惧是那样迫切……

我不知道这样的日子还要持续多久，谁有精力来养它？那日子是一天一天就像囚犯戴着镣铐那般痛苦地往前挨的。有时候，我真想丢盔卸甲故意让猪跑掉，可是当流肥油从猪圈里逃出来，我还要用棍子把它赶回去，继续承担。因为我们好不容易才将它养这么大，它已经成为我们家很大一笔财产。我们需要这笔财产。只是现实如此出乎意料，我们再没有机会把它卖掉……

偏偏这时候，姑姑捎来口信，说祖父在她家门口台阶上摔了一跤，把腰椎摔折了，说是要抬祖父去镇上治疗，大概需要上百块钱，等等。可能是父母从姑姑的口信里听出了平摊医药费的意思吧，心情很不好。母亲跟父亲抱怨："你爹是在你姐家摔的，你姐要送他去镇上治疗又没谁拦着她，捎口信来干吗？"父亲垂着头，满脸通红地说："这事。不去不好吧……"母亲说："咱家现在没钱！你一定要尽孝心我也不拦着，你给你爹借钱去！"

父亲默默地走开了，一边走一边咳嗽，那声音很夸张，仿佛他要用剧烈咳嗽来反抗。母亲看着他背影，一语不发地干活去了。我和庆子不想出去拔猪草，就切了一些储备在家的番薯叶准备喂猪。这时父亲匆匆地回来了，他大概在村里转了一圈没有借到钱，但是带回来消息说，这几天有线广播里一直在播报，有一个猪贩子要来我们乡收购毛猪。这消息让他有些兴奋，一回家就把坏了多年的有线广播从板壁上拆下来修，修得满头大汗。中午母亲回家时，我家的有线广播已经变得清晰响亮了。母亲见父亲仰着头翻着两眼在听广播，把肩上挑着的簸箕哐当一声扔在地上。

"你——借到多少了？"

"什么？"父亲显然吓着了。

"给你爹治腰椎的钱呀！你聋子吗？"

"没、没有呢。"

"没有？你倒有闲心听戏？！"

于是免不了一阵嘴仗，直到母亲也不想失去这样一次卖猪的机会。毕竟，猪卖掉能解决太多现实生活中的窘迫。于是我们免不了把重新焕发生机的有线广播当作了救星，在早中晚三次"对农村广播"之际，在黑乎乎的板壁下面必定站着一个人，他要么是父亲，要么是我，要么是庆子——无论如何，我们必须留一个人在家里听。有一次，我也不知道吃了什么脏东西肚子突然疼起来，跑到茅厕去解决问题回来，见父亲举着一把扫帚要冲我打过来，我被吓蒙了，心想他这是疯了吗？直到父亲质问我有没有漏了收购毛猪的插播广告，我才明白他为什么生气了。还有一次，庆子把收购毛竹听成了收购毛猪，屁颠屁颠地跑到田里去喊父亲回家，害得一家人白高兴了一场。

父亲说："没什么可指望，以后再不听了，就算乡里有人来收购毛猪我也想了，这钱也赶不上治你爷爷的腰椎了。就让你姑姑骂吧。"可是我发现他并不死心，还是天天关心收购毛猪的事，只是不像以前那么刻意。

事情的转折无疑发生在那一个清冷的早上。

那一个早上，我们正味溜味溜地喝稀饭，稀饭浅下去有番薯块露出了底，广播里突然传来乡播音员的声音，正是我们翘首以盼的收购毛猪的消息。这样的消息其实之前播过两次，只是均与住在水库以里的居民无关。因为我们乡是一个被水库分隔成两半的乡，水库外面的半个乡有公路直达汤溪镇，平时收购毛猪的消息只针对那半个乡。而这一次，父亲分明听到毛猪收购点分成了两个：一个在水库外面的祝村，一个在水库里边的学岭村……

按理说，就算在学岭村也设了毛猪收购点，我们家的猪也很难运过去。猪不像木材，可以背负，或者捆在独轮车上运走，也不像茶籽或者桐油，可以平均在两个容器里用扁担挑走。猪是一个活物，只能由两个壮劳力一齐抬着走，抬的过程它会挣扎，况且山路崎岖，猪又重达两百多斤，这过程千难万险，没谁可以胜任。但父亲还是下了决心，要把猪弄到学岭村去卖掉。可能父亲也害怕：这是最后一次卖掉猪的机会了。

问题就在于：流肥油这么大，怎么去卖掉？你去找谁来抬？——面对母亲的质问，父亲表情严肃并不言语——母亲就心情烦躁起来。因为她也不想失去这一次卖猪的机会。但是她实在想不出找村里的谁来抬。与我们家关系好的人中，不是年纪大了就是力气不行；与我们家关系不好的人中，哪怕力气再好她也不想去哀求人家。这些年，遭人拒绝的事还少吗？最后，她不得不想到了我的舅舅，他是一个吊儿郎当的木工，可以去把他叫来帮忙。

父亲开口了："抬猪又不是弹墨线做家具，他跟教书先生一样白白净净的，抬得动？"

母亲说："总比你力气好！"

父亲就冷笑了："你不要狗眼看人低，我除了有咳嗽哮喘病，别的没有比别人差！明天你不要去叫任何人，你只要让山子跟着我就行。"

母亲问："你让山子跟你干吗去？"

父亲说："头发长见识短了吧，卖猪也未必非要抬着去呀。"

母亲骂父亲是神经病。

第二天黎明时分，天还暗着，卧房就像一个地洞，父亲就把我叫起来了。母亲问，一大早都起来去干吗。父亲说，不是讲好今天去卖猪的吗？母亲说，我看你去把自己卖了吧，你个棺材！父亲就再不吭声了，去厨房炒了两碗米饭摆在桌上，催我快吃。我们吃完后，他不顾母亲反对，从楼上拿下来一个竹匾、两根竹枝，还有一副驯牛时用过的绳套，又准备了一壶水，就往猪圈那边走去。母亲就在屋里骂起来了。

"你赶着猪去？猪又不是牛，猪能听话？你给我老老实实地去找人来抬，我们出工钱就是！"

"你瞎嚷嚷啥呀！你没见过公鸡下蛋，总见过赶公猪去配种吧？赶猪人手里拿着竹匾挡住公猪的退路，它就只知道往前走。你就放一百个心吧！"

父亲说的竹匾，是我们山区人用来翻晒大豆、玉米、蚕豆等容易滚到地上去的粮食的器具，像一个放大数倍的平底锅。当然，说它像平底锅，仅仅是平放着晒东西时有点像罢了，一旦将它竖起来，就立刻变成一只特大号的"盾牌"。

我真没有想到父亲如此聪明，朦朦胧胧中，流肥油真的用他说的办法赶出了猪圈，而且乖乖地往前走了。父亲一边赶着它，一边说，猪不像狼呀狗呀有夜光眼，猪在这个时候什么都看不见。所以他把手电筒打开了。流肥油见到一束光亮想往后退，父亲就用那个竹匾一挡再用竹枝一抽，它就跌跌撞撞地继续往前走。就这样，我们轻松地将流肥油赶过了村口，然后又赶过了枫树湾。再往下，就是通往井下村的路了。

此时天依然黑魆魆的，就像天上拉着厚厚的幕帘，但是眼前的路已经依稀可辨。路一会儿筑在溪边，一会儿爬上田塍，一会儿斜在山腰。父亲告诉我，趁天还没有大亮，我们快马加鞭，最好在早上七点半以前赶到学岭村。迟了，不但猪有可能往路边窜，路上的行人和牲畜也都出现了，猪害怕陌生的环境、陌生的人，我们呢，也不想赶猪经过某村时被人指指点点。所以，尽管父亲的小腿肚伤愈后还有点瘸的感觉，但是我们一刻不曾停歇。

父亲说："照这个速度，半小时以后我们就能到达和尚村了，一个半小时以后就能到达学岭村。"父亲还说："到时候，我们卖了猪，拿了钱，我带你去看山乡水库。如果有船刚好要开走，我们就上船，我带你去见识见识水库大坝去……那是几百米高的大坝，层层叠叠，很是壮观……"

那年月我虽常听大人说起山乡水库，却从未曾到达。不过关于它，我知道以前是没有的，直到父亲二十来岁的时候，它才动工兴建。那时候，每个村子都要派劳力去兴建，我父亲就在其中……但是这一天，当父亲再次说起山乡水库的事情，却没有说起这些，而是兴致勃勃地跟我讲起水库建成之前，我们村的人是如何生活的。用父亲的话说，我祖父一辈都是放木筏的高手，他们在深山砍伐木材，将木材做成木筏，然后等到雨季来临洪水暴涨之际，放木筏漂流而下，直到繁华的大市镇比如游埠、罗埠、兰溪、建德，甚至杭州，赚取大笔钱财。

"是的，吴村人的祖先，人生最辉煌的时刻，就活在木筏之上、洪水之中。你爷爷、太公他们战险滩、斗恶浪，都是水性好、胆子大、不怕死的人。所以他们到达码头举着撑筏的竹竿上岸之后，不论在最昂贵的旅店还是在最大的赌场，都是尊贵的客人。因为他们腰间束着的是用命换来的钱，那是在大风大浪之中得来的，因此也就有理由大口地喝酒划拳，大把地下注。然后，在返回的路上，还要惹是生非，动不动就与平原人打架，几乎没有输的时候。因为他们撑木筏的手能把对方的脖子拧断，能把对方的腰杆咯嘣一声掰成两段。"

父亲回忆起祖父他们放木筏时的壮阔景象，不免感慨万端："哪像现在，水库把我们封锁在大山里了！山里人大多数没有出过远门，偶尔去一趟镇上，带回来的至多是几个瘪瘪的包子，几根软塌塌的油条，几则发生在平原上的旧闻，还有几块被人揍青的瘀肿。他们只有回到自己村的代销店里，才敢喝个烂醉，发发酒疯……唉，如果今天我们卖了猪，走到码头还能够赶上船，我一定要带你到水库大坝那边的大立元村去看看，那里有公路，公路上有汽车，它延伸到很远很远……"

我被父亲描述的景象蛊惑着，真不知道今天怎么啦，他为什么要说这些。他是为了让我对前面的路充满憧憬，不让我觉得跟着他一路赶猪辛苦吗？——以至于母亲追上我们时，我沉浸在对水库以及公路的联想中，对她的到来毫无察觉。直到母亲喊起来："真没想到，你们走得挺快啊，这办法还真能行哩！"我这才发现母亲肩上背着一根我们这里用来抬东西用的硬木杆子，杆子的一头绑着一捆粗麻绳。她气喘吁吁。

此时，父亲正横着竹匾巧妙地挡着流肥油的退路，看见母亲背着硬木杆子匆匆赶来，不屑地说："扔掉，你扔掉！"

母亲问："扔掉什么？"

父亲说："肩上的硬木杆子呀！"

母亲问："我都背来了，为什么要扔掉？"

父亲说："猪已经赶顺了，你没看见吗？再说了，你我真要抬着它走，也抬不动呀！"

母亲可能觉得父亲说得在理，就真的把那根硬木杆子放在路边的隐蔽处，想着返回时再将它背回去。于是父亲又开始滔滔不绝地向母亲讲述起这一路上的惊险与奇遇，比如猪差一点跑进稻田里，跳进小溪，逃回家去，其中不乏夸大的成分，我很想偷笑起来。

但是想到平时父亲从没有让母亲这么佩服过，干脆就跟着他添油加醋。

父亲说："狗娘养的磨刀六，他还真以为没有他，猪就死在圈子里了呢，地球就不转了呢。咱家以后再养猪，再也不用去求他了。"

母亲说："嗯。养了两年的猪，这回终于卖掉了。广播里说毛猪的价格了吗？"

父亲说："嗤！管它什么价格呢，别人多少咱也多少，总不会专给咱压价。"

母亲说："等卖了猪，咱把大头存起来，零头就买上肉带回家。两个孩子养猪也辛苦呢。"

父亲说："肉肯定要买的，咱回来的时候在井下村那个杀猪人那里买。"

母亲说："顺带买半个猪头吧，我用梅干菜把猪头肉埋起来，你知道吗？猪头肉被梅干菜吸走了油会变得半透明，咬起来很脆……"

父亲说："既然要买，那干脆就买一整个猪头吧……"

听到这里，我的喉头一热，眼眶一酸，心里漾过一阵暖流，或者说，是一阵难受。我和庆子，这两年的猪草，算是没有白拔……我真想哭起来。与此同时，我又忍不住想象起前几次吃肉的情形来，吃的时候，肉嚼在牙齿之间的滋味，那么鲜美，喷香油腻。但我想象不出变成半透明的猪头肉，它的滋味……

这么想的时候，我感到饿了，恨不得把所能看见的东西都和着想象中的肉吞进肚去，以至于一边走，一边因咀嚼太过用力，再一次咬破了干瘪的腮帮子，疼得我眼泪一下子涌出来。我想下午就有肉吃了。我的嘴里泛起一股子咸咸的腥味。我呸的一声，朝暗处吐出一口血水，没想到从暗处窜出来一条狗，它汪汪地吠叫着，吓了所有人一跳，流肥油更是没命地往前跑。

其实从家里出发始，一路上最担心的就是遇到狗了。狗这种动物，与猪似乎有着天生的仇恨。在流肥油未出村之前，就有村里的狗见到我们一行想扑上来，但迫于我们是自己村里人，狗认得，所以没有一条敢近前。到了井下村就不同了，我们和流肥油都算是入侵者。加上流肥油身上的气味，还有呼哧呼哧的喘息，更是刺激着狗从狗洞里窜出来。

父亲怕流肥油逃窜或者退缩，会引来更多狗群起而攻之，因而他大声地呵斥着狗，然后打开手电筒突然照住狗眼睛，使得那狗犹如遭人一棍，眼晃得哑了声。我们就用这样的办法穿过了井下村，来到了他们村的村口。在那里，我们还遇到一个疯子坐在一棵红豆杉下，这个家伙看见路上突然出现一头庞然大物，也不知道是害怕还是兴奋，叽里呱啦地吼叫着，跟在我们身后又是扔石头又是蹦跳，吓得流肥油几次逃窜，样子极其狼狈。

好在天快蒙蒙亮时，我们一行已经走在去往和尚村的半路上。这里的路况同样一侧是田，一侧是溪，只是随着天色渐亮，流肥油就跟有点明白过来似的，左顾右盼东跑西颠起来。恰巧前面走来一群小学生，他们无疑是结伴去井下村小学上学的。他们叽叽喳喳地走来，完全不知道有一头呼哧呼哧的猪正迎着他们而去，所以当他们看见路上突然窜出一头喘粗气的动物，吓得尖叫奔跑起来。而他们的惊恐举动反过来又吓着了惊恐中的猪，它一下子跳进路边的一条水渠里，我们三人跟着它围追堵截，费了很大周折才把它赶回大道。

这一番急追猛跑，父亲紧张且累，他的胸腔就像他病重时那样，变成了一台快要熄火又没有熄火的发动机。我看父亲几次想停下来歇息，而我们已经无法停下来，因为和尚村已经在前面迎接我们的到来。这个村有许多人家的屋门打开了，或者屋门原本就打开的，现在从里面走出了人，他们朝我们好奇地张望。好在他们朝我们张望一番，并没有上前问这问那，同时还喝住了要扑上来咬猪的狗。我们趁着流肥油没有再度受惊吓，匆匆赶路。

只是过了这个村，小溪两侧的山体突然变得陡峭了。那是由岩石组成的大山，山上长着扭曲的杂木，张牙舞爪，时不时还有泉水从岩石上掉下来，声音很响。和尚村通往学岭村的路大部分开凿在山体的岩壁上，狭窄的道路左侧是门板一样的岩壁，右侧路基下就是小溪。可能正是对前方道路隐隐的担心吧，当我们赶猪到一处稍微开阔的地方，不由得停了下来。父亲说："都稍微休息一下吧，这一路我的腰和腿很酸、胸口有些闷……"但是母亲说："趁天还没有大亮，猪也没有累得趴下来，我们赶紧走吧！"我们又走了一会儿，天就大亮了。而接下来的旅程，一直处于惊险与危难之中。

倒不是人更疲乏或者猪更难走了，而是从我们身后突然出现许多同样要把猪弄到学岭村去卖的人。这些人大部分来自和尚村，小部分来自井下村，总之他们正是我们当初设想的壮劳力，两个人一组，用母亲背来又扔掉的那种硬木杆子，抬着五花大绑的猪。其中有的人家的猪，是用一副竹子做成的东西把猪整个裹住再捆绑的，夹在竹片间的猪就像一个穿在筷子上的肉粽子。而有的人家没有这个耐心，直接将猪的四蹄扎紧了，硬木杆子从四蹄间穿过去，这种抬法使得猪的四肢承载着身体所有的重量，疼痛致使它一路尖叫。

不得不说，这个情况谁也不曾想到。包括父亲，可能想到过赶猪的路上会遇到狗、遇到窄坡，甚至想到同样去卖猪的人，但绝没有想到"赶着猪去卖"和"抬着猪去卖"两者之间速度的差距。抬过重物的人都知道，当两个人抬东西走路时，步伐往往又快又急，这样做不仅仅为了赶时间，而是肩膀上压着重量走得越慢越吃力，所以他们是抬着猪从后面"追"上来的，要是我们躲避不及就会被撞倒或者将流肥油磕碰到路基下面去。

这无疑是父亲做出赶猪这个决定时重大的失误。在这条开凿在岩壁的山路上，就算我与父母能躲开后面不断"追"来的抬猪人，但流肥油怎么可能懂得避让？于是我们只能用竹枝狠狠地抽打，迫使它奔跑，而一旦它真的奔跑起来，走在前面的抬猪人又成了它前进的障碍。如此三番五次，猪累坏了，那些被它搅绊的抬猪人也累得气喘吁吁。有人终于骂起来："一个大男人抬不动一头猪就别来卖猪嘛，你这不是赶着一头阉猪去交配还要干扰我们去痛快吗？！"虽然说，我们赶着一头猪去卖，堂堂正正，途经此地并不丢人，但是在如此境况下，父亲气得脸都青了，他回骂："路是你们家的吗？"但是回骂解决不了问题，它只会增加彼此嗓音的分贝，从而使得流肥油更加惊恐与狂躁。

显然，这一路上目睹一头头五花大绑的同类，听到同类一声声的叫唤，它所传达的信息，迫使流肥油明白今天到底发生了什么事情。它开始造起反来，一会儿试图窜到岩壁上去，一会儿试图跳到路基下面去。父亲不得不做出紧急决策，那就是让我和母亲堵住它的去路，他迅速丢掉竹匾，然后把家里带来的那副驯牛工具套进了猪的脖颈，这样一来它再想逃跑至少可以拽住它。然而，觉醒之后的流肥油无论如何都不愿老老实实地走路了，它一会儿往前冲去像一匹烈马，一会儿又往地上一躺赖着不走了。而在山路上，还有抬猪人从后面咚咚咚地赶上来。为了不挡道，我们狠狠地用竹枝抽它用绳套拽它，它就张开长獠牙的嘴，开始咬人了。

"他娘的畜生，我看还治不了你啦！"那时路边刚好有一捆木柴，我和父亲各抽出一根，照着流肥油一顿毒打。那是训诫它的，也是仇恨的发泄。打的时候，我们就像井下村的那个疯子一样叽里呱啦吼叫着，追赶着它。我把流肥油的獠牙打落了，同时我把自己的喉咙吼哑了。父亲把猪的一条腿打出了血，同时父亲哮喘病发作了。猪终于趴倒在地的时候，父亲也蹲在了地上，仿佛要把一长串内脏都咳出来才肯罢休。

最终我们只能将流肥油拽到稍微开阔的地方，等着身后的抬猪人先走。等到抬猪人都走远了，太阳已经像一颗流血的猪头出现在小溪右侧的山尖上。母亲说，如果没有搞错的话，此时我们与学岭村的距离也就两三里地的样子了。可是如此近的距离，就是那样难以到达。因为流肥油突然吐起白沫，也不知道这是刚才下手太重造成的，还是一路走来把它累的。

母亲说："你们打吧打吧，流肥油走不动了，这可怎么办呀？！"

父亲说："该死的畜生死了才好呢！我刚才就是要往死里

打它！"

母亲说："就你逞能，你是气消了，可它现在不是赖着不走，而是连站都站不起来啦！我背来的硬木杆子，硬是被你扔在路上了。现在你我想抬也没有东西了。你个棺材！"

父亲喘着气，凶神恶煞道："你以为——我还有力气跟你抬猪吗？我他娘的被它折磨得连气都喘不上来了！"

母亲有些悲哀，瞪着父亲说："你现在才知道你没有力气抬吗，你当初为什么就没有想办法叫别人来抬？！我早知道路太远猪没法赶过来，你就是不听！你这是跟谁倔呀……"

父亲蓬头垢面，面如死灰，就像他的世界缺氧，令他窒息。母亲就继续唠叨，可父亲已经没有力气与她争辩，干脆在我们身后坐下来，就跟口吐白沫的猪一样。然后他歇够了，站起来径直往学岭村走。

母亲大喊一声："你个棺材，你要干什么去？"

父亲说："你不是叫我央人来抬猪吗？这会儿肯定有人把猪卖掉往回走了……我走快一点，央他们来帮忙……"

母亲说："你走你的吧！待会儿我们就在前面那个宽一点的地方等着你们来！"

父亲咳咳咳地走远了，此刻他的胸腔就像一架摆在学校里的破风琴，发出低沉之声，于拐过一个弯后还随峡谷之风隐隐传来。后来那声音就听不到了，只剩下小溪潺潺的流动声。世界好像睡着了，世界也疲倦了。

我们等了五分钟，十分钟，十五分钟，身上的汗水渐渐凉下来，变成了盐。可是，父亲和抬猪人还没有来。母亲又骂骂咧咧。一边骂，一边拽起猪，准备继续上路。

经过一段时间的休息，流肥油似乎也缓过劲来了。母亲一拽它，它就呼噜一声从地上站起来。我和母亲有些高兴，以为接下来的路程再也不用像刚才那样拽着它走了。不料母亲正要催赶，它突然转身朝来时的路奔跑起来。母亲完全没有想到这一出，绳子都没有拽住。我们慌里慌张去追，起码追了五分钟我才一下子跃到了它前头，不料这畜生见势纵身一跃，跳下了路基，然后在溪滩上往上游跑。可是由于猪蹄缝里容易塞进鹅卵石的缘故吧，它跑起来并不快。我和母亲很快追上了它。

问题是猪从路面上跳下来容易，拽上去就难了，因为路面与溪滩之间存在着两米的高度，以至于它再次逃脱，并且闯进了溪滩边上开垦的庄稼地。随即我们就听到有干活的老头破口大骂，骂猪糟蹋了庄稼。我因为害怕不敢去把猪追回来，母亲则因为再也撵不上它急得哭了。幸好这时候，气喘吁吁的父亲赶回来了，见流肥油在溪滩上跑，他就跳下来帮助我们拦住它，并且将它死死地拽住了。他叫道："快往下游拽……先往下游拽！……水库码头收猪的柴油机船，到十二点就要开走啦！"

我们三个人和一头猪，就这样在你拉我扯、互不示弱中，用最笨拙的办法，用绳套拉拽着流肥油，往下游一步一步拉拽而去。母亲带着哭腔道："我真想杀了它，我真想杀了它啊！我真想剁死它，生吞活剥了它啊……"

父亲大口大口地喘气，一边跟母亲解释："我不是不想找刚才抬猪的人帮忙……可他们自己的猪都没有卖掉……不是他们不想卖掉，而是学岭村，不是真正的收购点！……那个收猪的小伙子是老板派来的，他要大伙把猪抬到码头上……抬到码头上还不行，还要抬到船上去，跟着船，把猪抬上水库大坝……那些人，现正往船上去……"

母亲说："够了！"

这时候，离学岭村大概也就半里地了。我们终于找到了从溪滩上到路面去的斜坡。学岭村的泥瓦房历历在目。也正是在这个村，我们碰到了两个愿意帮助我们的人。那是两个父亲当年造水库时认识的人，他们本来是要去山上干活的，看见我们一家的困难，他们说："这不算什么，我们抬过条石，三百斤不止呢！"

然而，我们最终没有赶上那条贩卖猪的船。尽管那两个好人说干就干，脚步匆匆，累得满头大汗，但是这两百多斤的猪实在太沉了，好几次它在绑住它的杉木下四蹄乱蹬，致使那两个好人因抬不稳差一点跌到路基下去。好在学岭村与水库码头相距不远，咚咚咚地过了一条石拱桥又拐过两个弯，远处出现了深蓝色的水面……

但是，我们没有看见停泊在那里等着我们的柴油机船。发现这一情况后，仿佛时间突然出现一个断裂，所有人的心头咯噔一下，连喘息都停了下来。"操他娘的！他们怎么能提前开走了呢？！"个子稍高的好人，气得将肩上的杉木扔了下来，幸好与他抬猪的另一人眼疾手快，也把肩上的杉木杆子扔下了，否则他的腰必闪无疑。几乎同时，猪发出一声很响的惨叫，摔在地上挣扎，但由于绳子的捆绑，它只能像蛆虫一般蠕动，哼哼地叫。

最终，流肥油被扔在了离水库码头大约两百米的地方。所谓水库码头，就是随水位升降而不断变化位置的柴油机船临时停泊之处。父亲和那两个老相识气冲冲地跑去码头上问情况，回来时一个说："他们是等了的，老头说，他们等了我们半个小时，现在……都快一点了呢。"另一个说："反正船走了，你要不要上我家先吃点东西再说？"母亲嘴唇颤动，连声说"不"。那个人说："那这样吧，我俩等到下午再来一趟。下午还有一班船，到时再来把猪抬上船……"

四周静得出奇。

虽然是秋天了，阳光还是毒辣，我们瘫坐在靠近溪流入库口的一大片龟裂的淤泥上，也不管干不干净，脱下鞋，坐在鞋上。显然，这里不是争吵的好地方，但母亲照例骂了父亲一个狗血喷头。母亲说："你说怎么办吧？你准备把猪运出去卖给谁吧？在码头上不等你的人，你以为会在大坝上等着你吗？"父亲不吱声，母亲又说："你现在就给我把猪赶回去！你不是很有本事吗？我把猪赶回去，我求磨刀六来杀！"父亲低声说："船开走了，能怪我吗？而且，收猪人也不见得天黑前就开拖拉机走了。"

父亲说这话时，脸色苍白，呼吸一下一下的，很重，每呼一下都像一声叹息。母亲则铁青着脸，一副咄咄逼人的样子。但后来，母亲还是妥协了。想到摆渡的柴油机船过一会儿会回来，她和父亲把流肥油像拖麻袋一样，一寸一寸艰难地挪移到了离码头更近的地方，然后母亲决定去学岭村代销店看看有没有电话机：如果有，她就打一个电话到水库大坝，让收购毛猪的拖拉机等着我们乘下一班柴油机船到达；顺便也买一点饼干之类的东西给我们充饥。

母亲走后，我和父亲内心焦急表面却装作平静。我不知道该说点什么或者做点什么。在我的眼前，水面与绿色植被交接处有一圈裸露的黄土，它像一条捆住水库的腰带，腰带之内水深得可怕。我惶惶不安，真希望奇迹的发生。哪怕从野草丛中跑出来一条狗，对着我们吠叫。哪怕走过一个人，问一问我们这是怎么回事，我们何去何从？也比这沉闷地绝望地坐着好。这时，我真想找一个话题，再问问父亲关于修水库的事情：据说，那场面非常壮观，干活的人就像黑黑点点的蚂蚁。我还听说，父亲在水库工地上要么帮爆破手扶铁钎砸孔，要么自个儿抡铁锤开石方。他干活认真，表现积极。他白天与石头打交道，晚上躺在破庙里过夜。天冷了，破庙里的地砖又冷又硬，他得了重感冒，却不去治，还要继续干活。后来，他的肺部发炎了，吸进肺部的大量粉尘，加剧了他的咳嗽与哮喘……

说真的，我一直想知道这些。除了想弄清父亲的疾病的来源，还想知道水库的来源。要不是日夜奔流的溪流被水库大坝拦截，这里绝不会是今天这个样子。我很想知道深蓝色的水面下淹没了几个村庄？那些村庄里的人都去了哪里？是谁，为什么要切断日夜奔流的溪流，要不是这样，我们也会像祖先那样威风凛凛地出现在沿岸的码头上，大口大口地吃肉……只是，在太阳的暴晒下，我感到又饿又渴又困，不知什么时候睡着了。

我不知道究竟睡了多少时间，我是被哭声吵醒的。我没有立刻睁开眼睛，而是迷迷糊糊地听了一会儿，当听清是母亲的哭声，就立刻坐了起来。于是在我的眼前，又出现了风景如画的湖面……只是这一刻，我的目光被母亲的哭声遮住了："……老天啊，老天爷啊！你就来收走它吧！……我们没有别的办法！……他们说，他们不需要那么多猪，不会等我们了……那些抬去的猪，他们说，都已经装不下……"

据母亲哭诉：水库大坝上负责接电话的人还真把贩猪的老板叫来接电话了，但是贩猪老板说他急着要走，因为他还要把猪运到城里的屠宰场去宰杀，这么多猪不能挤在拖拉机的车斗里太久，叫母亲再把猪抬回家去。母亲因为这句话哭得肝肠寸断，说猪老板的心是铁做的、喝冷血的，以至于她反复说着："可我偏偏要送过去，我们等着下一班船！下一班船！"

母亲的哭声引来了几个等船的人，他们站在一旁议论。母亲在嗡嗡的议论声与安慰声中，越哭越响，直至哭声变成了听不清的呜咽。这个过程，有人注意到我们家的猪，突然大呼小叫道："这猪怎么啦，怎么有气无力的，浑身通红啊？""好像不行了吧！好像被勒坏了吧？"听到这些，我们才想起从黎明到现在，流肥油跟我们一样历经重重磨难才来到了这里，它跟我们一样一整天没有喝一口水吃一口饭。更致命的是，这一路上它还遭到毒打和惊吓，当我们将它扔在这黏黏糊糊的码头上也忘了为它松绑。

此时被五花大绑的流肥油，也是一副奄奄一息的模样。它躺在一片狼藉的泥泞上。狼藉是因为它曾经挣扎了一番，把四蹄间的泥沙蹬出了坑。但是现在它一动不动了，只能从肚子的轻微的一鼓一鼓上判断它还活着，苟延残喘。我不知道它现在是不是同样感到痛苦与绝望。有人自作主张，上去把勒住它身子与脖子的绳子解开了，它照样躺着。有人拿水壶盛了水想喂它喝点，它的嘴里流出的是白沫。

难道它就这样倒下了，再也站不起来了？一直躲在人群后头抬不起头来的父亲，不得不出面了，他上去踢了踢流肥油，它依然一动不动。"流肥油！流肥油呀！你怎么啦？！"父亲叫唤了一声，就像在呼唤即将去世的亲人，人随即跪下了。他用手拍了拍流肥油的脸，还探了探它的鼻息，脸上顿时老泪纵横："流肥油！你可要活下去呀，为了我，你也要活下去呀！尽管我养你是为杀你，可是你也不能这样……"看到这个情况，人们站得远了一些，仿佛为的是，能更冷静地看我父亲如同一摊软泥，慢慢铺展在地……

后来，是我们村里一个人也来等船，发现我们一家在码头上被一群陌生人围观，他把我父亲背在背上，去了学岭村他的一个当赤脚医生的亲戚家。而且，他从学岭村请来了一个杀猪人。那个杀猪人，跟磨刀六一样浑身油腻，但比磨刀六瘦多了，一双眼睛小而明亮。他看一眼生不如死的流肥油，说他杀猪二十年了，还没有给一头瘟猪褪过毛开过膛呢，杀瘟猪是屠夫最忌讳的。但是他又说："我看你们一家挺可怜，这样吧，猪毛我不刮了，这里也没人烧热水。肠子啥的我也不翻了吧。我就帮你们把它的命先结了，再把内脏啥的从肚里抱出来，你们自己弄到水里洗干净。我呢，再把猪身卸成几大块，你们就背着回家吧！——瘟猪肉，反正也没人要！"

于是在学岭村的杀猪人、我们村的那个人，以及止住悲痛的母亲，还有一两个等船人的协助下，流肥油被拖到一处靠近溪流的野地里。但是杀猪人没有急着结束流肥油的命。只见他从放刀具的竹篓里取出一炷香，走到一处沙窝将香点燃，朝着大山的方向拜了三下，再将香插在沙土里。香笔直地立着，纤细的白烟袅袅。他回到流肥油的身旁，跪下，双手着地，磕了三个响头。站起来以后，他双目紧闭，念起了"杀猪经"："自古就有杀猪行，杀戮并非我独创。主人辛苦把你养，要你皮肉理应当。早归西天早交待，下世投个人中胎……"

念完经，这个与磨刀六完全不一样做派的杀猪人解开捆住流肥油四蹄的绳子，也不需要人帮忙，口衔刀背，蹲下去，单膝紧紧抵住猪的后颈，左手抓住一只猪耳朵使劲往上拎，流肥油就仰头露出了脖子。杀猪人从口中不慌不忙地取下尖刀，只一下子，尖刀从颈部进，捅进猪的胸腔。这个过程，流肥油踢蹬四肢，我害怕得转过脸去，头皮一阵发紧，我没有听到流肥油嗷嗷叫唤，或许有一两声，但没有听清，等我稍稍平静，听到的是几声粗重的喘息，它显然也拼命挣扎过。而后，我听到流肥油发出了最后一声拖得很长的、筋疲力尽的哼哼，就像一声叹气。与此同时，四周突然有龙卷风刮起，满地草茎碎屑及茅草上的绒絮随涡旋飞起来，天空仿佛瞬时暗淡下来。我转回身，看到那几个帮忙的人正从野地里走出来。

"还好的。还好的！虽然是头瘟猪，但是猪血很红！"

我想一定是死了。

"这样吧，这猪既然没有想得那么糟，我就帮你们把肠子、内脏啥都处理干净，猪油也摘出来。都一起带回去。"杀猪人的声音传过来。

我终于懂得，一头猪从生至死，就是走这么一个过程。这过程有苦有乐，有希望有绝望，但最后都别无选择，殊途同归；或许有一天，我们也会死在一个前不着村后不着店的野地。多少年过去，当我想起那血流在溪边草丛，流得到处都是，还会周身发冷。因为那是我第一次看到一个家中成员的死亡。尽管这个成员从一开始就是为死而来的。

只是那会儿我还小，很多思想是混沌的，其实并没有想很多，只是呆愣愣地看着杀猪人利索地开腹剖膛，把流肥油的内脏都掏出来了，那杀猪的地方顿时有一股热气升腾起来。总之，那升腾的热气弥散着血腥难闻的味道，在夕阳的余晖下，引来三五只从山顶飞下来的老鹰，还有两条不知从哪儿冒出来的野狗，时不时地叼走一小块血淋淋的东西……

"你还站着干吗！你这个呆子！"我那停止哭泣的母亲，神情憔悴，她分配给我的任务是：用溪滩上捡来的小石子，用近乎哀告的呼号，还有来回的奔跑，驱赶走盘旋的老鹰和龇牙咧嘴的野狗。我临危受命。等到太阳西沉，那些可恶的禽畜终因捞不到什么好处失望地离开了。此时我已累得两腿发软，一点力气也没有。然而就在这时候，我听到水库的深处响起了刺耳的声音，突突突，突突突，我一抬头，就看见了传说中的柴油机船——它就像天外来客，在很远很远的水面上，朝我徐徐而来。在船的两侧，船身激起一层层雪白的波浪……

我明知，这艘船不是来接我们去水库大坝卖猪的，我们也无须它来接我们去卖猪了，但是在我心里仍有一丝激动掠过。因为我有一个埋藏在心底的愿望，那就是如父亲之前所说：我们卖了猪拿了钱，如果还有时间，就坐上柴油机船，到水库外面去看一看。我是多么想看一看水库大坝，大坝下的公路，拖拉机，汽车；想看一看繁华的大市镇，比如游埠、罗埠、兰溪，甚至杭州；想看一看大街上熙熙攘攘的人群，街道两旁花花绿绿的遮阳棚……

然而，就像眼前这条被水库吞没的溪流，流肥油死了，水库就成了我当时所能到达的最远的地方。我的眼泪就是在那时候遏制不住地流淌。我无声地哭泣着，有人来劝我，给了我一只吹胀了的猪尿泡，我没有理他。

船靠岸，又走了，码头上重又恢复宁静，就像什么都不曾发生。夕阳最后的光辉映红整个水面，我呆呆地，看着水面上那个渐行渐远的点，一点一点地消失。静穆中，大地开始变得庄严、沉重，所有喧哗都消失了，只剩下金塘河生生不息地流淌。

风吹着寂寥的码头。冷冷的、刀刻一样的杀猪人，这时候已经处理完内脏，走到溪水中央仔细地洗手，洗脸，洗刀具。一边洗，一边念念有词。等他上岸，母亲要给他一副内脏作为酬劳，他没有收。他说，他杀猪只收那些可以卖钱的猪。但是在母亲的执拗下，他最后收了一块白色的板油。他走的时候，说待会儿让他孩子送一双箢篓来，不然这么多肉不好挑走。

天渐渐地暗了，当码头上只剩下我和母亲，母亲也走到溪水中央去仔细地洗手，洗脸，梳头。我看着母亲瑟瑟的身影，可能她又伤心了。然而，我终因心有不甘而安慰自己：尽管流肥油死了，家里损失惨重，然而，我们终于能吃到肉了——

是的，在那一刻，庆子和阿图一定坐在门槛上，也一定盼着我们早点出现，就像刚才我们盼着柴油机船的出现。而我们，走过学岭村、和尚村、井下村，在月亮爬上屋檐之前，一定会像凯旋的战士回到他们身边——他们肯定想象不到我们会挑回家那么多肉，那是多得吃也吃不完的肉啊！我们一家很快就会吃胖起来……

想到这些，我就很想笑出来。

驯 牛

耕田耕三亩哎，日晒皮肉乌哎……

——民歌《耕田歌》

那时候，从生产队分不回多少粮食。每次分粮食，人多嘴杂，社员们为分配吵得面红耳赤。为了填饱肚皮，人人得靠自己。有次，我跟哥哥山子去生产队收割后的田地里拾麦穗，被队长大麦丁一顿痛骂，没收了我们的劳动所得。

"你们这是偷的！捡？能捡到这么大个的麦穗！"

那时候，生产队队长的权力大，很威风。

再后来，生产队里的打稻机、犁铧、锄头、铁镐、簸箕、办公桌、长条凳之类，被一一点清，标上了记号。我依稀记得它们被胡乱地堆放在一起，显得凌乱而且庞杂，就像从敌军手里缴获的战利品。特别是那些瘦骨嶙峋、茫然四顾的牲口，好比身经百战、伤痕累累的战马，被明码标价。

现在，我的脑海里又出现了在吵吵嚷嚷的生产队里抓阄的情形。父亲先从第一只由旧喷雾器改造的"专用箱"里抓出两只篾笼，接着抓出一副铁犁，再轮到抓那几头大牲口的时候，他大汗淋漓，始终拿不定主意到底抓哪只阄，就自言自语起来："咳，咳，怎么感觉一个个都是好阄，又好像一个个都是坏阄呢？"站一旁监督的大麦丁大发雷霆："得令，随便抓一个就行，还排着队呢！"于是父亲将手重新伸进去，那谨慎的架势好比在岩缝里摸鱼。突然，他的嘴角抖一下，嘿嘿笑道："总算抓到你了！这回！阄里一定藏着我想要的穆桂英哩！"顿时，人们的注意力全集中在父亲交给站一旁念票的国梁的那个阄上。

"老老嬷。你抓到了老老嬷。"国梁打开状如馄饨的阄，郑重地念道。

在第四生产队，或者说整个吴村，最受欢迎的牛，不是精力旺盛、耕田不知疲累的公牛，也不是勤勤勉勉、任劳任怨的阄牛，更不会是老态龙钟、除了拉屎什么重活都干不了的老牛，而是已经驯化好了的、刚刚产过头胎的小母牛……可那天，被父亲从喷雾器里抓出的"老老嬷"，可以说是老牛中的老牛，老太太中的老太太。这不说是它爱偷懒，或者干活不行，而是凭它比其他母牛瘦弱十倍的身坯，骨头毕露的两胯，就知道它不会再生小牛了。父亲的第一反应，就像从台阶上下来踩空了一脚。

"国梁，我也识字的，不要蒙我！"

"识不识字关我屁事！"国梁厌恶地擦了一把父亲溅到他脸上的口水，"骗你干吗我！"

可是，正是这头年迈的老牛，后来产下一头健壮威武的公牛，也就有了这个故事。

我记不太清分到老老嬷的当年甚或第二年，庄稼收割，粮食入库了，让人欣喜的是，过了生育年龄的老老嬷要生了。我们都很高兴。"老黄牛啊肥又大，耕田耕地是行家，干起活来呱呱叫，哎！哥哥给它啊割青草，哎！弟弟给它拌豆渣，嘿……"我们几个小孩听说老老嬷要生了，就常常奔跑在那条通往牛栏的砾石路上，一会儿跳到石坎上摘小野果，一会儿你追我赶。可是左盼右盼，老老嬷就是不把小牛生下来。

　　那天晚上，大人们又说老老嬷要生了，四家人都派出了代表，去牛栏给老老嬷接生。破例的，还要给它熬制小米粥，是在我家灶台上熬的。因为其他几家不舍得拿出熬粥的柴，又怕我家在熬制过程中偷吃的缘故吧，有两户人家的妇女留下来帮着母亲烧火。说是帮着烧火，其实就站在灶台一旁动动嘴皮子，尽说些家长里短的事：谁家的男人跟谁家的女人好上啦，谁的儿子去岭上偷树被抓啦，某某屁股上长了一颗洋葱那么大的火焰疮啦。她们说时压着声音，仿佛怕我听见，其实我一点都不想听。我很想到牛栏看看老老嬷生了没有，但是屋外秋风萧瑟，黑得像一口棺材，没有人带我去。我想，等小米粥熬好了，她们总要挑着去喂牛的。我在离灶台不远的地方坐着等，看见灶膛里的火呼呼地往外蹿，锅里响着水快滚沸的吱吱声，竟迷迷糊糊地睡着了。

　　也不知道过了多久，我听见山子回来了。他兴奋地说着："……要生了，马上就生了，出来一条腿了都，他们慌了，叫你们快去帮忙！"妇女们叽叽喳喳起来，仿佛大会堂里打仗的电影就要播映了，她们把热气腾腾的小米粥盛在两只水桶里，兑了几勺凉水，就要挑去牛栏帮老老嬷生小牛。我想跟着去，想象老老嬷身上凭空多出来一条腿，用力地踢蹬着这个用竹枝抽打它干活的世界。

可母亲说："牛栏里又脏又臭，还有蚊子没冻死，你跟山子上床睡觉去！"

我说："我不怕臭不怕蚊子叮！"并且说，"为什么能让我哥去看，我就不允许？"

母亲说："你比山子小，外面天太黑了！"

我说："我不怕遇见鬼！"

母亲做出要赏我一个凿栗子的动作。那两个妇女没有等母亲就走了，一个打着手电筒，一个挑着小米粥。母亲又催我和山子上床睡觉，自己则高一脚低一脚地跑进黑暗里去。我只好上床了。据山子描述，老老嬷生产小牛很痛苦。"它拿牛角撞墙，哞哞地叫着，就像哭，又哭不出来，"山子说，"它都没有力气站立了，肚子一鼓一鼓的，两条腿哆嗦不止，它太老了，比村里所有牛都老，这回生完小牛就要死了。"

我说："小牛的腿是从老老嬷的屁股里生出来的吗？"

山子说："是的。牛屁股上流了很多血……"

于是那晚的梦就变成了一个血淋淋的梦，梦里有许许多多的牛漂浮在红色汪洋里挣扎，奄奄一息，哞哞地叫着。然后，那红色淹没了我，我的四肢就像被血浆黏住了那样，动弹不得，我在梦里憋得喘不出气来，等睁开眼睛，发现窗外已有了亮色，父亲躺在对面床上打着呼噜。他一定是半夜回来的。

老老嬷生下牛犊子了吗？它是不是已经死了？——没一会儿，母亲挑着两只空水桶进屋，浑身散发又腥又酸的气味，就像碰翻了一瓶醋。母亲说："咳咳，老老嬷可怜，足足生了一晚上呢，快天亮时生下一头小公牛。那小牛刚生下来，都以为死掉了呢，水底捞出来一样。结果怎样呢？它躺在干草上一点一点地活了过来，先是两只耳朵抖了一下，接着嘴巴张了两张……奇怪啊，小牛的额头上有一块白斑，不过，漂亮极了。"

我和山子一骨碌爬起来。我们都想去看新生的小牛。

父亲也起床了，问母亲："老老嬷没有死吗？"

母亲说："没有死，还有一口气呢。"

父亲说："它要是生一头母的就好了。"

我插嘴说："公牛就不好吗，等它长大了，耕地力气大着呢。"

父亲说："小孩子懂个屁，公牛不会生，老老嬷以后不会再生小牛了，我们家还是没有一头属于自己的牛。"

父亲一直不喜欢几户人家合养一头牛。

更何况，与我们家共同拥有老老嬷，也就是一起分到它的，是怎样的三户人家呢？

轮到我家养牛时，母亲总是早早地叫醒我和山子，叫我们牵老老嬷去放牧，我们悉心照料它，让它吃得饱饱的。半个月后，等我家把老老嬷交到秉德老汉手中，他总夸赞说，幸好这牛也分给了我们两家，不然都由着那两家养，早就没命了。话虽如此，秉德老汉还是把牛养瘦了。因为秉德老汉爱喝酒，一喝酒就醉。他家有四口人，不知何故他儿子和孙女都不住在吴村，所以在他烂醉如泥的日子里，老老嬷只能悲哀地嚼几口垫栏的干草充饥。

再下一家是螳螂家。螳螂瘦瘦小小的，尖嘴鼓腮，眼睛滴溜溜地转。父亲说他满脑子贪小便宜的鬼主意，就连他肚子里的蛔虫都比别人的精，就像螳螂肚里的铁线虫，刀都切不断，弄不死。我问："螳螂的外号是不是就这么来的？"父亲说："是的，螳螂跟你这么大时，就精得像只猴。"父亲哈哈笑了。

可我讨厌的是螳螂家的那个女人。她爱骂人。不是骂螳螂没用、儿子不听话，就是骂世道不公，嫉妒别人。印象中容易生气的女人往往又黑又瘦，颧骨很高，她却不是，长得浑圆，白白胖胖，胸前的围裙兜里总能掏出零食，有时是一把葵花子、南瓜子、冬瓜子，有时是她家经销店里的糖果、饼干，倚在别人家的门框上，"嚼舌头"。她家儿子也是这样，嘴里总是嚼着一点什么，我们去掏口袋，却什么都陶不出来。

她家大儿子叫阿卫，小儿子叫阿红，这两个家伙去放牛，比去山上拉屎的时间还短，他们也就是让老老嬷闻闻青草的味道，喝两口泉水，就回来了。老老嬷归他们家养的日子，终日饥肠辘辘的，牛屎也上身了，风干后的牛屎与牛毛结成龟裂的硬块，就像护着一件铠甲，刀枪不入。事实上不是这样。因为老老嬷还有另一户主人：兴国家。

兴国家倒不像螳螂家那般不舍得给牛栏垫干稻草、不愿花气力去放牧什么的，但是兴国是个暴脾气，他打牛，仿佛牛是专供他打骂的奴隶，一不顺从，他就挥舞竹枝，简直无缘无故地打牛，虐待牛。这个兴国，长得五大三粗的，四肢的骨节要比别人的大两倍不说，发起狠来力气往往加倍，他打牛的时候老远都能听见竹枝擦着空气发出的呜呜声。

牛也是血肉之躯，挨了打，就挣脱缰绳拼命地跑。这一跑不打紧，等兴国追上了它，就会抽打得更凶狠。那身牛屎掉光了。牛身上不多一会儿就隆起鞭痕，有的鞭痕上血珠密布，然后流下来。兴国额头上青筋毕露，叫骂着："我让你逃，我让你逃！什么玩意儿，你竟然敢逃！"或者，"你还敢不？他娘的，再逃砍断你一条腿！"

螳螂家的女人看到兴国打牛，心疼得看不下去了，跑到我家骂兴国"恶鬼投胎，总有一天老老嬷要被他打死了"，"不得好报"。这话不知怎么就传到了兴国女人的耳朵里去，她就来我家败坏螳螂女人说："老老嬷打是打不死的，牛皮是纸糊的吗，就怕饿死了。他们家五口人哪，一天只吃三两米，牛却做不到，牛要吃草的，吃得肚子鼓起来。我们家每天都让它撑得肚子齐背。"

母亲说："要是以后老老嬷还能生就好了。给我们每家生一头。"

兴国女人说："还生什么哟，换作人都五六十岁的年纪了。只怪分牛时阉抓得不好，抓到这样一头老老嬷，还跟螳螂一家分到一块儿。一粒粟的气量的人家。"母亲不搭理。她又说："再说了，就算我家兴国打牛，那也是打在我家那部分牛肉上。他家能饿牛的肚，咋就不允许别人打牛的屁股？以后她再敢在背后说三道四，我非撕烂她的嘴，喂狗。"

母亲从不参与养牛引起的争端，不知道这些话是怎么传出去的，当传到螳螂女人耳朵里，她又来我们家说："她家才一天只吃三两米呢！兴国那么大的力气，晚上怎么没有把她压死呢！力气都省下来打牛了吧！你说说看，她还讲不讲理，谁说过她家那部分肉，就恰恰长在牛屁股、牛背那儿了？她家那部分肉，指不定长在牛蹄子上了呢，你让兴国抽牛蹄子去吧，怎么抽我们都不管！"

父亲由于生病的缘故，也常常在家里，他心情本来就不好，见两个女人没完没了地来找我母亲，没好气地说："牛是我们四家共有的，轮到谁家养，养得怎么样，只能凭良心。牛也通人性呢！"那两个女人再没有来过我家了，直到老老嬷生小牛的那个晚上，才一道出现在我家灶台旁，交头接耳，好得简直像一对孪生的姐妹了。她们说："真没想到啊，老老嬷这么老了还能生，比我们这些女人强多了。看来我们还嫩着呢，还有男人喜欢，哈哈哈……"

老老嬷意料之外的生育，无疑，使四户人家达成了和解，也看到了希望。尽管父亲嫌它是一头公的，无法做繁殖之用，但是想到老老嬷将来死后，至少有它做耕耖犁耙的接班人，就高高兴兴地带我去看小牛了。

此时，太阳像颗露珠，剔透，璀璨，牛栏外已经挤着不少人。我从大人们的腋窝下钻进去，看见木栅栏里有隐约发亮的东西，好比暗夜里的星辰。我知道那是牛的眼睛。颜色发猩红光的那一双是老老嬷的，扑闪扑闪的那一双是小牛犊的。我盯着昏暗中的光点看了好一会儿，才看清蜷卧在老牛前肢与脖颈间的它，也好奇地看着木栅栏外的我们呢。

"这头小牛很妙的，你们看，它骨架不小，头长，面宽，颈中等，但是肩高，这样的小牛聪明的，适合耕地的……"我听见大人们的议论，在头顶嗡嗡作响。有的说："老老嬷年轻时，就很会耕地的。聪明的牛懂得使巧劲，不慌不忙的，耕到了地角，会自己停下掉过头来，再曲里拐弯的田，也不会踩坏田埂。"有的说："聪明的牛，耕地不用使鞭子，你鼻子里哼一口气，它就懂你什么意思。你们看见过我家的展昭耕地吗？它耕起地来，啧啧，那才叫一个帅……"

父亲开口了："你们说说，我家小牛额头上的那块白是怎么回事？我看是一个白色的旋，一种大气象呢！"父亲的口气暗暗地有些自豪。我这才明白，小牛的额头上果真长有一块白斑，有两枚硬币那么大，所以刚才看着总觉得有什么地方闹别扭似的。与此同时，我头顶那个声音正要展开展昭的故事呢，有些生气地说："哼，一撮白毛有什么说头？长额头上丑死了，我看是凶兆吧。"父亲说："长额头上才非同一般呢！我忘了谁的额头上也有一块白。"那个人说："还能是谁？不就是古戏里的奸臣、太监，白脸白面的。哪像我们家的展昭，你们看，一身金黄，健壮威武，正派角儿……"

"嗬，嗬！放你娘的屁，你他妈的敢把一头瘟牛叫成展昭，你信不信我这就去宰了它！"突如其来的一声怒吼，把挤在牛栏过道里的人们吓了一跳。只见一向蛮横的兴国，拨开一条道就要打开隔壁的木栅栏门——而那个人所说的展昭，就关在隔壁的木栅栏里，原来，所谓的展昭就是原生产队里人见人烦的"红骚牯"。

那个人说："喂喂，你想干什么？"

那个人的名字叫"糊工分"，据说他干活偷懒，一到田里就能神秘消失，等到收工就会出现。他有点理解不了牛都分给个人了，为什么就不能改名。"我连我自己的名字都要改了呢，你管得着！"他说。

兴国说："你个狗东西！你再改名也还是贱骨头一个！——你

还敢咒我家的小牛是奸臣、太监吗？你敢咒，我就敢宰！"

糊工分说："哼，你们家的小牛还是我家的展昭配的种呢。"

兴国说："你给我闭嘴，就皮得蛋疼、骚得发贱的红骚牯，也能配出这样好的牛犊子来？！"

糊工分说："千真万确，我亲眼所见。"

兴国说："你再敢说亲眼所见，我这就刺瞎你的眼！"

糊工分说："你有本事刺刺看！你以为现在还是整天被你们几个混蛋欺压的年代啊。生产队分了好啊，以后有你们哭的时候……"

眼看着大人们莫名其妙争起来，我有点害怕了。好在闹闹哄哄一阵子，糊工分牵着他的展昭出去放牧了，人群散去，牛栏里只剩下一些小孩，你一言我一语地继续着大人们刚才的话题。最后，也不知道是谁想到了小牛额头上的白斑，有些形似包青天额头上的月亮，于是它立刻就有了一个名字"包公"。一旦把它叫作"包公"，我们瞬时对它肃然起敬了。

山子说："包公是历史上的大人物呢，我们一定要把包公养大，养壮，每天给它割草，每天给它换栏草。"

阿红说："我们一定要经常给它抓牛蜱虫，也不让虻蝇叮咬它。"

阿卫说："我们的包公——现在就有了一等一的侍卫了呢！如果糊工分的红骚牯真成了展昭的话……"

伟峰说："那是当然啦！我们现在就要教包公如何去斗角，等它长大了，把村里所有公牛都斗败，包公就成为大王啦！"伟峰是兴国的儿子，其实他自己就整天想着当大王。

可是，当我们拿一根棍子去拨弄包公，想把它捅得站起来，才发现它多么孱弱！三番五次，站都站不起来，几次站起来跟跟跄跄，又倒下了。

它发出了"咩咩"的叫声，就像一只羊。

包公一度让人失望，因为它孱弱不堪。究其原因，可能老老嬷缺少奶水，或者奶水里缺少营养。尽管我们喂给它吃最嫩最鲜的草，它还是毛发枯槁，病恹恹。我们几个都不好意思叫它包公了，尤其和别人家的牛一起放牧的时候，有放牛娃说："你们家这头牛得鸡瘟了吧，去赤脚医生那里买点鸡瘟药，再用石灰在它身上撒撒。"阿卫、伟峰和山子没少为这样的侮辱跟人吵架。

有一天我们终于得到了一个秘方，说是给牛喂生鸡蛋，早晚各两个。我们就回家偷鸡蛋，偷别人家的鸡蛋，还上树掏鸟蛋，轮流着喂它。刚开始它不习惯吃，黏糊糊的蛋黄蛋清，想必像吞下一口浓痰，但是经过几次强迫，我们用一截削好的竹筒往它喉咙里灌，它就有些无奈地消化了它。而后，一头牛就像雨后的一棵菌，生猛地茁壮起来，漂亮得像从年画上跃下来的鹿，在野草青青的滩地上一会儿疯跑，一会儿蹦跳。那突然的爆发往往没头没脑。

我们的包公就这样自由自在地长大了。

不知不觉，当老老嬷被人牵去耕地的时候，它亦步亦趋跟在老老嬷身边，显得碍手碍脚。大人们驱赶它，想的是如何多让老老嬷尽早耕完自家的地，所以呵斥它滚远点儿。它可能觉得委屈，不一会儿就去偷吃庄稼。大人们打了它，它竖起尾巴四处乱窜，似乎还无法忍受鞭子的抽打。这时往往是农忙时节，哪怕一个小孩也要给家里割稻，给打谷机前的大人递送稻禾，或者去山涧接取泉水什么的。更何况，那段日子，山乡政府突然加大了对计划生育的执行力度。村里很多育龄妇女随时面临着被抓去结扎、放环、引产的危险，以至于包括螳螂家、兴国家的女人也要东躲西藏。如此一来，每户人家都显得慌张且忙乱。而包公半大不大的，耕地又使不上，却要占去有限的劳力去看住它，自然就越发不讨人喜了。

螳螂家牵老老嬷去耕地时，是第一个把包公关在了牛栏里的，其后这个做法得到了效仿。我们四家有个不成文的规定，就是老老嬷牵去耕地的日子，那一天都由耕地人家负责牛的温饱，不算在轮流养牛的日期里。这样，只要老老嬷牵走耕地，包公就被关在牛栏里——那是大集体时代遗留下来的牛栏屋，泥墙之内到处是成排的木栅栏，全村几十头牛曾经都关在这里——现在它们都在外面，只剩下它在黑暗逼仄的空间，挨饿，撞墙，孤愤地叫着。我不知道它后来的古怪脾气，是不是与此有关。总之等农忙结束，轮到我家来养牛时，我和山子赶着老老嬷和包公到溪滩吃草，发现包公不再像以前那般欢蹦乱跳了。

山子回去说："包公被关坏了。"

父亲说："关坏也没办法。唉，我现在连人都关心不过来了。"

那确实是一段不堪回首的记忆，母亲因为想在两个儿子之后再生一个女儿，要么住到亲戚家，要么躲到山上的窝棚里，要么藏在家中一间专门为她砌筑的暗房里。父亲本来就身体不好，无法挑重担，母亲一直是家里的正劳力，这时一个家庭的重担都落在了父亲身上。他既要保护母亲，不让计生员抓到她，又要照顾家里的老老小小。尽管这样，他并不想轻易放弃妻子生育的权利，去乡计生委投降。

到了夏季，包公的额头两侧有了黑黑的硬块，像破土而出的笋尖，看着扎眼。这时，母亲的肚子也像这硬块越来越大。一天，她被计生委的干部抓到了井下村，和其他妇女关进了大会堂。几天后，母亲出事了，深度昏迷，人事不省，她是被当作死人抬回家的。上天保佑，当一家人发现她还活着，父亲用稻草包裹石头，穿上母亲的衣服放置在棺材里抬到了山上。而家里人统一口径，对外宣称母亲已死。可以说，母亲是在去世以后生下我弟弟阿囡的。在她当活死人的两个多月里，她躲在阁楼上不敢大声说话，不敢穿鞋踩踏楼板，不敢点灯。我不知道该怎样讲述这段充满恐惧而且让人窒息的生活，我想除了母亲自己，谁也讲不出精神与肉体的双重磨难。

就是在那样的担惊受怕和激烈的矛盾中，我们知道的，弟弟阿囡的降生，一方面加剧了家里的经济负担，家里被罚了一大笔钱；一方面加剧了家里的忙乱，因为小人儿也需要吃喝拉撒啊。这期间，我们也就没有心思去管牛了。直到再次轮到我家，我们才意识到老老嬷和包公的存在似的。尽管这样，老老嬷还算矍铄，包公也还算健康。我们发现，包公已经长得有些威严，躯干宽宽的，肩峰鼓鼓的，目光炯炯，眉宇之上的那块白变得大了，就像一个白字贴在额头上。它显得那么与众不同，且郁郁寡欢，总爱抬头眺望远方，两只耳朵常常立着，一抖一抖……

到了又一个春暖花开的季节，大地复苏，季节更替，人类与土地又一次展开了搏斗，人们抄着镰刀、锄头和扁担，逼着土地向我们交出口粮，土地则逼迫每户人家起早摸黑，汗水打湿衣裳。当土地被人类蚕食得遍体鳞伤，裸露的稻田里灌进了水，我们几家又要争着把老老嬷牵走耕田了。所有人都在忙着干活，当老老嬷机械而沉重地拉着身后的犁铧将板结的土层一片片掀开，没有人听到土地深处发出了轻微的呻吟，就像没有人想到又一次关在牛栏里的包公，它在哞哞地叫着。

包公终于用牛角将原本就颓败的土墙戳了一个窟窿，它逃出来了。我们几家人倾巢出动，于第二天中午在洪坛冈上找到了它。此刻，它正要往龙游县的深山里游荡而去。大人们拽住它尾巴，揪住它耳朵，回来时用一根绳子箍在它的脖颈上，怕它再次逃走了。

螳螂说："这样下去，它迟早要逃走变成野牛。"

秉德老汉说："要不是想着将来让它出大力，这么大就可以阉掉了。"

兴国说："回去，我就给它穿上牛鼻绳，他娘的。"

我父亲说："嗯。"

穿牛鼻绳的意义，就像一个人的成年礼。不过我当时可没想到这么好的比喻。

给包公穿牛鼻绳的那天，四户人家照样派出了代表。绳子是用精选的、浸过油的苎麻搓成的，苎麻中间还掺了几根尼龙线。尼龙线是从我哥的钓鱼竿上扯下来的，为此他有些气恼，不过我却有些高兴，因为他平时不允许我碰他的钓鱼竿。那是他唯一的私人财产。

那天我们几个少年跟在大人后面向牛栏走去。我们的心里是紧张的，却也有一丝兴奋，希冀看到什么好戏似的。

栅栏门上的铁环取掉了，老老嬷被赶出来了。兴国、螳螂和我父亲，进到栅栏里面，包公可能意识到了危险，想蹿到门外来，却发现门已关闭。它就迎着抓它牛角的人顶过去。栅栏里顿时忙乱起来，一会儿是牛将人逼到了角落，一会儿是人将牛逼到了角落。牛栏里到处闪现猩红的眼睛，还有短促而粗重的叫声。最后突然安静了，包公的头部被兴国用半个身子和一个胳膊肘死死地摁抵在了栅栏上，牛嘴牛鼻子刚好扣在了两根木头的格挡间。

兴国号起来："快，拿竹楔子来！扎进去！"

螳螂和我父亲满口袋地找："没有，没有！"

兴国说："奶奶的，我快坚持不住啦！"

包公的一双眼睛变得铜铃一般大，血红且发荧光，它的鼻孔里发出咻咻的粗气，不屈的牛头偶尔扭动时牛角磕到栅栏，木头发出嘎嘎的脆响，让人误以为整个牛栏要散架了……事实上不是这样，此时兴国把整个人的重量压在它的头部了，螳螂和我父亲把身体的大部分重量压在它的前半身了，它僵持着无助地瞪着我们。我们跑到牛栏外喊秉德老汉，他手中抓着老老嬷的牛鼻绳，唯恐它冲进去解救。

我们喊："竹楔子竹楔子呢？"

秉德老汉把一个东西交给了我哥，我们跟着跑进牛栏，牛的头还扣在栅栏的格挡上，山子不敢把那个东西往牛鼻子里塞，突然就从里面伸出来一双手，夺过楔子，向牛鼻孔戳去，牛鼻孔突然胀大了，但是没有来得及戳穿，牛就一下子腾跃起来，把栅栏洞穿了，它从里面跳出来，吓得我们没命地往外跑。

我的腿软了，魂也差点儿丢了。等我跑到离牛栏几百米远的地方，气喘吁吁地往回看，包公并没有追上来。我纳闷着走回去，才知道包公被大人们赶进了别人家的牛栏，此刻，大人们继续在制服它。它的头又一次被两根栅栏夹住了。螳螂正拿竹楔子狠狠地往它鼻孔里捅，捅了几次，又旋了几次，竹楔子就从右鼻孔进去从左鼻孔出来了。钻出左鼻孔的那截楔子上有血，牛鼻被捅歪了，嘴角还有白沫，整个牛上唇在发抖。

这会儿螳螂显得心灵手巧极了，他麻利地将绳子系在了竹楔子这头预先削好的一个缺口上，这样，绳子系住了竹楔子，竹楔子拽住了牛鼻子，一头几百斤重的牛就像被鱼钩钩住的鱼那样拖上了岸。当螳螂他们把它从牛栏里扯着牛鼻绳出来的时候，它已经显得老实了，只是看到不远处，老老嬷在默默地看着它，它才一扭头不明所以地挣脱了几下，但是很快就被控制了。

兴国说："这下可好了，他娘的，你还想逃吗？门也没有！"

螳螂说："你把绳子先拿着，我去洗一下手。"螳螂的手上都是血，包公的鼻孔里也还在滴着，竹楔子和半截牛鼻绳上也都是。

兴国说："这点血算什么，我浑身上下连头发上都是牛屎还没说脏呢！"

父亲也说："这家伙真是烈啊，我也是浑身牛屎，牙缝里还有牛毛，我们幸亏趁它没再大一些穿牛鼻绳，否则再过半年就吃不消它了。"

螳螂将手往裤子上擦了擦，而后说："牛就让孩子们牵着吧，我们回去找几根木头，牛栏还要修起来呢！"

兴国说："好。"

我们将包公牵到老老嬷跟前，老老嬷还是那么默默地看着，但是我发现它的一只眼睛下面，牛毛上有一条湿漉漉的痕迹，就像一条蚯蚓；它的两只耳朵，在包公看它的时候往前拢了拢，它拢着耳朵拢了好一会儿，接着它就转过头，默默地跟着秉德老汉往前走去了。

我们牵着包公跟在老老嬷后面。包公走得有些生硬，就像鼻子上的绳索挡住了它的视线。我们总担心它会扯断牛鼻绳，我们也走得很生硬。

秉德老汉说："走快点呀！又不是在戏台上做戏！"

我们说："包公它走不快呢！"

秉德老汉说："有了牛鼻绳不用怕它的，拽拽牛鼻绳。"

我们说："拽牛鼻绳它鼻子会很痛的！"

秉德老汉说："这点痛算什么。每头牛都要穿牛鼻绳的，生为牛还能当一辈子浪荡子呀，牛都是要走这一步的。穿了牛鼻绳，过些日子就能上牛轭耕田了呢。"

我们说："包公会听话吗？"

秉德老汉说："不听也得听，牛都是驯出来的。"顿了顿又问我："庆子，你爷爷从你姑姑家回来了吗？"

我说："没有。"

秉德老汉努努嘴，又朝我哥说："山子，等你爷爷一回来，你就告诉我。他是村里最厉害的驯牛高手呢，到时候我俩一起配合他驯牛！"

我哥说："好的嘞！"他答应得那么痛快，显然因为秉德老汉只选择了他。他也确实长得最高，也显得懂事了，以至于其他几个孩子都有点嫉妒他了。秉德老汉不得不改口说："到时候，你们几个当然也要参与的，驯完牛你们负责给它洗澡，喂草，用热毛巾敷敷它的肩膀。不过驯牛时最好站远一点，牛会横冲直撞踩伤人的，那场面比穿牛鼻绳激烈。"

我们嗯嗯答应着。秉德老汉接着说："驯牛是一件非常大的事情，以前还要给牛披红挂绿，放炮仗喝开犁酒呢。有灵性的动物都是人投的胎。以前都把牛当作家庭一员看待的。牛驯得好，就听口令，犁地就快，人就轻松。可牛毕竟是牲畜，性子野着呢，哪能随便你使唤？驯牛的第一条，就得磨磨它这种性子。可是也不能跟牛硬着来。驯牛是很讲究的……"

我们听得懵懵懂懂的，却有些向往起驯牛来了。一路上叽叽喳喳说着驯牛的话题。比如谁家的牛驯化时伤了人，用后腿差点把人的卵蛋踢碎了，谁家的牛驯化时拖着犁跑了一里地，直到犁散了架。与此同时，也有牛温顺、好调教，不但为主人耕地，还能卧下让小孩爬到它背上，当马骑。这会不会是某人上一世做了恶，这一世来世上赎罪了呢？诸如此类的驯牛故事，总是特别吸引人。我不禁想象起包公的来历，它上一世因为做错了什么，才被阎王爷投进畜道变成了牛？这么一想，我觉得包公挺可怜的，并且想象不久以后，包公将被大人们牵到地里，套上牛轭，如何被驯服，将来如何为我们几家耕地——凭它的骨架和力气，它一定会成为全村最好的耕牛的，但愿能把上一世的罪愆赎清……

不过眼下它还仅仅穿了牛鼻绳而已，它连这个都没有适应。太阳被老天爷高高地吊在头顶晃荡时，我们来到了坑上坞的山脚下，这里青草繁盛，老老嬷的肚子渐渐鼓起了，包公的肚子却瘪瘪的。

我们割嫩草尖喂它吃，它也不吃。它显得有些沮丧，就像一个人跌进了一口深井，在井里面爬不出来，而且已经疲惫不堪。

"它不会是绝食吧？"山子牵着牛去问秉德老汉，"它不吃东西怎么办？"秉德老汉盯着它看，看了一会儿，把绳子接过去，想将绳子盘在它的牛角上，但是牛角还太短，就缠绕在脖颈上。没有人牵着它，它才走到一边去吃草了，吃得很笨拙，样子难看。

秉德老汉说："你们都不要看着它吃，装作没看见。牛跟人一样有羞耻。等到驯化的时候也一样，不要围着看。"

我不知道驯牛的历史起源于何时，但可以肯定吴村人驯牛的方法，是从我们的祖先那里继承的。我爷爷是从他的爷爷那里继承的。他的爷爷是从他的爷爷的爷爷那里继承的。现在，我们也想参与其中了，我们都有些盼着爷爷回家。只要他一回家，包公就能驯化成一头真正的耕牛了。但是爷爷迟迟没有回家，父亲捎去口信打听，得知爷爷生了一场病。爷爷说，等身上稍微有点力气，就赶回来。

在爷爷赶回来之前，兴国他们却跃跃欲试了。他们认为，他们也是懂得驯牛的，驯牛不就是教会牛听懂几个口令吗？他们认为，教上那么三五天，狠狠地抽它一顿鞭子，就能将包公调教出来。甚至吹牛说，等到收了晚稻，秋后需要牛翻地播种小麦油菜时，包公就能派上用场了。

他们扛着牛轭和犁，雄赳赳地牵了包公去耕地的那天，秉德老汉赶来阻止，说再等等吧，等梓桐（我爷爷）回来吧。兴国说："老老嬷嬷耕地就像蜗牛爬，实在受够了！"螳螂说："牛驯得越早越好，不能再等了，再等下去，包公要变成张飞了。"秉德老汉见他俩执意要去，没有再反对。他跟在他们身后，喃喃自语，说以前驯牛是要如何如何择吉日，喝开犁酒的。兴国扭头瞪了他一眼，说你想喝酒就滚到代销店喝去，别跟在屁股后面叽叽歪歪的，扫兴。

秉德老汉走了，村里却跟了一些人来。

驯牛跟斗牛一样，一直是我们村的娱乐节目之一。

不知道别人的童年是怎样度过的，反正我记得清楚，那时候的吴村路还没修，电也没通，小孩子最大的娱乐就是到处去看打架。只要一听见哪里有吵吵嚷嚷的声音，我们便会飞跑着去看，有时候运气好，会看见杀声震天的场面、头破血流的场面、血肉横飞的场面。除此之外，就是看驯牛和斗牛。我们一行人来到了村外的晒谷场。

这个季节，村前村后的土地都种上了庄稼，只有这块属于公家的晒谷场闲置着，已经被兴国他们预先圈了田埂，往里灌了一层水，当包公一脚踩上去，它的肩上就被套上牛轭了。牛轭是用弯曲的硬杂木做成的，它的两头有铁圈连着铁链，铁链拽着后面的吊杆，吊杆中间有一个铁钩，钩在犁辕的一个"铁鼻子"上。犁呈"也"字形，我至今叫不出它全部构件相应的名称。

总之，牛被人套上牛轭，就要开始耕田了。站在包公左侧的是兴国，他负责攥住牛鼻绳，不让它乱跑，并要听从驾犁人的指挥，引导它怎么走。跟在后面扶着犁把驾犁的是螳螂，他负责驾犁外，还要把握犁铧的深浅、耕耘的节奏，并大声吆喝口令辅以竹枝抽打，强迫牛记牢："hou"是走起的意思，"wa"是站住的意思，"er er"是转弯的意思，"yu yu"是掉头的意思……

刚开始几分钟包公走得很轻快，四蹄溅起水花，样子有些潇洒——那是因为螳螂摁住犁把，还没有让犁铧吃进泥土里去。然后，螳螂就开始把犁把提起来了，随即插进泥土的犁铧上就有泥片翻卷出来了。我们就看见包公一点点地把头低下去，尾巴一点一点地硬了起来，它的鼻孔里喷出热气。此时它一定感受到身后有一股力量开始拉扯它，将它往后拽，那力量如此强大，又如此尖利，就像一排牙齿咬住它肩膀，一点点地咬进肉里去了。于是我们看到，它的背一点点地拱起来了，不一会儿，它就开始走不动了。

就在这时，伴随着"hóu，hóu！"的口令，螳螂手中的竹枝抽下来了。竹枝抽下来时，无疑地，包公不仅感到疼，而且吓了一跳，它往前蹿了一下，但又被肩上的牛轭拉回去了，它跟踉几下才重新站稳。它感到有些气恼，正要扭头看看，这时身后的竹枝又抽下来了，它依然感到疼，而且又一次不由自主地蹦跳了一下，当它落地时，肩上的牛轭不知怎么从肩上脱落了。它正想伺机逃跑，只感到鼻子紧了一下，就像被人捅了一刀，接着整个头就跟着疼痛往下坠，没一会儿牛轭就重新套在它的肩膀上，并且用草绳绑好了。

它就这样被迫往前走。当它试图停下来，鼻上的绳子立刻就绷紧了，屁股上的皮肤立刻就涌起疼痛了。当它记不住口令，或者试图按自己的想法走，身后哇啦哇啦的吼叫就又一次响起了，屁股上的皮肤就又一次涨涌着疼痛了。几个来回之后，可能它逐渐意识到从此往后，它也要像母亲老老嬷那样被人奴役一生了，鞭子的抽打是少不了的，牛轭也将难以摆脱，它就开始有意地捣乱了。

第一天驯牛结束时，也就犁了三四张晒席那么大一块地。值得注意的是，包公的背部、臀部与腿部，鞭痕叠着鞭痕，破损程度好比撕了一层又一层，但又没有撕到最里层那张大字报的墙；而那个怒不可遏往死里惩罚它的人，还没有等他走回家，有一只脚就肿得像只馒头那么鼓了。有几个观看了驯牛过程的村里人在街上说："兴国这个狗腿子，这回终于遇到对手啦！"人们说这事的口气中充满幸灾乐祸。

与此同时，包公因为踩伤了兴国的脚，赶回牛栏以后，伟峰带着一帮孩子对它实施了惩罚。他们用竹枝抽它，用石块掷它，用木棍戳它，还用盐水往它的鞭痕上洒。包公被大人们驯化一天，晚上还要被孩子们折磨，我和山子不准他们这样对待它，他们就对我们群起而攻之。我们被这帮小子摁倒在脏兮兮的牛栏过道，一双双脚在身上又是踩又是踢的，我想说："饶了我吧，我们做错什么啦……"可是一句都说不出来。我的嘴沾到了牛粪，连牙齿上都有了，我尝到一股浓郁得让人想吐的青草腐烂味儿……

这时候幸好秉德老汉走来了，他喝得醉醺醺的，但还分得清善恶，他从一个孩子手中夺过一根竹枝，朝这些小混蛋抽下去，孩子们逃跑了。秉德老汉冲着他们的背影骂了一通，牛栏里安静了。秉德老汉划亮一根火柴，将火光伸进木栅栏，当他看到包公身上的伤，嘴唇哆哆嗦嗦，嘟囔了一声"人在做，天在看啊"，眼泪就吧嗒吧嗒地下来了。

秉德老汉过了一会儿才平静了些，说："他们可真不是人哪！对牛下得了毒手，对人也下得了。他们这样胡搞，把一头好端端的牛打坏了，牛就会跟人对着干，再接着驯就难了。驯牛讲究的是细心和耐心，你爷爷知道，该喊的时候喊，该骂的时候骂，还要知道什么时候该让它休息、吃草，让牛知道你尊重它。可是现在，你看看吧，这帮混蛋……"

我和山子跟着秉德老汉，在他家菜地里拔了一些菜给牛吃，直到夜深了才回家。第二天，我们还没走到村口，就看到不少人往晒谷场跑。这些人可能听说昨天的驯牛过程"很精彩"，所以都抱着看猴戏的心态跑来看驯牛。他们简直有些迫不及待。

从牛栏到晒谷场，包公是被几个壮汉押送犯人一样押过去的。不用说，包公很清楚它今天的下场，所以几次想跑掉，终究跑不掉。结果，当那几个壮汉要给它套上牛轭，它简直像望见刑具那般害怕，到处躲，但终究没有躲掉。于是，它又被迫走在坎坷的犁路上了。

这一回，因为有了几个壮汉做帮手，螳螂和兴国显得信心十足。螳螂和一个叫磨刀六的走在牛的左右两侧，一人攥牛鼻绳，一人攥牛脖颈上的绳套，逼它沿着既定的路线往前走。兴国则一瘸一瘸跟在后面，换作扶犁把、下口令的角色。兴国喊口令的时候，不但咬牙切齿，而且那竹枝每抽下去，呜呜声就会响起，随着"piè"的一声脆响，那个快要被抽烂的屁股都要抖一下……

有人看着心痒，说："兴国你就站一边休息吧，让我来练两圈。"兴国说："我必须一次性将它驯服，以后让它听见我声音就害怕。不然，我以后耕不了它。"那人觉得在理，就站一边看。这时的牛低眉顺眼，满脸忧愁与无奈，就像一个俘虏。兴国喊一声，它就走几步，当它走到要掉头的地方，就站下来，等着身后的兴国将犁铧从泥土中拔上来，再等着螳螂他们拽着它从左侧掉转身子。

这样不紧不慢地驯了将近一个时辰，跑来看热闹的人已经少了一半，很多人觉得上当了。他们不敢相信，昨天那么暴烈的包公，怎么一夜之间就变得像一个被阉了的太监？有人就学着兴国的口令喊起来了：

"hóu，hóu，他娘的！"

"wǎ，wǎ，他娘的！"

"ér，ér，他娘的！"

"yu，yu，他娘的！"

……

兴国喊口令时，爱捎带着那个多余的后缀词，每每听到都让人觉得滑稽，但是村里人并没有想到要笑，毕竟驯牛是一件非常严肃的事情。可是当有人模仿着喊，就另一回事了。

包公发飙了。就在有人忍不住笑起来，接着那笑传染给旁人，大家纷纷大笑起来的时候，包公突然站住了，接着就左冲右突，想要挣脱束缚。

"hóu！hóu！他娘的！hóu！hóu！他娘的！反了你的！"兴国有些慌了，一边挥舞竹枝，一边扯着嗓子怒吼。包公挨了打，并不往前拉犁，而是牵扯着铁链撞翻了两侧控制它的人。尽管这会儿牛鼻绳还被螳螂死死拽住，肩上的牛轭还没有甩掉，但它照样拖着身后横倒在地的犁，扯着拽住它牛鼻绳的人奔跑起来了。

晒谷场上顿时响起了妇女们的尖叫、孩子们的哭声，以及男人们"抓住牛鼻绳，拽住牛鼻绳"的怒吼。因为牛是朝着围观人群气势汹汹而来的，如果再不把它控制住，伤及无辜的事情就不可避免了。可是谁也没有想到，由于大伙过度依赖牛鼻绳对牛的控制，几个人就像拔河比赛一样拉拽牛鼻绳的时候，牛鼻绳把竹楔子从牛鼻孔里拽出来了，而且不光光是拽出来竹楔子这么简单，就连整个牛上唇都豁开了，痛得包公就像它小时候在溪滩那般没头没脑地乱蹦乱跳起来，两条后腿扬起的泥浆土块噼噼啪啪抛得老远。

当它疯了一样朝着我们这边奔过来时，我看到它血红的眼睛，肩峰耸动。我突然想起秉德老汉的话，驯牛时是不能众人围观的，更何况几分钟前众人那肆无忌惮的大笑。所以我看到脱离了牛鼻绳束缚的包公追上了逃跑的人群，看见许多人倒在地上，发出哭爹喊娘的声音，有一种解恨的快感。但是当包公跑到围墙一角，以磨刀六为代表的几个壮汉，手拿竹枝、扁担、锄头、砍柴刀，试图将它包抄，并且制服它的时候，我有些害怕了。

我转身往村子里跑，我要去叫秉德老汉。

秉德老汉家有一股酒窖的味道。他躺在地上，又喝醉了。

我又撒腿往家里跑，对着父亲喊："要死人啦，要死人啦！"

其实我更担心包公被人打死了。

父亲因为身体欠佳，跑起来弯着腰，跑了几步就停下来喘息。

我说："快点呀，快点呀！"

父亲说："我快了有什么用，我这力气还能摁住它，将它捆回来吗？"

我说："牛撞死人，我们四家都要赔的。"

父亲一听，马上就站直身跟着我跑了。当我们跑到晒谷场，刚才围困包公的那段围墙已经倒塌，晒谷场上空空荡荡，泥泞里到处是杂乱的脚印、鞋印、牛蹄印。莫名的沉寂中，天显得很蓝，阳光灿烂，不远处新翻的那些泥片上，有几只乌鸦跳来跳去，在刺眼的反射光里寻找蝼蛄。

父亲说："呸，呸！要倒霉啦！"

父亲特别忌讳乌鸦。我捡起几块土把它们轰走了。然后，我们就看到山子坐在一段还没有倒塌的围墙边上。父亲问他怎么一个人在这里？他说："包公被一些大人追着，跑到溪滩那边去了。"

父亲又问："你怎么在这儿呢？"

山子说："我肚子上的一根骨头被人踩断了。"

父亲吃了一惊，让山子马上撩起上衣。我看到山子瘦骨嶙峋的胸脯上，有一排鱼刺那样对称的肋骨，好比一个罩着人皮的笼子里关着一颗怦怦跳的心脏。父亲伸手捏住其中一根，手指像蚕吃桑叶一样移动，将山子的肋骨捏了一个遍，事实证明都没有断，但有两根受了一点伤，父亲捏着的时候，山子发出很大的叫唤。

父亲说："幸好牛踩上来时，没有把整个重量压上，不然就真断了。"

山子说："踩我的不是牛，是人，是人。"听到这一句，我很想笑，又怕山子会跟着笑——他笑起来会很疼——我就没有笑起来。

父亲说："你回去贴伤湿膏吧。我和庆子去溪滩看看。如果牛真撞死人，我们家也要赔呢。要是那些混蛋把牛整死了，我们家也有损失的。嘻，狗娘养的兴国和螳螂，就是不愿等你爷爷回来，这下不好收场了吧。"

山子说："我也要去。"

发生在包公身上那件著名的伤人事件，是以兴国的拳头打在索赔者脸上，让对方流了很多鼻血结束的。一共有三个索赔者：一个被牛角尖捅破了屁股，屁股发了炎；一个跌伤了膝盖，幸好膝盖骨没有碎；一个得了尿不禁，身体里控制尿的开关失灵了。被兴国的拳头打中的就是尿不禁患者，老济公。他说他的病是看驯牛时吓出来的。被兴国打了后，老济公就不再到处说尿不禁了，而是鼻子里经常塞着一团棉花，扬言要联合另两个受害者到乡里去告。但是这事不了了之。

村里人说："兴国这厮是一个欺软怕硬的主。别看他的拳头能对付村里人，却对付不了一头刚长角的牛。"

兴国知道村里人在使用激将法，但是他还是忍不住把包公赶出来了。由于包公的鼻子豁掉了穿不成牛鼻绳，现在只能在它的眼睛下方绑了一个绳套，类似用在马头上的辔头。尽管兴国总能找到几个狐朋狗友帮忙驯牛，但是牛绳套对牛的牵制远远不如牛鼻绳；加上包公对人有着与日俱增的仇恨，或者驯牛人对包公有着十分隐晦的畏惧心理；总之兴国他们偷偷摸摸驯了几次都失败了。

面对不愿驯服，不想好好耕地的包公，屡驯屡挫、屡屡挂红的兴国他们几个一点办法都没有。有一天兴国垂头丧气地走到我家，对父亲说："得令，当时糊工分说得一点没错，这贱牛的确是红骚牯配的种，不然不会这么皮，鞭抽不动，雷打不闻。这种牛越养大越麻烦，是祸害一种，什么时候我们把它卖了吧！"

父亲没有表态，只是说："其他两户你都问了再说。"

兴国说："我都问了的。螳螂没有问题，说到时由他来跟牛贩子谈价格。秉德不同意，说把牛阄了性子就软了，力气就差了。可我看，这种牛就算阄了也不会听话。目前就缺你一句话。"

父亲说："我爹说不定能把它驯起来呢。"

兴国哼一声就走了。

过了几天，就有牛贩子闻讯来买包公。兴国嘻嘻笑着，在牛贩子身边绕来绕去。牛贩子个子不及他肩膀，但感觉他比兴国高。

牛贩子在牛栏里看了看包公，又把它赶到牛栏外，像日本鬼子一把揪住中国老百姓的衣领那般，突然揪住牛绳套，把牛头提到与他眼睛齐平的地方，然后另一只手像钳子一样撬开了它的嘴，眼睛凑到牛嘴里去看了看。然后说："这牛当耕牛卖没人要，当肉牛卖吧。你们先好好养着，每天用水兑点尿素给它喝，牛肉长得快。"

兴国说："当肉牛论斤卖太亏了。这牛适合耕地呢，你看看它的骨架，再看看它的腿，还有这肩峰，多高。"

牛贩子说："主人都驯不成的牛，别人还能驯成吗？"

这时匆匆赶来的螳螂说："这可不一定呢，主人是因为舍不得打。"

牛贩子白了他一眼，说："不是这样吧，这牛鼻子都扯破了还舍不得？再说，牛额头上这一撮粗硬的白毛，是败家相，谁会买去养在家里？"

螳螂说："你这做生意的就是会说话，硬把吉牛天相说成败家相。这是一轮皓月当空，你可知道包青天的额头上也有一个月亮？"

牛贩子拉了拉披在肩上的衣服，说："这哪里是一个月亮，就是一撮白毛，可惜长的不是地方。"

螳螂说："你买去把它染染黑，牵牛市上卖，谁也不知。要不是这牛是四家人合养的，我早就这么干了。"

牛贩子说："做我们这一行的，靠的就是信誉。"说完就径直往来时的路走去。兴国一看势头不对，追上去问，再养几个月你来？牛贩子伸出一根手指，说十个月，然后被风吹走一样消失了。

兴国脸色铁青，抱怨螳螂说："你这么能，我看你怎么牵牛市上卖掉！"

螳螂回应说："如果一年内卖不掉，我牵去就是了，只要工钱少不了。"

兴国说："再养一年，你养吧，我可是一天都不想看见它，看见这贱牛就想抽它，恨不得宰了它。"

螳螂说："还会有人上门的。"

后来再没人来买过包公，但是我们也没有喂它吃尿素什么的。因为尿素贵着呢。这样，一头原本命运叵测的牛，就稀里糊涂地自由到了那年的深秋。

那年深秋跟往年的深秋一样，草大多枯了，落叶树红了，田野里的稻草垛星罗棋布，矮矮胖胖、敦敦实实的，它们面无表情地守望着秋风萧瑟的田野。田野就像一具枯瘦的尸体，板结的土层排列着整齐的稻茬，就像僵硬的躯干上没有了呼吸的毛孔。村里人为了让它再次活过来，必须把板结的田土重翻一遍，在上面种植适合冬季生长的作物。

这时候牛又派上用场了。老老嬷又被螳螂和兴国抢走了。当然秉德老汉也不示弱。这几乎是惯例了，只要一到需要耕地的季节，我家总是轮不到耕地。更可气的是，他们牵走老老嬷，晚上也不把它牵回牛栏了，说是包公老抢草料吃。其实是怕第二天老老嬷被别家抢走了。

以前，当包公还小的时候，谁家牵走老老嬷耕地，包公就捎带着养，现在却不行了，怕它捣乱，必须由轮到养牛的那一户人家照常养它。也是巧，那些日子刚好轮到我们家养这母子俩——老老嬷既然被人牵走耕地了，就不用管它的温饱了，包公却需要我或山子去放牧或者喂草。

实话说，现在的包公越来越难养了，这也是我们几家都讨厌它的原因。它不仅仅成了一个名副其实的"闲散人员"，光吃草不耕地什么的，而是自从它被驯化而不成以后，就变得更加乖张乃至暴戾了。回想几个月前，它与山子和我还那般亲昵，那时候我们还是小伙伴的关系，转眼之间，我和山子也有点怕它了。

它的恶名已经昭著，就像我母亲在那几年的名声。几乎每天都有人在议论：它如何难以驯化，如何追着人群踩踏，就连牛贩子来了都不敢买……说着说着，有人的想象力跨越了现实，说某某年在公社大院门口，被五花大绑立即执行枪决的那个反革命，额头上不也长着一撮白毛吗？这样的联想一旦展开，就再也收不住。额头上有一撮白毛的死者被一个一个唤醒了，他们有的是病死的，有的是上吊的，有的是冤死的——尤其公社门口被当众枪决的那个，他那被子弹洞穿的魂魄一遍遍安置在包公身上，使得所有人看待它的眼光变化了。

当我和山子赶着它穿过街道，总有妇女紧张起来，大声呼唤她的孩子赶快躲避。就像有小孩在路上看到我母亲，就喊"鬼婆来了，快跑，鬼婆来了！"包公亦是如此。当我们赶着它经过一片墓地，就会不由自主地想到一个个额头上长白毛的鬼，在坟头上探头探脑，我们就使劲抽打它，逃一样离开。当我们终于把它赶到山上，和别人家的牛一起吃草，就会有人来把它赶开。偏偏有一头跟它同龄的小母牛看上了它，两头牛眉来眼去，吃着吃着就吃到一块去了。那头牛的主人对着我们大发雷霆，说包公是反革命投的胎，不能跟根正苗红的穆桂英凑在一起吃草。

山子说："反革命怎么啦？就算这头牛是反革命也有权利在这个山上吃草！"

那个人说："我没有说它不能在这个山上吃草，我只是说反革命不能和穆桂英在一起吃草。"

山子说："它们要凑到一起吃草，我管得着吗？"

那个人说："你管不着，我管！"说着就把包公赶走了，并且挑衅说："你家反革命的额头上明明写着一个冤字嘛！还不承认！"

山子捡起一块石头，朝他家小母牛砸去："去你妈的穆桂英，它肩膀上插着两面旗了吗？头上插两根雉鸡毛了吗？凭什么它就是穆桂英包公就是反革命？哼！总有一天，我家包公会骑在它身上，让它知道究竟是什么货色，哈哈哈哈……"

"你、你放屁！鬼婆的儿子！"那个人冲上来和山子打架了。一听见打架的声音，其他放牛娃就都赶过来帮忙了。我和山子是打不过他们的，只好赶着包公灰溜溜地离开。山子朝他们喊："你们等着，我家包公迟早会把你们的牛统统打败！看你们还敢不敢说它是反革命！"

包公以骁勇善战名满吴村，不是一夜之间，而是两个星期。那些日子，山子联合阿卫、阿红、伟峰，一起赶着包公去和村里的放牛娃交战。其中包含人与人的交战，牛与牛的交战。一直想当大王的伟峰等这一天，显然等很久了，他有些像电影里敢死队的队长，用一根红绸带捆扎在额头上，还把家里的一对双节棍都带上了。据说那是他习武的爷爷留下的遗物。

那帮欺负我和山子的混蛋，一见这阵势，都不敢和我们打。伟峰两手甩着双节棍说："你们不敢打，都认屄了吗？"他们连屁都不敢放。伟峰说："如果人认屄，就把牛牵出来，斗角！"结果也没有人敢把牛牵出来。伟峰就发火了，骂了他们足足三分钟。然后，我们强行把其中一头公牛和包公赶到一块儿，堵住它们的退路，让它们嗅到对方的气息，看到对方的眼睛。当公牛看到公牛的眼睛，一般就决定战与不战了。

在我们眼里，公牛之间没有友谊，只有争斗。如果遇到有退缩的公牛，掉头想走，必须想方设法让它们的牛角碰到对方的牛角，一旦碰上了，不管之前想斗还是不想斗，都不会轻易认输，这是牛的天性。当然，也有牛角与牛角始终碰不上的情况，这时候就要用伟峰的双节棍偷偷地击打双方的牛角。牛感觉到击打，就以为对方的牛角顶过来了，就会低头迎上去，不多时双方的牛角就真的顶在一起了。几个回合后，你就是想把它们赶开，也无法赶开了。

事实上，一旦激战开始，就没有人会去把它们赶开了。因为每个人都希望自己家的牛为荣誉而战，将牛赶开就是认输了。而我们的包公，因为是我们几家决定卖掉的，所以更不吝惜它的身体。一旦看见它有败势的可能，就狠狠地抽打它，逼它斗下去。加上它也确实好斗，其亢奋的状态完全与耕地时的萎靡相反，这样，它就把第一头与之交战的牛斗败了。那头牛跟它差不多大。

接下来几天，它又连着斗败了三头牛：其中一头是老年公牛，它的角咔嚓一声断了；其中一头年纪比它稍大，它们斗了两个小时，最后被包公从侧面撞翻，爬起来后认输了；还有一头是没阉干净的阉牛，我们都叫它李莲英，它会装着逃跑，然后伺机偷袭给你致命一击，包公险些被它捅穿下腹……

休养几天后，包公又斗败了一头正值盛年、名叫黑岩的公牛，正是斗败了这头以稳健、力大著称的公牛，包公才名噪一时了。人们说，没想到包公耕田不行，斗角却天生厉害，小小年纪能斗败黑岩，你们一定给它吃太岁了吧！——我后来读书了才知道，太岁又称肉灵芝，传说是秦始皇苦苦找寻的长生不老药，乃古代帝王养生佳肴。据说我们这里在造水库的时候曾经挖到过这种肉乎乎的东西，可惜那时候的人破除迷信，拿去喂猪了。

然而，就算包公服用了太岁，战胜了黑岩，它也不是吴村真正的"牛魔王"，因为它还没有与村里最凶恶、最霸道的红骚牯发生过交战。

也不知道红骚牯与包公是不是真有血缘关系，或者仅仅因为毗邻而居的缘故，它们平时遇到从不斗角。当然，也称不上友好，只是相安无事罢了。可是那天中午，我和山子赶着包公回家，路上突然出现几个人跟我们说，红骚牯在前面等着包公斗角了，它会灭了它。果不其然，当我们赶着包公路过水碓，红骚牯从里面喘着粗气奔出来，径直朝包公冲来了。也不知道那些人是怎么挑起红骚牯对包公的仇恨的，不光包公没有思想准备，就连我们也没有。惊慌之下，包公几下子就被红骚牯顶得连连后退，接着就额头顶着额头，牛角叉着牛角。

　　它们眼睛圆睁，头都喜欢往低处使劲，前倾的姿势让牛前腿微屈，后腿发力，身上每一股肌肉都呈现出清晰的肌理。我简直被迷住了，心里为两头牛同时鼓劲。但是不一会儿，我就发现变成包公在前进、红骚牯在后退了，然后又变成相对静止的对峙状态。这样来来回回，两头牛的眼睛都变红了，牛的四蹄拼命地往地里蹬、刨。围观的人使劲地喊着"加油！加油！"，牛出汗了，阳光暗哑，时间开始变慢，空气中充斥淡淡的咸湿气，掺杂牛粪的味儿。

　　奇怪的是，两头牛斗得难解难分之时，牛肚子下都挂出了一根肠子一样的东西，有时缩回去，有时又挂下来。当我要研究它们的挂与缩，是否跟牛的进与退有关时，没想到势均力敌的红骚牯突然抽身，顺着回家的路狂奔起来了。包公失去了对手，紧追不舍，快要追上时，红骚牯一转身，两头牛又像刚才那样额头顶着额头，牛角叉着牛角了。看到两头牛继续斗，跟着奔跑的人们，有的吹起口哨，有的发出喊声："某某，快去叫你爷爷（奶奶/爸爸/妈妈/哥哥/弟弟/……）来看斗牛——"

　　于是整个下午，吴村的街巷里都有人匆匆地奔跑着，他们的脚步声由远而近，最后都汇聚在两头牛周围，终止于越来越高亢的呐喊声中。而斗得兴起的两头牛，它们的脚步也一直未停：它们从上麦畈的水碓门口斗起，斗到了树田的田里，田里种有蔬菜，被乌拉乌拉的吼声以及大棍小棒赶走后，它们跑开了一段距离，又约好似的跑到学校操场上斗，那时候还没有放学，两头牛的角逐尤其看客们的喊叫，把几个胆小的女孩吓哭了，两头牛被赶来看热闹的大人再次赶走后，又开始狂奔，最终在金塘河边的草坪上斗了起来，斗得飞沙走石，身上遍布伤痕，眼睛由红变绿，但是都没有一点想结束的意思。

当太阳西斜，糊工分从山上干活回来，听说他家展昭与我们家包公斗了几个小时不分胜负，他又气又急地从家里拿来一个浸了煤油的火把，把浓烟滚滚的火焰戳到牛的鼻子上去，两头牛这才气喘吁吁地你追我几步、我追你几步，被大人们分开了。但是它们还时不时地突然发力，冲破阻拦，斗上几下，就在那种闹哄哄的情形下，红骚牯将一只牛角扎进了猝不及防的包公的眼睛，包公跟跄一步，蹿跳了起来，接着就猛然倒地……

后来我们知道，那一天红骚牯之所以斗志昂扬，与包公兵戎相见，是因为在包公到来之前，那些放牛娃轮番牵牛来与它斗，但是斗几下就马上分开，不让它斗过瘾，它这才憋着一股气，见谁灭谁。而它在争斗过程中几次狂奔，并不是企图逃跑，而是为了歇一口气——久经沙场的牛，懂得控制争斗的节奏。

这一场生死决战，使得两头牛都成了吴村斗牛史上的新传奇，它们的故事注定要被口口相传，添油加醋，历久弥新，但是它们都为此付出了代价。尽管红骚牯战胜包公之后，威望如日中天，细心的人还是会发现，那场决斗耗尽了它的精气神，它不仅显得暮气沉沉，而且走路微微打晃，人与牛都避之唯恐不及。它已然成了一个"孤佬"，等待它的将是活力萎缩，生命衰微。

虽败犹荣的包公呢，虽然年纪轻轻就名垂青史，而且有着旺盛的精力，不怒自威，被村里人奉为真正意义的"牛魔王"，但是被红骚牯戳破一只眼球后，它就成了一头怪里怪气的独眼牛，很多日子不能适应只看到世界的一个侧影，它不免沮丧暴躁，显得更加阴郁。它这个样子，不仅让人感到害怕，就连曾经钟情于它的小母牛也不愿它靠近。它每回想献殷勤，肚子下挂出它的"肠子"，小母牛见势就跑，它追几步追不上，偏斜着头，牛嘴朝空气中咧了又咧，显得可怜兮兮。

兴国和螳螂一直为包公失去一只眼球耿耿于怀。他们找过糊工分，要他赔偿三百块。糊工分说："讲什么笑话，钱是不可能赔的，一分都不赔。"兴国说："你是不是骨头又痒痒了想找打？"糊工分说："你去问问老一辈吧，自吴村建村以来，有没有人为牛斗角斗伤了一头赔过钱？"螳螂说："我们家的包公是因为你拿火把袒护红骚牯才受伤的。"糊工分说："我拿火把去把它们分开是没假，但是它们再次斗起来时我站得老远，可以找到证人的。如果你们觉得吃了亏，那就再次把它们拉到一块斗吧。你家的牛有本事，斗死展昭，我毫无怨言。"

兴国和螳螂倒不是没有想过再斗一次，但是他们发现两头牛在牛栏过道里迎面相遇，都默默地避着对方，就失去了信心。

"父子，毕竟是父子啊，它们肯定相认了。"

兴国和螳螂其实也怕它俩再斗起来。后来就把包公赶到糊工分家的菜地里，让包公把他家一畦乌冬青吃得只剩下根，糊工分知道后也没有敢找他们算账。他们觉得糊工分低了头，这事也就过去了。——问题是，这事过去了，包公少了一只眼球却一辈子都过不去，它那黑洞洞的眼窝里永远长不出一只新眼球来。作为独眼牛，包公将来走起犁路来很容易偏向，更何况在成为独眼牛之前它就没有把犁路走正过。于是我们四家经过一番商量，要把包公当作肉牛卖掉了。为此每户人家都拿出数斤尿素。

尿素是一种白色颗粒，用水兑稀了泼在干草上给它吃。牛有吃咸的喜好，我怀疑尿素也是咸的，所以它吃得满心欢喜，喂了几次就换了一身毛，油光光的像一个抹发油、穿西装的小伙子。

村里人说："这老虎叼的，瞎了一只眼反而越活越滋润哩，割一块肉下来，肯定又嫩又鲜。"

有一天，几个大人又凑在一起商量说，如果那个牛贩子迟迟不来，就由螳螂和兴国牵去牛市上卖。没想到就连秉德老汉也同意这么做。毕竟，卖了这个闯祸的主，每户人家多少能分到一笔钱，再养下去牛长不了多少分量，尿素也快喂光了。但现实却又把包公留下了。

我爷爷就是在这个时候从姑姑家回来的。就在螳螂和兴国兴致勃勃地打听汤溪牛市是哪天、罗埠牛市是哪天的日子里，他一个人挑着两蛇皮袋破破烂烂的东西，从我姑姑家回来了。他默默无语地走进我家，放好行李，然后在门槛上坐下歇息。

我母亲对爷爷的回来很有意见，认为他在农忙时节尽帮着女儿家干活，等到冬闲了又回来吃白饭了。不过母亲不敢当着爷爷的面这样说。我母亲因为超生拖累了家里，有些气不能生。母亲只是对父亲说："你爹回来了，你安排一点活给你爹做吧！"

父亲想来想去，想不出有什么活让他做。此时是一年中最空闲的时候了，粮食已经进仓，冬季作物已经种下，离过年还早。倒是爷爷把包公赶回家来了。

爷爷说："趁天冷牛不出汗，垄上又有闲置田地，我带着山子把牛驯出来。"

这个活无疑不在父亲的考虑之内，而且他担心牛会伤人，所以过了一会儿说："爹，这牛我们已经准备卖掉了。这是头比红骚牯还难养的牛，不要说你一个老头子，村里五六个壮劳力都制服不了它。早几个月前，你回来驯还差不多。"

爷爷说："这么好的牛卖了可惜啊！"

父亲说："有什么可惜的。卖了分到钱，我想去买一头小牛养养。"

爷爷说："红骚牯当年就是我驯出来的。"

父亲说："当年你有力气啊。"

爷爷沉默了，把包公关在屋后一间空置的柴棚里，喂给它一些干稻草。爷爷看着它吃，自己掏出一根竹根做的烟斗，蹲一边抽旱烟。抽着抽着，爷爷的眼睛渐渐浑浊了。爷爷说："他们可真狠哪，把你整成这样。但愿还能把你驯回来。驯回来了，他们还会把你养着。如果驯不回来，就只好把你卖掉了。唉……"

爷爷的话，让我对包公也产生了一丝怜悯。

我说："爷爷，你也带我驯包公吧！"

爷爷选择在垄上驯包公，是因为这里隐蔽，还有我们家的承包田。

爷爷快七十岁了，一张皱巴巴的皮附着在骨头上，两只眼睛深陷在皱褶里，他平时不爱说话，喜欢用鹰一样的眼睛，盯着人看。

爷爷穿的衣服是用布纽扣从一边腋窝，一下子扣到另一边腋窝下方的那种老式衣服。这种衣服好像是用一大片布缝起来的。裤子则好像是把两块裤片缝在一起，裤筒又宽又大，在裤子上端缝有一块白布作为裤腰，裤腰用一根红布条系住。这种裤子没有前开门，爷爷想要尿尿，得把裤腰带解开，尿尿时把裤腰带搭在脖子上。而且，爷爷因为患有烂脚病的缘故，每次出门干活都要用纱布裹好烂脚，穿雨鞋。

那天，爷爷穿上雨鞋，用一把锄头当扁担，挑着犁田工具上山，一路上歇了好几次。等他到了垄上，就安排我们去砍来棘刺条，用棘刺条掺杂细竹丝编制成一个牛嘴套，套在牛的嘴巴上。他还用一根红布条，把牛的眼睛蒙起来了。那根红布条其实就是他的裤腰带，他用一根细软的藤蔓从腰间换下了它。

可能包公从小到大，还没有被人蒙过眼睛，尽管它现在只剩一只眼睛了，比正常的牛少一些视阈，但是它照样不习惯两只眼睛都看不见东西。当爷爷的手一松开，它就像箭一样射出去，在田里乱蹦乱窜。垄上的田大多是梯田，它一会儿就撞到梯田内侧的田坎，一会儿又跑到梯田的外侧，一脚踩空，从田埂上摔下去了。我和山子看它如此慌乱、恐惧，都担心它摔坏了，爷爷却阻止我们去牵制它，说是让它受点伤好，这样它就不敢再乱跑了。

包公跑了一阵，果真站住了，它的头扭来扭去，两只耳朵一只竖着，一只横着，或者相反。它好像在用耳朵辨别方向，然后朝着它认为正确的方向蹿过去，接着就会再一次撞到田坎，或者摔下田埂。如此反反复复，它好像有点疯疯癫癫了，在红布条制造的黑暗里如同寻找潜在的出口一般，怒气冲冲而又徒劳地跑来跑去，看得我提心吊胆，手心出了冷汗。

爷爷这是要干什么？他为什么还不牵包公学耕地——眼看大半个上午就要过去，岂不浪费时间？但是看爷爷严肃的表情，我和山子都不敢说出来。爷爷身上有一种奇怪的、阴森森的威严，它很强大。不过山子可不像我这么怕爷爷，他先是摸摸肚子，假装跟我说肚子饿了，故意说得很大声，然后就可怜巴巴地问爷爷，我俩是不是可以先回去，吃了午饭再来？爷爷并不骂人，只是瞪了山子一眼，山子就不敢吭声了。

过了一会儿，山子说："爷爷，那我们去给牛割一些草回来吧。"

爷爷说："不用割。"

山子更摸不准头脑了，他把我拉到一边，悲哀地看着我。我撇撇嘴。沉默中，我们对爷爷都有了一丝成见。他就像一台只会下命令的机器，让人无法产生亲近感。我们就使使眼色，偷偷地溜到田沟边，抓起泥鳅来。冬天的田沟里没有水，在有出气孔的淤泥下往往藏着泥鳅。待到太阳当头，我和山子已经抓获了二三十条泥鳅，才发现一直坐在石头上抽旱烟的爷爷早已站起来，正牵着包公在田里走。

包公浑身是泥，样子狼狈，脏得头上那撮白毛都看不见了。它的脸、嘴、鼻都被牛嘴套上的棘刺扎破了，上面有一颗颗黏状的血粒。但是它并不甘心，豁鼻孔里喘着粗气，还不时地做出挣脱的动作。爷爷就故意将它迎向田的内侧后放手，再用竹枝抽它一下，它跑不了几步就会撞到田坎上，撞了几下就老实了。爷爷就重新牵上它走，走了几个来回，它的头就渐渐低下了。爷爷趁机给它绑上牛轭，把犁铧插进泥土里，然后说："山子，你来牵着它走吧。"

山子跑过去，接过连接牛嘴套的缰绳。爷爷说："你就站在牛的左侧拉着牛，只管笔直地往前走，你只管往前走，走到头站住不动，听我口令后再掉头。"

爷爷又叫上我，吩咐说："庆子，你就站在牛的右侧，跟着我们走，当牛往你这边走偏时，你就抽它一鞭子。"

我的心咚咚咚地跳个不停。我问："怎么样走才算走偏？"

爷爷说："牛犁田，走路是一侧脚深、一侧脚浅的。当有了犁路以后，它有一侧腿走在上一趟犁出来的犁沟子里，另一侧腿则要走在没有耕过的田土上。如果不是这样，方向就偏了。听明白了吗……"

我说："听明白了。"

爷爷说："都听明白了就好。你们从现在开始听我口令，我喊一声，你们也跟着喊一声。"

爷爷说着，就举起竹枝，"piè"的一声抽在包公的屁股上（爷爷总是先抽竹枝，再喊口令，让牛对疼痛的到来没有防备），只见包公的屁股扭了一下，然后四条腿就往前迈步了。我看见它身后有一片黑黝黝的泥，就像从刨子里冒出来的刨花一样翻卷过来，然后倒在犁铧一侧。

爷爷喊起了口令："hōu，hóu！"

见我们忘了跟，爷爷又喊道："hóu，hóu！"

我和山子就跟着喊起来了："hōu，hòu——"

爷爷的声音短促、低沉，像一只豹子的怒吼。

我们的声音胆怯、生脆，像两只小公鸡学打鸣。

我们差不多驯了一个冬季。

头一些日子，是最难熬的日子——尽管包公的嘴戴着带刺的牛嘴套，眼睛蒙上了红布条，而且被之前没头没脑的乱蹦乱窜折磨得筋疲力尽了，但当它的肩膀被牛轭咬上了重量，它还是要反抗。它一会儿弓起背脊试图挣脱牛轭，一会儿左右乱拐，一会儿昂起头向后倒退，把犁弄歪。当这些动作都无以摆脱奴役，它就走走停停，任由竹枝抽打，如同一块石头……

爷爷最初驯包公的过程写起来就这么一段，事实上惊心动魄。我和山子都吓哭了。爷爷看到我们这么没出息，只好让我们站到一边，然后他一个人一手驾犁，一手抽打包公。包公可能感觉到左右两边少了约束它的人，脾气更大了，它恶意地使蛮劲，竟然跳起来，两条后腿狠狠地踢向爷爷。爷爷倒是镇定自若，始终把握犁把使犁铧插在土中，有了犁铧的牵制，牛就无法跑出田外。而且，它越是胡闹越容易疲惫，越疲惫越容易安静下来。等安静下来，就会温顺许多。

的确，包公就是在一次次筋疲力尽之后才老老实实地耕了几圈田的。根据牛的智力，教它听懂口令、学会耕耘规则，并不难，难的是它要服从。那一天，为了趁它不捣乱多驯它几个小时，我们没有回家吃午饭，包公配合着我们耕了两块梯田。可是等到山色迷离，爷爷把蒙在它眼睛上的布条解下来，它又是一阵乱蹦乱窜。好在接下来的任务是赶它回家，我和山子都身心放松了。

山子说："还是爷爷有办法，只用一天时间就把包公驯服了。"

我说："就怕它休息一夜，明天还不听话。"

山子说："放心吧，爷爷能制服它。"

我说："我还是害怕。"

不幸被我言中，第二天包公一出牛栏就不听使唤，它压根就不想再被赶到垄上，见到一条岔路就想跑，把它追回来，它干脆跳进别人家的庄稼地里去。我们光是把它赶到垄上，就花了大半个上午。终于赶进待耕的田里，再想给它绑上牛轭、戴上牛嘴套，它就像囚犯望见刑具般，又蹦又跳地到处躲。最后，是秉德老汉的意外到来帮了我们的忙。他和爷爷费了九牛二虎之力，终于让包公就范了。

秉德老汉说："梓桐，还是你回来好啊，这下包公有救了。"

爷爷"呃"了一声。

秉德老汉说："你这个蒙眼睛的办法真是妙极了。这下，它呆子一样哉。"

爷爷又"呃"了一声。

秉德老汉说："我们开始吧！我在左侧拉拽，山子、庆子在右边赶。"

这一回爷爷没有"呃"一声，而是往地里吐一口唾沫，手中的竹枝遽然一抖，"piè"的一声又一天驯牛开始了，或者又一天的反抗开始了又一天的鞭策开始了又一天的较量开始了又一天的胆战心惊开始了又一天的又饥又乏开始了又一天的坚持忍耐开始了……然后，这粗暴而险象环生的一天，结束在爷爷的一个口令里，筋疲力尽的秉德老汉、山子和我，以及包公都站住了。

可能在所有驯牛的口令里，牛对这个"wǎ，wǎ"的停止口令配合度最高了。不过，当爷爷把蒙住包公眼睛的布条解下来，它照样一阵乱蹦乱窜，连尾巴都像小时候那样竖起来了。秉德老汉瘫在田埂上，有气无力地说："这孽障，驯了一天，怎么还这么野？"爷爷没有接秉德的话，他默默地把耕田工具用稻草盖好，转而对我和山子说："嗯，嗯，牛肚子还饿得不够，回去后只给喝水，不给喂草。记住了？"

秉德老汉抢着说："这事就包在我身上吧。"

或许，正是爷爷倡导的让牛饿肚子的方法，成就了包公的被驯化。或者说，包公后来能听从我们使唤，耕掉了垄上所有闲置的田地（我家和别人家的），很大程度上，与它无法忍受饥饿有关。我们知道在这之前，它并不害怕恐吓、牵制、抽打，也不屈服于红布条制造的黑暗，但是伴随疲惫与饥饿，它表现出了无奈、妥协与软弱。它在疲惫与饥饿甚或绝望的多重折磨下，慢慢习惯被命令，一点点接受人的指挥，最终斗志丧失，像一个迷路的孩子，哞哞地叫着。

那是没有给包公喂草的第三天了，它已经饿得毛发暗淡，两腿哆嗦，脊背处因为胃囊空瘪显得形销骨立，尤其髋骨下两个对称的凹槽，仿佛能盛下两碗水。我和山子赶它去垄上，它走路时蹄子老被石缝夹住，遇到岔口不是不想逃，而是没有逃的力气了。来到待耕的田里，它只是象征地挣脱几下。如此一来，参与驯牛的人就放松多了，等到秉德老汉再来帮忙，我干脆就爬到山上摘野果吃。可是终究放心不下，等吃了几个快要烂在藤上的猕猴桃回来，果真看见包公躺在泥土里。

它这是要死了吗？我跑到田里，看见它的肚子一鼓一瘪，嘴里呼出微弱的苦涩的气，那只白多黑少的独眼里流露出乞怜的神情，豆大的泪珠滑过被棘刺扎破的脸，落进泥里。看到这一幕，我的心难受了几下，很想哭。

即便如此，爷爷也不允许它继续躺着休息，他大声呵斥它，用竹枝抽打它，它还不起来，就和秉德老汉一人攥牛嘴套，一人拽牛尾巴，逼它站起来。爷爷怒不可遏地说："它必须站起来！一旦心软了这一次，它就会老耍赖，就永远驯不成它啦！"

我至今理解不了爷爷对包公的感情，源自爱还是恨。如果是爱，他为什么对包公这样残忍？如果是恨，为什么不同意兴国他们将它卖掉，干脆让它早点死？

爷爷饿了包公四天，包公差不多奄奄一息，就连反刍都停止了，我和山子偷偷喂给它草，爷爷骂我们"尽添乱"。——整个童年记忆里，爷爷是不允许我们做没有经过他同意的事情的。当天空落雨，我们去溪边钓鱼，爷爷把我们的钓鱼竿没收了，骂我们"知不知道会发洪水"。当我们爬上梯子，去捉墙洞里的麻雀，爷爷拿石块掷我们，叫我们快点下来。就连我们吃饭，筷子米粒掉到桌子底下，他也要瞪我们几眼。所以不管爷爷拿怎样的方法驯包公，我们都只能配合……

爷爷饿了包公五天，包公没有走到垄上就扑通一声跪着倒下了。我和山子有些慌张，求爷爷快给它喂草："它太可怜了，爷爷，它会饿死的，爷爷。"爷爷说："今天你们可以给它喂草了，它的四个胃都饿空了。但不要拿到这里来喂，而是拿到耕田的地方。"

我和山子就像两只小鸟，在山沟里扑棱棱地寻找适合牛吃的青草。毕竟冬天了，青草匮乏，我们割了好一会儿才割了一小捆送达垄上。这时爷爷和包公也到了。爷爷说："牛要套好牛轭后才能给它喂草。"

牛轭套好了。爷爷说:"现在你们给它喂吧。"

我们把青草送到包公嘴边,包公的胃肯定饿坏了,吃草吃得很慢,似乎也不香,吃一会儿抬头看看我们,仿佛是疑惑,又像是怨恨。

爷爷一声怒吼:"快点吃!吃了干活!——不想干活,饿死你!"

爷爷一点也不像秉德老汉当初说的那样,懂得尊重牛,善待牛;相反,他比兴国对牛还要狠。这以后,每次耕田前爷爷都要给包公套好牛轭后再给它喂草。仿佛故意羞辱它:你如果想吃草,那就得乖乖地套上牛轭,老老实实地耕地。这个训练方法经过多次强化,包公一到耕地的环境,便不自觉地把吃草与耕地两件事情联系在一起了。数天之后,包公就基本不反抗了。当我们割草给它吃,它的眼里甚至流露出感激。

这时候,爷爷对包公终于变得耐心一些了,耕地时很少使用竹枝,中间还让它休息,若见到牛身上叮着蜱虫,就用草鞋拍下来踩死。但是,当包公在没有人跟在左右两侧牵引的情况下,仍不能把犁路走好时,爷爷翻脸比翻书还快。爷爷对牛发起怒来,就连我们都感到害怕。

爷爷说,一头合格的耕牛,人一声喊就会跑到田中央来配合人把牛轭戴上,耕地时头永远低着,无论风雨雷电日头暴晒,都不偷奸耍滑。好的耕牛"不用扬鞭自奋蹄"。在爷爷眼里,包公现在仅仅是不反抗了,这是驯牛的第一步,与一头真正掌握耕田技术、忠于主人的耕牛比起来,还差得远。更何况,包公只有一只眼睛,原本能起牵制与指挥作用的牛鼻绳又是用系住牛嘴套上的缰绳代替的，对包公的驯化自然要多费一些周折，每一个动作都要反复矫正，直到完全正确。

在那个冬季，我们几乎每天都跟着爷爷驯牛。

大山里的冬季特别冷。早上起来，石头、土坎、衰草、枯叶、瓦片上，都结有一层白霜，它要等到太阳出来后才融化。夏天的时候，太阳是从一座叫新屋前的矮山上出来的，可是到了冬天，它就从坑上坞的顶峰上出来了。那是一座海拔一千五百米的高山，太阳从它的背面爬上来，是九点钟以后的事了。此时我们早已踩着被冻坏的、踩上去会发出噗呲噗呲响的山路来到垄上。

我们的脸都皲裂了，手脚有冻疮，山子还受了一次伤。

山子之所以受伤是因为爷爷逼他学耕地。爷爷说："山子你有十二岁了吧？也该学耕地了。以后我们家就靠你们了。连牛都要学耕地，你为何不趁现在也学学？我像你这么大的时候，你知道吗？我们家有很多土地，山上树也很多……我爹跟我说，梓桐你以后想要管理好长工短工，就必须从小学会耕地、种地……"

山子说："那时候不是现在。"

山子自然不愿意学。因为同样的日子，别的孩子都在家里玩，用烘火盆烤豆子、红薯吃，只有我俩要天天陪爷爷来垄上，这在旁人眼里是不得了的事情了，就连母亲都反对我俩跟着来。但是每天吃过早饭，爷爷就站在门口等着我们一起出发，我终究不敢说出"不去了"这句话。山子自然也不敢说"我不学"。

爷爷就训起山子来："你以为我乐意逼你？我还不是为了你们

好。我这么大年纪了，谁愿意大冷天出来驯牛？还不是看牛可怜，不把它驯起来那些混蛋会卖掉它，它就会被人杀了吃。而你们，将来总要成家立业、生儿育女的，为何不趁现在跟爷爷好好学耕田，爷爷老了，过了年就死了也说不定……"

山子嗫嚅道："爷爷！我以后，不会在家里种田的。"

爷爷一听就火了："你不在家里种田，那你要上哪儿去？！"

在爷爷的逼问下，山子再不敢说什么。过了一会儿，爷爷就把手中的缰绳交给他，让他站到驾犁的位置上……一切看起来都那么顺理成章：包公被驯服了，山子就要长大，需要学耕地的他真的赶着包公犁田了。学了没一会儿，爷爷就拿着竹枝，跟在包公和山子身后，不停地训诫着——

"犁田是这样犁的吗？嗯？犁出来的田深深浅浅，犁路间有地方漏犁了……"

"要让牛犁到田头，再把犁向后搬……现在干活是为自己干了，不要像在生产队……瞒得过我，瞒不过日后田里的庄稼。"

"嗯？你连这点苦都受不了啦？！——你别给我站着，走！"

爷爷的竹枝突然抽打在山子的腿肚子上，山子尖叫一声，跳了起来。可能是他的尖叫惊吓了包公吧，只见包公在山子松开犁把的瞬间健步如飞，山子赶不上，使劲拽住犁把，使得整张犁因为两股力的拉扯脱离了地面，悬在了牛屁股后面。

爷爷喊："把犁插到地里去！把犁插到地里去！"山子毕竟没有经验，当他把犁铧往地里插去的时候，犁铧扎伤了他的脚。他哀号起来……

包公撒野一般，拖着犁铧又跑了一段，然后它可能意识到自己犯错了，在田头上悬崖勒马。爷爷让我上去拽住包公的牛嘴套，自己则解下了红色裤腰带为山子包扎。山子一边喊疼，一边哭着："我说过不学耕田的，我就是不想学。为什么一定要让我学啊。我不是牛，我不要像牛一样活着！一天到晚干活……"

面对山子的哭诉，爷爷一言不发，临走了才说："上麦畈、一犁、后上坑，还有这垄上，以前都有我们家大片的田地啊。为了置地，先人们撑排贩树，苦心经营，哪样苦没吃过！……后来全国解放，土地归公，集体劳动，没有人比我更积极接受改造。我不愿像有些人那样磨洋工！可是现在，集体说解散就解散了，土地又分回每户人家了。唉，就这点地，我用得着逼你们学耕田吗？我是指望你们从小学会吃苦，将来有一天，你们攒钱……"

爷爷说着说着，老泪纵横了，很难受的样子。

"山子啊，你年纪小，不知道爷爷心里苦。你不知道就不说了。可你知道村中央那栋六德堂吗？那原是我们家的屋。既然现在，集体已经解散……唉，你在听爷爷讲吗？"

山子说："我听不懂呢，爷爷。"

爷爷的嘴张着："走吧，爷爷不讲这些了。"

当爷爷把山子背回家，爷爷的眼睛还潮湿着，母亲却只看到山子脚上的伤，以为红腰带上的红全是血，母亲是无论如何都不同意爷爷再带着我们驯牛了。她抱着阿图，喋喋不休，把爷爷农忙时在姑姑家帮忙、冬闲回来吃白饭之类的话也顺带着骂了。爷爷不做任何回应。

此后，爷爷就在我们起床前一个人赶着包公去垄上。

母亲说："得令，你跟你爹多说说，没事就给家里砍柴，牛又不是我们一家的。"

父亲说:"你跟他说吧,我跟他说不会听。再说,他耕田有什么错?"

母亲说:"他农忙时躲在外面帮女儿,回来了天天驯四家人的牛,不给家里干正经活,难道我还错了?"

父亲目光低垂着,说:"那是他生病了,看病的钱我们可一分都没出。而且超生的罚款,我跟我姐借了不少。"

母亲骂了一句"该进棺材的",摔了一样东西,好几天不理父亲。母亲也不让我出去,让我陪着山子养伤。可是,奇怪的是,我陪着山子歇了几天,却发现待在家里度日如年,可能我已经习惯早出晚归,就连做梦都梦到和包公在一起,仿佛那是同甘共苦的岁月。我就又去垄上陪爷爷驯牛了。

而此时,包公经过一个冬季的训练,已经被爷爷调教得听话,懂规矩,任劳任怨,完全可以说是一头真正合格的耕牛了。

爷爷终于结束了对包公的驯化,我们一起把它赶回牛栏后,就开始等待过年。那个年过得平淡,像一块没有加热的年糕,但是过完年就热闹了,因为我们村有人凑钱请来了戏班,叫野百合婺剧团。我们村已经很久没有请戏班来演戏了。这时候,每家都要给亲戚捎去口信,邀请他们来看戏,亲戚来得越多就越让人脸上有光。我家自然不能免俗。于是那段等着看戏的日子,我和山子得空就要跑到大会堂去看护自己家的长条凳,不让别人调换位置。当戏班来的时候,我们虽然看不懂演员咿咿呀呀演的什么,但是当大锣大鼓响起,配以大小唢呐伴奏之时,我们就知道武戏要开打了,就冲进大会堂去看，等咿咿呀呀又唱个没完就跑出来……

只是，美好的时间总是匆匆流逝，那么短暂，戏班走后，谁也料想不到，我们会这么快地目睹包公的下场。因为正月之后，天气转暖，就又到了需要牛耕地的日子。老老嬷被螳螂家牵去耕地了，兴国等不及，就把包公赶到他家田里去了。兴国在路上遇到我爷爷，还不高兴地说："梓桐叔，它都被你家霸占一个冬天了，你还想霸占到什么时候？他娘的也该轮到我们家耕了。"

爷爷自然说不出，包公由他驯好了，就不许别人家使用。爷爷只是担心，包公会被他们重新耕坏了，希望他们能善待包公，耕田时讲究方法。因为根据他的经验，包公身上还有野性，有几项耕田技术还不娴熟，本想在接下来的日子里再做矫正的。兴国嗯嗯地答应着，事实上爷爷的话根本就没往心里去，所以当他还像以前那般粗暴地对待包公的时候，完全没有意识到危险即将来临。

牛是认人的，能分辨人的好坏。牛耕田时就更认人。尤其刚刚驯化成功的耕牛，它暂时只认驯服它的人。一旦临时换了耕田人，它会不适应，如果再加上耕田方法不按驯化时的套路操作，它要么不走，要么对着干。兴国却一味地认为，包公跟他使性子，是不畏惧他，唯有加重对它的惩罚，才会让它变得俯首帖耳。于是第一天他和儿子伟峰就把包公的皮肉抽得重新隆起来了。

而且这两个该诅咒的家伙为了尽快多地耕地，不知从哪里学来一招驱使牛卖力的方法，于第二天用在了包公身上。那方法就是用盐水在牛耕田前淋刷牛的肩膀，盐水渗进长茧开裂的皮肉，牛会感觉刺痒难忍，这时套上牛轭，牛就会觉得解痒，就会越拉越卖力。结果一个上午兴国和伟峰驱使包公耕了很多地，等到吃中午饭时，兴国喜形于色地去取下包公肩上的牛轭——也不知道包公是因为不愿被他取下解痒的工具，还是醒悟到这一个上午的劳作是出于人类卑劣的手段，它就把头一低，突然冲着兴国顶了过去。

兴国被一下子顶在了牛头上，包公顶着他，绕田埂跑了一圈才将他扔下。兴国就像一只抽搐的田鼠，痛苦惨叫，满地打滚，他家人奔上去问他，才知道他的卵袋被牛角戳中了。最初大家都以为是卵袋里的睾丸碎掉了，就像打碎在碗里的蛋，有蛋清有蛋黄，他的女人为此哇哇大哭起来，担心下辈子要守活寡。众人就七手八脚地要把兴国抬到井下村去，要让驼背（一个会阉牛的赤脚医生）剪开他的卵袋看看里面到底碎了蛋没有，碎了的话，看看能不能塞一颗羊睾丸进去顶替。但是躺在泥地里打滚的兴国双手捂住下阴，一味地哇哇叫着，拒绝人的靠近。

后来，兴国的嘴里发出咝咝的呻吟，人蜷缩着，直流白汗，从附近赶来的人们一时帮不上忙，就都散去，回到自己田里去干活了。所以等到兴国腿间的疼痛稍稍缓和，人渐渐站起来之际，村里人都没有注意到他举起了放在田埂边的锄头，就像当年有人怒气冲冲地刨开祖坟似的向牛头刨了过去，牛一定察觉到空气中瞬间弥漫的仇恨，欲转身向前蹿去，但是锄头如此迅捷，一下子就落在了牛屁股上，再一下子就落在了牛后腿上，闪亮的锄头刃好比一道寒光，当即就断了它的一根脚筋……

这事发生后，兴国一家一直瞒着，我们几家忙得要命，就连小孩也要卷起裤脚、戴着斗笠，帮着大人干活——所以都以为包公一直在他家耕地呢，直到有一天秉德老汉像寻找丢失的钱夹一样来到我家地里，见到我爷爷两腮一缩，就哭了。

"梓桐。"

"怎么啦？"

"包公，它被兴国废了。"

"废了？"

"嗯，废了。"

"阉了？"

"不是。"

爷爷怔住了，他没有继续问秉德老汉怎么回事，而是把头偏向一边，一动不动地站了一会儿，秉德老汉要接着说什么，他才转过脸，叹一口气说："可惜了。"

秉德老汉附和说："谁说不是呢！是你和山子、庆子，忙了一个冬天。唉，多好的一头牛啊！还不是因为你……"

两个老人再没有说话。

包公被牵去汤溪镇牛市上卖的那天，我们四家都派人去了牛栏。天阴沉沉的，时间还早，包公从牛栏里出来了，是螳螂拽着它的"辔头"，没好脸色地牵出来的。包公的嘴豁豁着，瘸一条后腿，身上又结了一层鱼鳞般的牛粪，就像一个从桥洞里被人赶出来的乞丐。但是它没有乞求。它看人的眼神依然桀骜、阴郁，还有些凶气，或者仇恨，我分不清。

我多想靠近它，又不敢。我在心里呼唤，包公啊，包公啊！……顿时翻江倒海。一方面，因为它的变化，它的眼神。另一方面，因为它就要离开我们了。我知道，这将是永别。虽然我也知道，包公只不过是一头牛，是四户人家共有的，一头牲畜，它存在的意义只与耕田有关——如果耕不了田，它就会变成一堆待售的肉，而且，我们都是吃过牛肉的——但是，多么让人伤心啊，我在很长时间里是把它当作小伙伴看待的——不仅仅我，山子、阿卫、阿红、伟峰，甚至村里别的小孩，自从老老嬷将它生下来，就喜欢看见它，和它凑在一块。

一度，我们簇拥着它，在青草葱茏、自由自在的大地上放牧，就像真正的小伙伴那样用头顶它的额头，然后割最嫩的草给它吃，偷家里的鸡蛋，掏树上的鸟蛋，只为它健康成长。后来，它终于长大了，是的，它斗败了村里几乎所有的公牛，有叫黑岩的，有叫秦始皇的，有叫李连英的，就连红骚牯都差一点输给它，我们多么骄傲！——它可是我们看着长大的包公啊！哪怕在爷爷的抽打下，我和山子牵制着它前进、站立、拐弯、掉头，我们抱着救它的理由成为驯化它的帮凶时，我也没有把自己和它对立起来，因为我们同样都要听命于爷爷的口令，也是被驯化的对象啊……

就在我这么胡思乱想、独自哀伤的时刻，突然有人急匆匆地跑来。原来是兴国从家里拿来了一瓶墨水，他要把包公额头上的那撮白毛染染黑。螳螂发了很大的火，骂道："去你娘的×，都要卖掉了染个屁呀！好好的一头牛，都驯好了，可偏偏有人要害它！"螳螂的老婆也趁机叨叨着，她那张嘴你们也知道，毒得舌头上能甩刀。可是脾气暴躁的兴国，这一回低眉顺眼着，他走到一个堆满牛粪的角落，把墨水瓶扔了，然后他走回来，乜了两眼包公，给螳螂以及在场的其他大人敬烟。

他皮笑肉不笑着说："这牛生得晦气，不是都说嘛，反革命投的胎，卖了好。卖了它，我们把钱分了，改善改善生活。你们等着瞧吧，我明天就把老老嬷赶到公牛的牛栏里去过夜，说不定它还能生下一头活蹦乱跳的小牛犊来呢。到时候，小牛一出生就交给梓桐叔去驯养。你们说呢？"

这大概就是兴国对包公的忏悔吧。接着，螳螂就耳朵上夹着兴国的烟，拽了拽手中的缰绳，牵着包公往村口的枫树湾走去了。包公不停地转过头来……

此时天色渐亮，但湿气依然很重，蜿蜒小路伸向枫树湾，枫树湾的古树，古树下奔涌的溪流，溪流两岸的田野，在一点一点地淡化着牛的背影。我似乎听到了晨雾中隐约传来了哞哞声，声音拖得很长，很长……那一定是包公发出来的。

我已经记不清是谁先哭了，在我和山子、阿卫、阿红、伟峰中间，我肯定不是第一个哭的，但是我清楚，我哭的时间最长。当我回到家，眼睛还红着。父亲猜我是因为包公，劝我："做牛耕田，做狗守门，牛迟早要被卖掉或者累死的！"

那以后很长时间，我都会想起包公，想象它的结局，或者回忆我们在一起的点点滴滴。每当这时候，我就躲在屋后关过它的柴棚，在遗留着它的臭烘烘的气味里啜泣——不仅仅因为悲伤，其中也掺杂成长的迷惘与恐惧——直到时间绵延而无情地推移，我一点一点地将它忘记。

然后有一天，老老嬷也被卖掉了。老老嬷是因为再也生不出小牛，也没有了耕田的力气，四家人才决定将它卖给村里的屠夫——那个叫磨刀六的壮汉，宰了卖肉的。村里人都知道老牛的肉结实，炖起来香，有嚼头，所以老老嬷的肉还热气腾腾着，就被许多人买走了。我们家没有去买老老嬷的肉吃，但是它的皮由我父亲去向磨刀六折价买了来，做了一件坎肩和一家人的靴子。

　　家里从此没有了合养的牛，父亲一直计划着单独买一头，但是两次卖牛的钱都由于种种原因挪作他用，最后我们家养了一头猪。

抗　灾

这被暴风雨所打击着的土地，

这永远汹涌着我们的悲愤的河流

——艾青《我爱这土地》

生产队解散那年，我还没有出生。我在哪儿呢？在父亲与母亲的血液里。——不，也有可能游荡在坟地，每天晚上到村子里寻找投胎的机会。没有人告诉我这一切，我是谁，从哪儿来，又将到哪里去。当我于两年后出生，面对的是一个硬邦邦的世界，没有笑容，没有告知，我是在担惊受怕中出生的。

"又是一个男孩！"

"又是一个男孩？"

我似乎听到这样的对话。

后来才知道，我家已经有两个男孩。大哥叫山子，大我九岁，二哥叫庆子，大我七岁，现在又多了一个我。在我到来之前，父母太想要一个女儿了，或者说是为了想要一个女儿，才决定在贫困年月里生下我。我是一个计划外的孩子。不论是不可更改的性别，还是当时的政策，都与之悖反。母亲为了生我，吃了很多苦。据说抓计划生育的人很凶，哪怕孕妇逃到高山或者藏进地窖，都能抓到。或许，这就是母亲为什么会选择装死，然后在生下我之后被村里人喊作"鬼婆"的原因。问母亲，她总是不愿提及，只是偶尔的，父母会这样教育我：

"阿囡，等我们老了，你可要对我们好一点啊。为了生你，也被罚了钱呢！"

"阿囡，生你的时候本想生一个女儿，将来好照顾我们，等老了的时候……"

我的父母跟普天下大多数农民一样，总是害怕将来挨饿，害怕老了没人赡养，从而时不时地灌输我"孝顺"的观念。可我偏不！我不是他们的女儿——"阿囡"在我们这里是对女孩的称呼，我讨厌父母这样叫我。我愿意自己是顽皮的男孩，贪玩、好吃、多动。我一定让他们失望了。但是父母仍然很疼我。他们往往命令大哥去干这个，二哥去干那个，却允许我独自在家里睡觉，或者在野地玩耍。我挖蚯蚓，捉蚂蚱，追赶蝴蝶，偶尔也会感到空虚，对着天空发呆。

然而，当我再大一些，自由就一点一点地失去了。

父亲呵斥我："你也不小了，阿囡，明天跟我们一块上山去！"

我说："我才不去呢。山上有蛇。"

刚开始父亲只是嘴上说说，希望我一点一点地参与劳动——毕竟我越来越不像一个"囡"了——后来就强迫我。我说我宁愿不吃饭也不去帮忙干活。有一次我因为不干活饿了一天，到晚上，饿得肚子像着了火，我偷偷起床，到厨房里找吃的。厨房里什么吃的都没有，我饿到第二天，盼着母亲起床煮粥，母亲在灶台上忙乎，我闻到的不是粥的香气，而是长毛头的苦涩。原来，我们家已经没有大米。我什么都没说，全家人有一声没一声地味溜长毛头糊糊的时候，我仿佛看见桌腿也瘦了。

"狗娘养的国梁！就是他出的馊主意！什么玩意儿，"父亲又骂起国梁来了，"要不是分田抓阄前，他提议把溪边零零碎碎的田做成一个阄，倒霉就不会落到咱一户人家头上。我当时就反对，差的田要匀到好的田里去分，不能好上加好差上加差。大麦丁还帮国梁说话，说好的田和坏的田都不挨在一块儿，没法分。难道这些狗屎田就挨在一块儿了？"

母亲说："都过去的事了，说这些有什么用。"

父亲白母亲两眼，吼着说："没用也要说，我要让子孙后代记住这些王八蛋！"

母亲说："要是不交农业税、不被计生委罚，也不会这样……"

父亲看看我，没有吱声。屋里突然安静了，空气中弥漫着长毛头的气味，尝过了它的味道，这气味闻起来就更具体了。就像清早杀了一头牛，从牛的胃里掏出来一脸盆热气腾腾的东西。收碗筷的时候，父亲的脸跟那一盆东西一个颜色。

"分田到户分田到户，以为这下总要好了，我盼了多少年啊。盼着单干，累了，就歇上几天，有力气就多种多收，谁也管不着。唉，谁能想到……"父亲又开始抱怨起来，"也不知啥时候重新分一次。到时，我决不自己去抓阄，"父亲顿了顿，摊开手又放下，凄然地朝我笑了一下，"阿囡，以后爸爸要让你去抓阄。好不好？"他满脸愁苦地看着我，仿佛我一点头，就能改变一家人的命运。我的胃一阵抽搐。

"田……为什么要拿来分啊。"我迷迷瞪瞪的。

"田不拿来分，就更吃不饱！"父亲说。

"以前没有田吗？"我问。

"我们家祖上当然有田了，一等一的好田，后来都被收上去了。"父亲告诉我，那些田收上去以后就成了生产队里的田了。又告诉我：现在那些田都分给了谁，谁在上面种了几茬庄稼，收了多少粮食——仿佛，祖上那些"一等一的好田"现在仍然属于我家，只是暂时租给村里人种罢了。

"以后，我就指望你们三个了。"父亲叹了口气，显得那么不甘。

我家的田大部分在金塘河畔。金塘河，其实是一条溪流的名字。

在我们村，利用溪水灌溉，且平整开阔的田，叫畈。利用山泉灌溉，顺势筑在山上的梯田，叫垄。畈田根据土地肥力、日晒时间、产出粮食、离村远近，又分三六九等。我家的畈田无疑是等级最次的，因为它们离溪滩太近，洪水一来就会冲毁田坎，掠走肥力，折断稻禾。所以，不等到粮食最后进仓，稻谷长势再好也令人担忧，仿佛穷汉担心心气极高的婆娘迟早跟人走掉一样。为了防止洪水毁坏稻田，唯有加固田坎，抬高田埂。事实上，父亲一直这么做。只是限于人力，那些隔三岔五垒上去的亡羊补牢的石头，总是被水流冲走。洪水就像一个无法破解的魔咒，年复一年降祸于我们。父亲坐在岌岌可危的田埂上，一声不响地看着红浑之水漫进稻田，看着汹涌的浪头拍打脆弱的田坎，将它掏空。

父亲等待着，跟谁都不曾提起他的等待，仿佛时间成了他唯一的依靠，一件秘不示人的法宝，他一声不响地等我长到七岁那年，突然决定在我家稻田的外围，建设一条石坝——这是一个宏伟的计划，艰巨的工程，以至于父亲跟我们说出它时，紧张得不敢直视我们，也没有跟母亲商量过。我们是在一个阳光普照的早晨，突然挑着簸箕、背着锄头、铁棍，出现在溪滩上的，我们在父亲的指挥下撬动与搬运石头，没有人能猜出这是要干什么。

"你们家要造房子吗，谁用这些石头？" "不会是在挖宝吧？"不断有人走向溪滩，像蹩脚的侦探。父亲爱理不理的，问急了就扔一句："问问国梁吧，分田的时候他出了什么馊主意。"我不知道是不是真有人去问过国梁，倒是母亲听说后跑来溪滩叫我们回家去。

父亲辩解说："你以为我乐意受累？我还不是为了孩子？他们一天天长大，胃口越来越好！我只有咬牙建成围坝，才能保住现有的田，还能在这片溪滩上种点别的什么。"

母亲说："你就做梦吧！农业学大寨那会儿，都没有在溪滩上造出田来。"

父亲说："不要不信，三十年内田都不会重新分了。没有围坝，田每年都要垮塌，发一次水就塌下去一块，他妈的，迟早有一天塌得没有影儿，到时一家人吃什么？！"

母亲回不出话，走之前，气咻咻地叫我们把脚上的塑料凉鞋脱下来，不要被石头硌坏了，又命令我把斗笠戴上，以免晒蜕一层皮。那是七月的阳光，白花花的金塘河晒出油来了。我们当然希望回家，但是没有父亲的许可不敢走。父亲是认真的，从他的眼神就能看出来——平时由于生病的缘故，他总是显得倦怠、眼珠子泛白，但是此刻——他的眼里射出黑色的光来，那光仿佛是复仇者手中的剑，攥得紧紧的。

父亲说："我想建一条围坝，从阿囡一出生就想到了——三个儿子，以后要分三次家，我们家没有什么可分的，穷，你们就自认倒霉吧，等到将来造房子讨老婆，你们都自己去造、去找，我帮不上——眼下能做的，就是带你们建成这条围坝，我等了好多年了，终于等到你们都大了。山子庆子长得瘦，但是力气一点不差。我不想再让你们跟着我挨饿哪。"

说完以上的话，父亲弓下腰，带头掀起一块上百斤的石头。那石头就像听懂了他的苦衷，咕咚咕咚往前滚了两下。大哥二哥模仿父亲，相互配合，把溪滩上那些洗脚盆那么大、水桶那么大、马桶那么大的石头，都掀起来了。那些石头挤挤挨挨的场面，好比溪滩上跑来了一群史前动物，下了一堆奇形怪状的巨蛋又跑远了，留下我们就像屎壳郎推粪球那样，把巨蛋一个一个地往前掀，往上游翻，翻到溪滩的一个转角上，码成一长溜儿。再然后，父亲就带着我们去劳动坞砍毛竹了。

我们砍了二十几根毛竹，从山上又是拖又是背地弄到山下，扔进溪水里往下漂，好不容易弄上溪滩我们要筑围坝的地方，兄弟仨在水深的地方洗澡，父亲手持一把篾刀，将毛竹一根一根地劈开了。然后在我们的协助下，父亲用那些竹片做成了十个网袋状的巨型竹笼子，放置在之前码好的史前巨蛋上。再然后，我们往这些竹笼子里塞石头。确切地说，是捡拾如拳头那么大的鹅卵石，把它们统统投掷进竹笼子，石头进了笼子密密匝匝地挤压在一起，形成了一道坚不可摧的防洪堤。这个前前后后的过程，我们花了二十天。

围坝是成功的。那年，好像是上天专门针对围坝的考验，建成不久就下起了雨。下得昏天黑地。父亲看着门外，雨瀑就像一股股绳子，相互缠绕，摇曳多姿，地上的水铺满路面，晃荡着往低处流淌。父亲上楼拿来了蓑衣斗笠锄头，他要去我们家的溪滩上看看，被母亲阻止了。

"你还能跳到水里去阻挡洪水冲坝吗？"

"我只是去看看。"

"要是你阻挡不了，看跟不看都一样。"

父亲不吱声，一屁股坐在八仙桌旁的长条凳上。暴雨一直持续，天黑了，家里亮起了昏黄的灯泡，他的脚跟还摆放着蓑衣，母亲没好气地叮嘱父亲收拾一下桌上的东西。父亲唉声叹气，没有吃母亲端上来的南瓜番薯粥。不久，电灯泡闪了几下黑了，大哥连续拉了几下开关，断定是停电了。屋外不断地传来打雷的声音，窗户上亮起闪电的寒光。我们一声不吱地坐在黑暗中，心里明白，一定是洪水对通电设施造成了破坏，洪水已经来到村里，但是谁也没有说出来。

雨声持续到后半夜。我一觉醒来，听到门口有硬物刮擦地板的声音，起来看见母亲在用铁勺子往外舀水。屋里汪洋一片，八仙桌前的长条凳上坐着父亲，仿佛他从未离开，坐在一条静止的船上。我撒了一泡尿，又回卧房睡觉了。再次醒来时，雨停水退，屋里有螃蟹爬来爬去，父亲已经不在凳子上。

不久我就知道，昨夜村里有一座木桥被水冲走了，还有一户人家的猪圈倒了，猪被水一口吞了。邻居们卷着裤脚，拿着捞饭用的竹漏子，在门口的浑水里捉鱼。我和二哥向金塘河走去，到处可以看见洪水留下的痕迹，以及跟我们一样神色仓皇的人，他们交换着关于洪水的最新信息。也有凶悍的妇女，拧住哭哭啼啼的孩子的耳朵，不允许他去河边捉鱼。洪水还很凶猛，不断地发出嘭嘭嘭的声音。此时的金塘河是一条真正的河，翻卷着，咆哮着，经过我们村时有三处拐弯，其中在"瞭望台"下的岩壁处，水流的撞击激起三层楼高的水雾，阳光照在上面可以看到彩虹，大量的村里人聚集在不远处，观望这一奇观。

美丽的幻境，往往会让人忘记恐惧和处境。

我和二哥没有停下来，我们穿村而过，在大会堂那儿就看见我们家的围坝还没有被洪水冲走。那种激动与自豪的心情是难以言说的。我们在牛栏后面的一条甬道上奔跑，我的胸中涌动着想哭的感觉，这种感觉相信不止我一个人有，当我们跑到我家的田埂上，看见父亲的眼睛也湿漉漉的。

"我们的围坝起作用了！"他的声音是颤抖的。

"嗯！！"我和二哥冲到了原先发一次洪水就要垮塌一次、离金塘河最近的稻田里，看见我的大哥在稻田下面，一片混沌的水中，笑嘻嘻地看着我们。

"你们也下来拉网！"大哥喊。

我们跳下去，那水并不深，是从围坝的缝隙，还有围坝朝下游方向一个还没有封上的缺口里涌进来的。我们的网就拉在那个缺口上。然后我们在那湾浑水里捕了一天鱼。那些鱼平时都躲在深水潭的岩洞或者河中巨石的缝隙，一定是被洪水搅晕了裹挟进浑水的。我一生都没有再捕过那么多鱼，它们有石板鱼、白鞘鱼、红水鞘、吸岩佬、耳朵聋、溪鳗（大部分野鱼我也不知其学名），还有虾、螃蟹、水蛇。我们把它们拿回家，装满了两只水桶，还有一些倒在地上，母亲拿剪子一条条剖鱼肚，捞肠子，忙了一晚上。

第二天，我家的铁锅里不断地冒出煎鱼的香气，那香气带着盐的味道。由于天气原因，这么多鱼必须先抹盐再用油煎至半干才能储存。母亲一边煎鱼，一边心疼耗油太多，后来就生了两堆炭火，把鱼架在铁丝上烘烤。总之那一场洪水过后，我几乎天天都要从母亲藏鱼的陶罐里偷鱼干吃。我总是先把鱼头鱼尾吃了，才开始吃鱼的身子，最后连鱼刺也嚼进了肚子。母亲发现我偷吃，有时候会骂我，说要留着招待客人，有时候却装作没看见。

事实上，洪水退去，我们家不仅仅收获了鱼，也收获了厚厚一层泥浆。父亲带领我们用铁耙子清理围坝内的杂物，其中大部分是干树枝，然后又带领我们去附近的溪滩上挖来更多油泥，那是比老屋天井里清理出来的淤泥还要肥沃的有机肥，它们就像是洪水适时馈赠的礼物，使得那一片刚刚得以保全的溪滩，自然而然地成了一块酱色的肥地。

那一年，我们家第一次收获了很多粮食。我们家从来没有那样富足过。我们家的谷仓里第一次铺满了稻谷，我们家的楼板上第一次摆满了番薯、玉米、大豆、毛芋、南瓜、冬瓜，它们有的装在簸箕、蛇皮袋里，有的胡乱地堆在楼板上。我们家的主食里终于不再掺杂野菜，每顿的白米饭白里透着香，香里透着黏，就连锅巴也是好吃的。我经常打嗝，我感觉我开始胖了，尽管有可能是一种错觉。但是错觉会增加幸福感。就像父亲在吃饭的时候，总要抬头看楼板，怀疑支撑楼板的栅木有点撑不住——其实根本就没有的事。不过，父亲还是请木匠另做了一个谷仓，将稻谷分开了放。

"家里有两个谷仓，省得堆得太满，楼板吃不消，密不透风也容易捂坏。"父亲有时候幸福起来，会让人觉得他缺乏城府。

等到过年的时候，我们家还有很多粮食，母亲在父亲面前欲言又止，一问，才说想接外公来住一段日子。父亲说："趁今年还有一些吃的，赶紧去接他来吧！"母亲高兴得脸微微红了。母亲其实一直想把外公接过来住。外公由于家境不好，一直在山上帮人看守树林，住在简陋的窝棚里，挣很少的工钱。尽管这样，外公还经常接济我们家，外公来了，我们就有玉米吃，还有野板栗、橡子、葛粉等等。每到狂风大作电闪雷鸣，母亲总是担心外公（就像父亲担心溪边的田），他在那么高的山上，窝棚搭在一棵百年老树下，树大招风。

不几日，外公就来到了我家。白天，他享受三顿白米饭的滋养，晚上睡在阁楼，我祖父留下来的那张床上。正月初三过后，闲不住的外公开始去我家的溪滩上补补缀缀，一方面用石头加固围坝，在石缝里填土，种上爬墙虎、石坎藤、小竹子；另一方面，他设法延长了围坝的长度，使得土地面积有所增加；而且在一个角落，外公用一只粪缸、两根横木、一堵石墙、一个茅草顶，建成一间像模像样的厕所。如此一来，我们就再也不到别人家的厕所去拉屎了。

源源不断的粪肥，越来越热的天气，浇灌的便利，加上外公的勤劳，溪滩上那块新生的土地疯狂地生长庄稼。简直没有比庄稼那种蓬蓬勃勃更让人感染情绪的了，它们油亮的多汁的叶片可能会释放一种神秘气息，我们只要一来到溪滩面对那一片碧绿，甚至一想到它们绿油油的存在，就会像喝了酒那般醉醺醺。它们激励着我们对未来满怀信心，就连一向理智的母亲，发誓再也不养猪的母亲，都把猪重新养上了。奇怪的是，猪吃了溪滩上长出来的庄稼，长得特别快。

我们家很快成了村里人嫉妒的对象。那时候村里人都不富裕，却有一种奇怪的风气：你家多生了一个孩子，我家也要多生一个；你家造了新房，他家也要造；你家买了闹钟，他家也要买；你家养了一头猪，他家要养两头；你家收了一千斤粮食，他家想要两千斤。那时候村里人都生活在村里，主要精力都用在了相互攀比上。他们看见我家在溪滩上种出了庄稼，不少人当面不说什么，背地里却愤愤不平，认为溪滩边的田在做阄时考虑到会受灾，本来就多了面积的，现在我家不但不受灾，而且还把公家的溪滩给霸占了，这不是土匪又是什么？

父亲听到这些闲话，气得牙齿打战。他说，原来村里人一直盼着我们家受灾哪！原来这是他们诅咒的！敌对的情绪激起他更大的决心，他挽留外公继续住在我家，他俩早出晚归，大部分时间用在维护溪滩的土地上。围坝继续在加固，酱色油泥已经变黑，除了庄稼，他们还在曾经垮塌的田坎边种上了桃树、梨树、杏树，搭起了葡萄架。更有意思的是，他们还在一处低洼的地方，挖了一孔小小的池塘，既解决围坝之内渗水的问题，又可以在池塘里种茭白、荷花、荸荠，还有喂猪的水葫芦。

这真是一块种什么长什么，想什么有什么的神奇土地，就像传说中的聚宝盆。

客观地说，那一场洪水相比历次的洪水，是平常的。

冬季能下多大的雨呢？

那时候粮食都进仓了。辛苦一年，庄稼人就等着在这个季节好好休息。

那时候外公还住在我家。父亲的老毛病——哮喘加慢性支气管炎，也没有复发——我们家粮食够吃，父亲卸下了精神包袱，无疑是身体好转的原因。由于外公在，母亲做饭及时，花样也多，我们也真的胖了。走在街上，人们看到我，会说："那个痨病鬼的孩子，鬼婆生下来的鬼，吃了溪滩上的粮食胖了。""三个儿子像三根铳针，将来大了，吴村又只有他们家的份。"前者的话难听，却说出了一个事实，后者的话就明显不善了。父亲义愤填膺。

"生产队的时候，他们仗着出身成分好，拉帮结派，偷奸耍滑，威风得还不够吗？分田分山的时候，怎么个分法也是这些流氓混账说了算！现在我们家仅仅吃饱一口饭，他们就嫉妒、诅咒，你们说说，这些王八蛋是人不是人？要摸着良心想想哪，他们种的田分的山住的屋很多原本是我们家的。如果不归公，我们家何至于沦落到要在溪滩上扒食吃？如果我爷陈双硋活过来，看见这些没良心的东西现如今爬到他的子孙头上撒尿，会哭死的！"

父亲说的这些话，很多是从死去的祖父那里继承的。祖父临死的日子，总在怀念他小时候家里有多少田地，我的曾祖父陈双硋如何威风凛凛，农忙时节他指挥长工雇工干活，农闲季节救济鳏寡、修桥铺路，我们家在村里很有威望；最后他是在解放那年，被村里几个流氓无赖趁乱打死的……

祖父在世的时候，父亲是反对他在我们面前说这些的，觉得曾祖父死得窝囊，不体面。现在他却说了一遍又一遍……

最后，父亲决定把造房的计划提前。那时候，大哥的上唇已经长出毛茸茸的须子，二哥的嗓子变得又尖又细，跟父母同住一间卧房已经不方便。如果在家门口挨着墙再盖一间，不但能解决住房问题，也能气气那些巴不得我家越过越穷的人。父亲算了一笔账，造一间房需要请多少工，多少木材，多少粮食——总之，除了现金还需要积攒，随时可以动工。而事情就在父亲这么盘算的时候，发生了变化。村里人就在他打算盖房子的日子，纷纷效仿起父亲的做法：先是一户人家在金塘河下游用竹笼子筑起了围坝，接着是两户人家又筑起了围坝，然后是更多人家背起锄头铁棍扁担，就像当年农业学大寨那般，只要有溪滩的地方都被他们垒起了石头，就算不种庄稼光占有那块地方看到里面长出一棵草，也内心欢喜。

我的父亲有点蒙了。这是要干什么呀？

但是，他没有理由阻止。

于是，在我们村的溪滩上，出现了如此忙碌、浩浩荡荡的场面，那场面一定像生产队里的集体劳动场面，唯一不同的是，不再有传说中的红旗飘飘，也没有劳动号子。每户人家起早摸黑、相互竞争，他们把金塘河肢解了，金塘河蜷曲着躺在延绵群山之间，这里肿起一块，那里发炎流出脓水。所以，一定是奄奄一息的金塘河向老龙王发出了下雨发大水的呼唤……

所以，洪水来了。但是洪水来的时候，谁也没有想到冬季会发洪水。雨是淅淅沥沥下的，没有打雷，没有狂风，一切现象表明，这只是普通的雨，只是下起来没有停。下了一天，两天，三天，四天，村里人要么聚在代销店、经销店打牌，要么窝在床上睡懒觉。也有嘴馋的妇女，坐在灶台后头，用没有燃尽的炭灰煨各种吃的，没有上学的小孩争着要吃，手被煨出来的食物烫得甩来甩去，食物却已经吞进肚子，嘴唇沾满了灰。

街上很少有人走动，天气冷飕飕的，溪滩上更没有人去。村子笼罩在凄风斜雨、水雾、慵懒与散不开的炊烟里。晚上，大家早早地睡下了，突然听到金塘河的声音，哗哗哗，哗哗哗，混沌又清晰。阁楼上响起了动静，看来外公也听到了。

外公敲响卧房，喊道："得令，溪水暴涨了！咱们那块地要毁了。"

父亲隔着门板，喊："爹，上楼睡吧！去年那么大的水都没有冲垮它呢。"

外公说："溪滩上筑起了太多围坝，这次要毁了。"

父亲穿衣出了卧房，他和外公坐在门前，不停地咳嗽。天蒙蒙亮，我起床去上学时，他们两个已经去了溪滩。

我站在那座著名的叫金塘桥的石拱桥上，它的桥墩正承受着激流的冲击。洪水的规模算不上大，但是浑浊至极，不断有石头在水流底部翻滚，石头与石头的磕碰声隐约可闻，就像水流之下有一万头牛头抵住头，正斗角呢。

这是一半洪水一半泥石流的灾难。可能是上游某户人家浮皮潦草筑成的围坝最先被击溃了，石头被水流携带如同雪球滚下山坡，金塘河水失去了控制，它喊里咔嚓地毁坏河的两岸，把更多石头和泥沙卷了进来，不论原本完备的石堰，延伸到溪滩的泥坡，或者村里人临时铸就的围坝，在泥石流的冲击下显得不堪一击。

想到自己家的围坝一定在激流里颤抖，我决定逃课去溪滩上看看。我看见父亲和外公在加固围坝，用石头和泥巴封堵渗漏的眼。我家的围坝因为设计合理，建成之后多次加固，整体上还没有被洪水撞破。父亲看见我，大喊，快回去上学，别站在这儿！我迟疑不决，父亲就捡起石头扔向我，我只好回到了学校。

学校离金塘河不远，那时候全校有三十来个学生，分两个教室。上第二节课的时候，我透过窗户，看见金塘河的水已经下降，但是显得更黏稠了。我闻到了河水的腥气，很重，那水就像黏稠的血，水下滚动的是人的头，它们凄厉地叫着，瞪着眼睛，张着嘴巴。偶尔有干树枝在水面上翘起，就像人求助的手臂。我看着看着就忘了听课。

教室的门突然被撞开了，有一个人朝里喊："阿囡，你外公快不行了，赶紧去看一眼！"我在全班人的注目下，跑出教室，两腿发软。我向家里跑去，那个报信人在我身后喊："在大会堂，在大会堂呢！"

我眼睁睁地看着外公闭上了眼睛。仿佛他就等着我到来，我一到来他就懈了最后一口气。

顿时哭成一片。哭，也是号，在大会堂里回响。大会堂就像一个可怕的扩音器。外公的身体在被放大的声音里，慢慢地失去人的血气。在他身下，是一层干稻草，干稻草下面是大会堂的泥地，湿漉漉一片——那是外公从活人变成死人的过程，从身体上流下来的水。那些水是从洪水中带来的。我就想到了外公在洪水中挣扎，呼喊，翻滚……我的眼泪一下就奔出来了。我恨洪水！

我恨在溪滩上竞相筑造围坝的人。

我恨父亲，是他把外公留了下来。外公的去世对我而言，比祖父的去世更伤悲。因为祖父去世时，我还小，不懂得人死后再也回不来。

外公在比洪水更凶猛的舆论中，抬回坞头村埋葬了。父亲一遍遍地向亲戚、村里人、坞头村人，叙述外公被洪水夺走生命的过程。外公的死，使他陷入了道德的指责和自我忏悔中，他无法向母亲、舅舅，及所有关心此事的人交代。如果他不留外公帮我家干活，外公怎么会死在洪水中呢。但是在围坝崩溃的时刻，他同样是受害者。他不厌其烦地重复：如何劝外公回家，外公如何执拗，当洪水冲进围坝他如何拽住外公，与洪水搏斗。甚至，他也是被洪水冲到下游一里以外，抓住河边一棵树上岸的……

父亲一遍遍地讲述，加长了我对外公的思念。在我的脑海中，映现的永远是我在教室里看到的一幕，一条流淌着血的河流，一条滚动着头颅的河流，它如此浩荡，是它吞噬了外公！——"外公！"我在亲人们停止哭泣的日子，开始哭泣。我在人们开始遗忘的时候，开始怀念。这是我第一次对死亡有了切身感受。我和父亲相继病了。我的病是整夜地说胡话，梦中继续滚动着张嘴、瞪眼、哀号的人头。父亲的病是整夜地咳嗽。

母亲把家里的猪卖掉了。那个让人厌恶的屠夫磨刀六，本来不想要我家的猪，说我们家以前养猪就跟着他作对，但是看我家实在可怜，就一次性给了钱。母亲请人给我画了一张符，贴在我额头上，给父亲抓了许多药，熬得满屋子药香，不几日，我又去上学了，父亲的病也有所好转。父亲又去我们曾经筑坝的地方了。那里只剩下一条深坑，深坑中间有水流过，两边是大小不一的石头，父亲坐在石头上，比石头更沉默。然后，他又带着我的两个哥哥去溪滩了，但是再也没见他们筑成围坝。他们只在塌陷下来的田坎边上，砌了窄窄一溜菜地，在菜地上架起一只崭新的粪缸，拉了一堆屎，后来又一场雨就把它冲垮了。

一片废墟之上，父亲捡起石头，扔向还不断往下坍塌的稻田，他哭了，嘶哑的声音好比乌鸦的叫声，在金塘河上久久回响。

我也莫名地有些怕他，担心他会变成一个死人。就像外公一样躺在干稻草上，身体越来越僵。母亲还把家里的农药、绳子都藏了起来。但是度过那段失意的日子，于莺飞草长的季节，父亲再次捆上了柴刀、背起了锄头。

他要去干什么？父亲没有去溪滩，没有去垄上，而是一个人去了山上。

那是属于我们家的毛竹林。我们不知道父亲去劳动坞做什么。他总是起早贪黑，少言寡语。等到我们去劳动坞看个究竟，父亲已经砍掉三分之一毛竹林，还砍掉了紧挨毛竹林的油茶树，那片油茶树是和毛竹林一起分给我家的。母亲以为父亲疯了，他这是在寻求发泄吗？

殊不知，这竟然是父亲的又一次开垦土地。

母亲说："你不折腾死不了人！"

父亲说："你知道把这里开垦出来，能得多少粮食吗？那边山梁上能收上千斤高粱、玉米和大豆，这边山坳里能收两千斤番薯和毛芋，再往下，那里有泉水，可以种各种蔬菜瓜果，甚至可以弄出几块水田来种稻……"

母亲说："你想粮食想疯了吧！"

父亲郑重地说："我不能不想啊！人不吃饭行吗？行的话，为什么都盼着单干……咱家的畈田和围坝被洪水冲走了，垄上的田没肥力、光照不足，种一季稻都歉收呢，但是，咱还要活着，要吃饭！"

母亲说："要种你一个人种！别连累家里人！"

父亲果真没有让家里人参与，从春天到夏天，两个哥哥都跟着母亲干活，我不上学的日子，父亲也没有叫上我。他早上带着午饭上山，饭菜装在铝盒里，用一个布袋子拎着，傍晚回家空铝盒拴在他腰上，与柴刀相碰发出哐当哐当的声响，听到这声响，就知道院子里将响起扑通一声，那是父亲将肩上的重物扔在地上。它们已经堆积如山，油茶树根、松树桩、竹鞭、竹枝、灌木根，奇形怪状，盘根错节，却是上等的柴火，点燃后会冒出油来，嗞嗞作响。

或许，母亲就是被这堆两年也烧不完的树根树桩打动了，在用它们烧水煮饭的时候，看着灶膛内的焰火那么旺，她会"死棺材""死棺材"地骂。有一天，她终于忍不住了，塞给我一个鸡蛋，叫我去山上看看"死棺材"到底种了些啥。

我一个人还没有单独上过那么高的山呢，一路上害怕草丛里有蛇，坟地里有鬼，山洞里有野兽。那一路紧走慢赶惶恐不安，在通往劳动坞的茶叶山上，我不由自主地奔跑，把口袋里的鸡蛋都跑丢了。我终于看见了父亲的土地，那片崭新的土地在高高的山腰上，就像一个人裸露着胸膛。我看见那上面生长着大片庄稼，庄稼中央有一间窝棚。

"爸！爸——"当我呼唤的时候，心中猛然升起一股自豪。我跑进窝棚，里面没有人，当我跑出来，父亲出现了——就像一个野人，突然出现在热气腾腾的玉米丛中。

"爸！爸啊——"我又怕又急，差一点跑掉。

"阿囡，怎么，你怎么来啦？"父亲挑着两只水桶，走出玉米丛。汗水挡住了我的视线。"是妈妈叫我来的。"我说。父亲有些高兴，又似乎早有所料，问我吃午饭了吗，我说没有。父亲放下水桶，重新钻进玉米地，等他出来时手中多了几个玉米棒。"我们烤玉米吃吧。"父亲说着，就在窝棚前的三块石头间点起了火。玉米棒穿在枯树枝上，青色的苞衣在火上微微翻卷，里面冒出一股香甜的白气。

我想起来，父亲好几天没有回家了。

"我很想给你们一个惊喜。等到粮食丰收的时候，再叫你们挑着箢箕簸箕、背着背篓上山来。到时候，我们家的两个谷仓就将重新装满粮食啦……"

父亲黑了瘦了，头发长了，两只手就像野兽的前蹄，皮包着骨头和筋。父亲身上有一股咸酸味，发硬的衣服上有灰白色盐粒。父亲说，他一定要把劳动坞开垦出来，让这里的每一寸土地都产出粮食。父亲说的时候，两眼放光。父亲太渴望开辟一片可以种出粮食的土地了。这土地将产出番薯、玉米、大豆、高粱、粟、毛芋、洋芋，以此填补每年遭遇的粮食短缺。

父亲说，他已不指望重新分田地了，也不指望有人带他到山外去发财了（曾经，他给山外的亲戚写过信）。"现在我的身体一到冬天就不行，咳嗽严重得下不了地，再说，我也扔不下你们啊……"父亲噘嘴吹火的样子，越看越像一个野人。他说，他想在这山上建成一个农场，种出庄稼来把我们养大，希望我们以后都有出息。父亲似乎有着无限憧憬，又似乎带着难言的感伤，而我已经吃掉了头两个烤熟的玉米棒。因为玉米粒还没有成形，其实我只啃到一些甜淡的水分。

　　父亲还说了很多。有可能他一个人在山上，很久没有和人说话了吧。那个炎热的中午，他犹如一条回溯之鱼，说了许多我们家祖上的事情——要不是输掉一场官司，曾祖父是村里最大的地主。又说因为家庭成分不好，他年轻时参不了军，大队派他去修水库，结果落了一身病。不知为何，当父亲说起这些，我总感觉非常遥远，遥远得不像是真的。我渐渐困了，站起来要回家。父亲送我到茶叶山，说："如果山子庆子没什么事，你让他们明天就上山来。"

　　父亲抬头看了看天，又说："天很久没有下雨了。"

　　母亲最初是不愿上山的，因为她从一开始就反对在劳动坞开荒。她也不太愿意让庆子山子上山。"山下的事情都做不完呢！那个老虎叼的，他以为我们在家天天玩？"母亲对父亲的称谓，始终没有一个吉祥的词。但是，干旱最终把我们全家逼上了山。

　　父亲种下的庄稼已经结出青涩的果实，如果在这时候晒死，是可惜的。父亲挖出地里的番薯给我们看，枝蔓下面挂着一把根须，中间有手指般粗的块茎。父亲摘下豆荚剥开来，里面有四颗鼻渣子一样的小颗粒。大量的玉米棒子还没有长满玉米粒。高粱穗子耷拉着头。好在劳动坞有一口泉水，这也是父亲当初要在这里开垦土地的原因。只是这一处从砂岩缝里奔涌而出的泉水位于劳动坞的低处，能直接引其灌溉的面积不大。

我们在泉眼附近挖了一个很大的坑。

我们开始挑水。

为了挑水方便，父亲在庄稼地里开辟了几条上下通达的小径，有的地方比较陡，他就用锄头刨出一级一级的台阶。挑水的主力是母亲，其次是父亲、大哥、二哥。我的任务主要是站在水坑里舀水。父亲从家里弄来了水桶、尿桶、粪桶、氨水桶，大大小小，高高矮矮，就像一群同母异父的兄弟。当我往这些桶里舀水，挑水人可以站在树荫里休息一会儿。

刚开始，我们大家都很努力。挑水的，一次次挑着空桶下来，挑着水上去。到了一处每次要跨上去的岩石上，两只桶都要晃荡一下。那个地方很危险，每次都溅出来一些水，等过了这个坎就上了相对平缓的小径，再一步一步往上走，就走到了山梁上。那里的庄稼最先蔫巴了，水浇在根部会发出吱吱声。等到日落西山，蝉在余晖的曚昽里鸣成一片，短促的鸟叫声响起，似乎在催着我们快快回去。大哥二哥扔了挑水工具，牛一样趴在泉水冒出来的岩石上喝水。他们喝够了，父亲母亲接着喝，咕咚咕咚声中，每个人身上出现一股清凉气息。我们回望劳动坞的土地，庄稼和竹林都已经变得影影绰绰。我们走到茶叶山上，一条通往山下的路就像一根转动的皮带，但是我们跑不起来。

第二天早上，大哥二哥的肩膀肿起来了，挑前面几担水的时候他俩疼得龇牙咧嘴，就像挑水专用的扁担上布满铁钉，好在挑着挑着就麻木了。太阳照耀下，大地笼罩着一层雾状的热浪，汗流浃背的我们重复着昨天的生活。然而仅隔一天，浇过水的庄稼就重新蔫巴了。燥热的土地留不住水，饥渴的根须把水分都吸到了叶片上，叶片就像狗耷拉着舌头，在热浪里苟延残喘。到这时父亲才发现，如果光凭肩膀挑，是不可能拯救所有庄稼的，现在必须放弃那些距离水源远的庄稼。然而谁能忍心看着大片庄稼死去呢？热风从山梁上吹来，忧伤与热浪与疲惫混杂在一起，父亲脸上写着严峻。

大哥摔倒了，就在那块要跨上去的岩石上，尿桶没有摔碎，水流了一地。大哥从泥泞里爬起来，胳膊和膝盖上有血。接着二哥喊起累来，他甩了鞋给母亲看脚底，有血泡破了，有血泡鼓着。母亲阴沉着脸，把鞋捡起来给他穿上，她一声不吭，一个人一担一担地挑着。她不再和父亲说话。父亲就像做了亏心事，即使步履蹒跚、气喘不止也要坚持着挑。而我早已厌倦了舀水，那是世界上最无聊的事情，因为它是重复的，而且总是在等待，等待泉水蓄满水坑，等待他们挑水回来……我真想玩去，不要钉在这泥泞里——父亲就递给我一根打通了竹节的毛竹筒，跟我一般高，让我灌满水后往番薯地里背。我背了几趟就小腿肚抽筋了。

太阳这个老东西，它一定是成心折磨人，它把整个劳动坞晒成了一个巨大的炉灶，炉灶里燃烧着冒油的树根。山梁上的玉米高粱已经枯死，风吹过山梁传来一股焦味儿。山坞里的番薯叶子大面积发黄，根茎在饥渴中休克，甚至在黑暗的泥土下成了孤儿。而在能够得到泉水滋养的地方，狼尾草的长势比庄稼更旺盛，父亲看了生气，用锄头挖掉了一簇簇疯长的狼尾草，也不知什么原因，那块原本有湿气的土地开始变得干燥了，没几天泉水就像一个快要断气的人，气息奄奄。

劳动坞终于不用全家人都来挑水了，因为泉水小得不够四个人挑。然而，我们并没有因此得到休息。母亲带着大哥走了，他们要去垄上为我们家的稻田争水。他们轮流守夜，不让别人偷走田里的水。在劳动坞呢，父亲和二哥到了夜里也要打着手电挑水，如果不挑，水就流走了。水流走了，白天就会多一些庄稼死去。

我有了一个新的任务，就是每天抽时间坐在门槛上等待收听广播里的天气预报，可耳朵里总是塞满阳光制造的噪声——哄哄哄哄——当我往返于劳动坞与村庄，途中所见草木萎靡，稻田水竭地裂，不论我们家，还是别人家，庄稼都在加速死去。一些离水源近的田地里，有许多人挑着水桶，跟我们家一样，希望能用汗水挽回一些损失。同时也有人为了抢水，拳头打在弱者的脸上。我担心母亲和大哥在垄上也会被人欺负，看到吵架心里总是发慌。

当我垂头丧气地回到山上，父亲见到我的第一件事便是问我，广播里的天气预报怎么说？我总是重复广播里那个水淋淋甜腻腻，犹如挂着露珠的酸葡萄似的声音："今天天气晴转多云，最低气温34℃，最高气温41℃，风向偏北，风力三级，请注意降温防暑、野外用火。"父亲听了我的话，就操操操地对着天咒骂，骂完了就像一只泄了气的球。

谁也无法阻止，一串串的太阳在燃烧，难以忍受的酷热中，劳动坞的庄稼大部分萎黄了，就连扎根很深的毛竹都开始落叶了。持续的干旱，使得泉水像一泡小便撒到了快要结束的时候。父亲反复嘟囔说没指望了，没有指望了。每次他要在窝棚里躺上一会儿，水坑里才能蓄满两只水桶的水。水挑走后，没一会儿就浇完了，因为不需要再挑到很远的地方去浇。庄稼们死的死、残的残，也只有靠近水源的地方还绿着。

我以前只知道下雨会引发洪水，带来灾难，没想到阳光普照，也会是一种灾难。当太阳把地上的植物烤得冒烟，泉水萎缩得像大山的两行眼泪，从烫得像块烧红的铁皮似的岩石上滋滋滋地尖叫着流下来，父亲已经绝望。他砍了很多根死去的毛竹，捅开竹节，然后在毛竹一侧打了细密的眼。他把这些毛竹一根根连接起来，布置在植物根部，这样就把岩石上最后一口泉水都接到了最后一片绿地里，不用再守着人一担一担地挑了。

父亲离开劳动坞的时候，他掩面而哭。

然后，就下山去了需要他去争水的垄上。

垄上全是梯田。在这样一个远离村子的山坳里，勤劳的先人们之所以筑出这样一些裙皱似的梯田来，是因为这儿也有泉水。平时，泉水从一条山涧里流出来，淙淙淙流得像一条小溪。现在，只从山涧里流出来一股杯子般粗的水了，这点水供应一户人家的梯田都不显得充裕，对于一整垄的梯田更是杯水车薪。

分田的时候，我家的田分在了最上面，紧挨着我家的是螳螂家的田，再下面是耕马家的。我们三家平分着这可怜的一点水，注定每户人家的田里只有朝着水源的这一边能浇到水，水稻像一条鱼的鱼头一样活着。

父亲去了垄上以后，基本上就日夜守在了垄上。饭菜由我回家给他送去。他的加入，无疑增加了三户人家的紧张关系。那时我们几家还没有争吵过，但已经越来越不信任对方，尽管仅有的水用三根竹管平均了三份，但每家都提防着对方用石头堵了自家的竹管，以至于我们谁也少不了谁，没日没夜地蹲守在自家稻田旁……

我知道父亲是个只知道埋头苦干的人，他根本不适宜做一个守水争水抢水的人。如果世上还有一件活是可以与外交官相提并论的，我敢说，在干旱的年月里，为一户农家去守水争水抢水便是这样艰巨而又错综复杂的工作。

螳螂为了抢水绞尽脑汁——他在村里开有一家经销店，这个整日哼哼哈哈的泼皮无赖，在弄虚作假方面总是那么具有禀赋——有一天，我终于发现自家稻田蓄不了水的原因，因为他用一根细木棒上上下下戳穿了我家的田埂，这些隐蔽的洞眼就慢慢把水渗光了，渗出来的水湿润了他家水田一大片。而耕马更是不满意三户人家平分水源，他仗着他家人多势力大，几次试图用暴力抢水。他恨不得把所有水都灌进他家的田。

我家斗不过那两家，这是明显的。如果换作平常时候，父亲可能愿意认输，就像两个看不顺眼的人碰到一起一声不吭地走开一样，可是这层层叠叠的梯田把我们三家牢牢地捆绑在一起，仿佛从大地断裂的血管里流出来的不是水，而是一根随时把人勒死的绳子。

父亲说，我们家的畈田来一次洪水就塌掉一块，都快要塌没了，劳动坞的庄稼已经不能再指望了，现在只能盼着这垄上还能收几百斤稻谷，以度过下一个青黄不接的季节。父亲的意思，似乎是要把其他地方的损失从垄上的稻田里"抢"回来。其实，说"抢"并不确切，因为父亲只想得到自家稻田本该得到的，可是为了得到本该得到的，总是困难重重。

父亲说，这水是从高山深涧流下来的，为什么我们上面的田反而让水给下面的田？按理说，我们家有剩了才轮到他们的！现在三户人家平分我们已经吃了亏，为什么还要让他们得便宜？我们把田地荒了，他们收获了粮食，不会感激我们，反而会在心底里嘲笑，以为我们生来就是任人欺凌的孬种……

父亲没有放松他的工作，反而在稻田里搭了窝棚，像瓜农看护瓜田似的守着大面积枯萎的水稻。其他两户见了，纷纷效仿。螳螂甚至把经销店关了，唯恐别人趁他不在偷走源头所有的水。我总觉得这似乎有些相互折磨的味道。

垄上种的是一季稻。一季稻又称单季稻，是指在一年内在同一块土地上由于种种原因，只播种并收获一次稻子。此时稻禾已经齐膝，正处于拔节孕穗至抽穗扬花期，然而水流入口处蜿蜒爬着的是蚯蚓般纤细的一口水，板结的土地发出微弱的吱吱声，就像羸弱的婴儿无力地吮吸母亲寡淡的乳汁。水流流不过三丈，便消失在稻田深处。从田的这头往田的那头看，稻田的颜色从翠绿到了金黄，仿佛梯田的另一边已经提早进入秋天。可以想象父亲看着这样的景象一定心如刀割。

金塘河也快要干涸了。我做梦都没有想到，曾经有过波涛汹涌、山呼海啸的金塘河也有朝不保夕、油尽灯枯的时候。溪滩上到处是石头，石头上附着晒成粉末的水苔和泥污。在给父亲送饭的路上，我看见不少小孩在最后的溪水里捉鱼，在浅滩上追着鱼群用铁丝抽打，有鱼被铁丝抽中会在脚后跟漂起来，如果没有抽中就继续追。特别是那些断了水源的洼坑里，每掀开一块石头都会有鱼虾螃蟹爬出来。我也很想下去和他们一起捉鱼虾，可是天上滚圆的一轮金黄依旧悬着，天像一只油锅，这一轮金黄好比油锅里的一只饼，空气中飘散着刺眼的、刺鼻的焦烟气息。我想到了垄上的父亲，他还在等我给他送去食物的补给。

父亲每天除了等我传去官方发布的天气预报，他还认真查看露水、云雾、晚霞、月亮、星星，根据大自然的种种异象，比如风的湿度、鸟的鸣叫、飞虫的汇集、蛤蟆的出没，以及"棉花云，雨快淋；云交云，雨淋淋"之类的谚语，判断明天是否会下雨。这期间，他有过几次欢喜就有过几次失落。最后，身心俱疲的他在田里竖起一个木架子，在架子上披上蓑衣，戴上斗笠，还给它撑了一把破伞。父亲在这个自己制造的偶像面前虔诚地跪着，磕头烧香。

他以前是不相信这一套的，现在他把全部的希望寄托在了祈雨上。他多么希望自己制造的偶像能感知到他的祈求，给垄上，给劳动坞，给吴村，给整个山乡，落一场痛痛快快的雨。但是他越是虔诚，越是痛苦不堪。有时候，父亲会喃喃自语："说你哪！是不是你把天上的雨水都下在去年啦？嗯？去年发洪水你毁掉了我的围坝，还把我岳父淹死了！你他妈的今年又闹大旱，他妈的老天爷就没有管管你吗？都说民意可通天，现在我们村每户人家都在祭拜祈祷，老天爷你为什么不管不问啊？！……"

父亲长时间待在野外，又没日没夜地处于焦虑与激怒中，整个人干缩了一号，就像一只从卤水里捞出来的鸡在绳索下吹了一夜风，浑身紫铜、干硬。但他是活的，他的眼睛是一只活鸡的眼睛，眼袋浮肿、眼睑发炎，两只眼珠猩红。他在勒住他脖颈的绳索下扑棱、挣扎、嘎嘎叫唤。以至于，父亲的脾气在无休止的失望与纠葛中，变得越来越暴躁了。好在村里已经有人去山乡政府报告灾情，政府终于派干部进山了。但是，据说他们除了吃掉村干部家一只鸡、一只鸭、一壶酒，并不能解决实际问题，甚至连农业税也没有答应减免。这让村里人很气愤。他们回去后，有线广播的官方发布仍然像两个月前那样，仿佛那个水淋淋甜腻腻的声音只录了一次，在以后的日子里只是重复播放。

父亲每次听完由我传达的天气预报，先是叹息说，早知道天旱到这个份上，当初就没必要抗旱，也没必要争水，反正都要颗粒无收。听父亲这样说，我心里难受极了，我想起我们一家人在劳动坞所受的累，还有父亲这些日子以来的辛劳，仿佛都跟我传播那个魔咒一般的天气预报有关——在父亲看来，我一定像一只报丧的不祥之鸟。为了宽父亲的心，我撒谎说我其实没有听广播，我贪玩忘了听，每次都是现编的。我以为父亲会打我，打我一顿对他多少是一种安慰吧。可是父亲没有打我，而是说了一句不该说的话又马上改口似的说，其实，他早知道天不会轻易下雨，旱吧旱吧，这样也好，这样也好！谁也别想得到！……父亲说着说着突然哈哈哈笑起来，笑得地动山摇似的，我从来没见父亲如此笑过。

我有些怕父亲，怕他疯掉。

也就是在那天，我拿着空饭盒菜桶回家的路上，看见两个人在一片狼藉的稻田里打架，其中一个把另一个打得血流满面，因为他赢了，从竹管里接过来的一口水便全灌在了得胜者的稻田里。难道我家就应该向螳螂家和耕马家认输吗？……我想，我们几户也陷入这样一个宁为玉碎不为瓦全的抢水的怪圈里去了。

父亲就是被耕马那四个粗壮如牛的儿子打瘸了腿的，起因是他们的蛮横无理地用锄头刨走了水源源头所有的水，我父亲看见了，先是他本人与耕马干了一架，差一点被耕马打伤，所幸我大哥闻讯赶到，把耕马揍得鼻青脸肿……后来，耕马的儿子们赶来了，他们打倒了我父亲，然后把我大哥的头按在稻田里，让他去啃田里的泥。他们对大哥又踩又踢，大哥呼吸不了，动弹不得，就像一只垂死的鸭子拍打着翅膀……父亲爬起来，要去救大哥，那几个气势汹汹的家伙就对着父亲打……

这件事经村干部多次调解，耕马家虽然赔了医药费，但是父亲的腿一直没有痊愈，一脸颓相的他走起路来一瘸一瘸的，像一只孤单的山羊。等他强打精神再次回到垄上，属于我家的水稻基本死光了。死了水稻的梯田远远望去，像一条巨蟒蜕下的糙皮丢弃在群山里。当然，其他两家的灾情也好不到哪里去。因为山涧里的水枯竭了，它只在夜里会渗出来一些。以至于那年到了一季稻的收割季节，三户人家都没有使用打谷机，好像商量好了似的，光把稻穗挑选着割了，放在搓衣板上搓一搓，用几只蛇皮袋就把稻谷全背回家了。结果表明，我们的努力和祈盼是徒劳的，我们的争斗与结怨显得可笑。但是谁不是这样活着？

父亲又想起劳动坞的庄稼来了。自从他用毛竹引了最后的山泉水滴漏到最后一小片绿地，我们就再也没有回到劳动坞去劳作。

一天，父亲派我上劳动坞去看看。

父亲说："如果从茶叶山上望过去，只看到黄黄的颜色，你就掉头回家。"

我确实看到黄黄的一片，但是我也看到了绿色。

　　万万没有料到，在劳动坞，竟然还有一部分庄稼活着——

　　那是在以泉水为横截线的一长溜"绿洲"，父亲发明的在毛竹上打眼、让水流经竹管时一滴滴渗漏到植物根部的办法起作用了。我看到那一长溜幸存下来的庄稼格外的茁壮，就像在贫苦中长大的孩子格外的坚强。多年以后，我才知道这个办法在现代农业上叫"滴灌"，但我父亲完全是自己发明的。他拯救了劳动坞，至少是它的一部分灵魂。当然，最主要的还在于干旱最严重的日子，劳动坞的这眼神秘之泉没有枯竭断流，它也始终在坚守着什么。

　　当我回家把我看到的景象告诉父亲，他的嘴唇哆嗦了："天不灭我，天不灭得令啊！"

　　父亲一下子激动起来，连连咳嗽，眼中有泪。

　　第二天父亲拄着拐棍去劳动坞，回来声音高了八度，他算了一下，如果把溪边畈田里的晚稻（那些畈田尽管年年遭洪水侵袭，但还没有全部塌掉）和劳动坞幸存下来的庄稼都收回来，至少能挨过一个冬天及春节后。如果我们在秋后的稻田里及时种上冬季作物呢，等到来年春天就可以接上吃的。不过眼下，我们必须去劳动坞消灭老鼠、驱赶野兽。

　　父亲说："洪灾鸡灾，旱灾虫灾。"意思是，伴随洪灾而来的是鸡瘟、鸭瘟、猪瘟、疟疾；伴随旱灾而来的是蝗虫、鸟雀、老鼠、野兽对庄稼的危害。

　　此时秋天已经临近，或者已经来临，被旱灾折磨的人们已经忘记雨滴落在额头上的滋味，当雨落下来，第一滴雨落在额头上的那一凉，让不少人吃了一惊，那感觉就像冷不防被蛇芯子舔了一下，但是顺手一抹，抬头看看，就发现更多的雨正急速地向大地靠近。人们欢呼着，把两只手举到额头上方遮挡，前脚跑进屋里，后脚就被雨打湿了。

整个村子的人都听见了龟裂的土地发出久逢甘霖的呻吟，听见雨打在瓦片上持续的声响，就像天空中有千军万马从屋顶嗒嗒嗒奔过。

"啊——"

"好啊！"

黄干黑瘦的人们，终于被一场雨唤醒了微笑，紧绷的神经暂时松弛下来。

不日，父亲决定重整旗鼓，带领大哥二哥重回劳动坞。他们修缮了窝棚，挑去了化肥，抓紧时间给那些幸存的作物培土、追肥。九死一生的庄稼们，就像在饥饿与疾苦中长大的人类，一旦得到一丁点照顾就一副感恩戴德的架势，没命地汲取着养分，试图结出更丰硕的果实。尤其那一片得以重生的番薯，根部在几天之内就像被蜂蜇了的脸庞一样鼓了起来，把培上去的土都拱开了。

父亲说："现在地里一天长的，顶平时十天。家里的两个谷仓已经见底，我们必须保住这些庄稼啊，在收获之前，不能让野兽给糟蹋了。"

那年月，村里很多人在山上开过荒、种过庄稼，却只有父亲成功了。这是父亲的土地啊！这片土地上的庄稼不用担心被洪水冲走，事实证明干旱也拿它们没办法。我们三兄弟又有些佩服起父亲来了，就像当初父亲在溪滩上建成了围坝那样，心中激荡着小小的崇拜和即将收获的喜悦。但是，父亲本人对这一次上山保持着谨慎的态度，他一脸严肃地叮咛，不要对外宣扬我们家在山上种出了粮食，更不要高兴得太早。

"我现在有点明白了，老天爷是会捉弄人的。你越想好，可能活得越差。"

"老天爷为什么要这样做呢？"

"谁知道！！"

父亲一边守在山上保护着现有的庄稼，一边在那些死掉了庄稼的地里播种冬季作物。播下的主要有冬小麦、荞麦、油菜、萝卜、胡萝卜、大白菜，其中一部分种子是托人从供销社买的。父亲播得很仔细，播完种子又盖了土。他怕种子被鸟雀吃掉了。

的确，父亲最早发现糟蹋粮食的是鸟雀。它们包括家雀、山雀、金翅雀、黄莺、乌鸫、暗绿绣眼、白腰文鸟等等，其中山雀是最频繁光顾的。有时候天上突然出现一团叽叽喳喳的云块，落下来的是几十只山雀，它们跳跃在庄稼枝叶间啄食果实。被驱赶后，往往在竹林上空盘旋一圈又重新落下来。父亲一次次瘸着腿奔跑，嘴里发出两兵交战时那样的呼喊，山雀并不惧怕。可能它们认为这里也是它们的领地吧。

父亲在庄稼地里立了几个稻草人，稻草人身上穿着人的衣服。鸟雀被吓唬住两天，之后就停在稻草人头上拉屎。父亲气得给我们每人做了一个弹弓，叫我们打它们。我们开心极了，没想到拿弹弓打鸟也成了光荣的任务。我们就像电影里的狙击手那样，头戴绿藤编织的草帽躲在隐蔽的植被里，当猎物出现，弹弓瞄准，拉开，放手，小石子像箭一样射出去，心就提着，跟着在空中飞，飞，飞。

突然，一只鸟雀被石子击中了，它悲惨叫唤的时候，我们高兴得从隐蔽处跑了出来，鸟雀们就全部飞走了。

我们打落鸟雀最多的一次是五只。其中一只受轻伤的被父亲用绳子缚住，挂在树上吓唬那些刚飞走的。等到晚上，我们点起篝火，烤鸟和老鼠吃。鸟的味道并不好，因为个子太小了，羽毛成灰后就剩下一小撮细脆的骨头。而老鼠却肥硕得很，在火上皮肉开裂吱吱地冒出油来。老鼠是父亲抓住的。父亲说，山上的老鼠不吃脏东西，是干净的。的确，我们这里管山上的老鼠叫山鼠，都抓来吃的。其中有一种"竹鼠"因吃竹子而得名，据说体大肉多味道鲜美。可惜我平时要上学不能每天待在山上，等我再次上山，二哥告诉我，他们刚刚吃过竹鼠了。还说捉竹鼠时，竹鼠露出锋利粗大的门齿，发出"咯、咯"的磨牙声示威。

二哥说："山上还有野兔呢！那边草丛里拉着很多兔子屎。它们也偷吃我们家的庄稼呢。什么时候我们去抓野兔来吃吧。"

我越来越向往住在山上了。住在山上可以打鸟雀，捉山鼠，逮野兔，采蘑菇，烤玉米，煨番薯……山上的生活完全不是挑水抗旱时期的情形了。山上的生活丰富、自在又有趣。

山上的清晨，树林里到处是鸟的鸣叫，"几维、几维""唧唧啾""滴溜儿""滴哩哩"……一粒粒、一串串、一钩钩的鸟鸣，透着细瓷的质感，我宁愿相信那些叫声好听的鸟是不偷吃庄稼的，就算偷吃庄稼也是用悦耳的音符与我们交换而已。

山上的中午，最适宜躺在树荫下睡觉，那时天气已经凉爽，阳光折射在身上薄薄一层，很舒坦。而夜晚，群山幽静得如同世界上只剩了我们几个，我们坐在月光下看星星，星星布满幽蓝的夜空，偶尔还会看到离我们很近的星星倏忽之间划向山的另一边。父亲说，天上流星划过是地上有一个人死了。

半夜里，我们困了，蜷缩在窝棚内的干稻草堆上睡觉，在父亲鼾声起伏的间隙里，我听到近处传来风吹竹梢的瑟瑟声，泉水流淌的淙淙声，昆虫叽叽啾啾的私语，我的耳朵支棱着，从远处传来断断续续的"呜嗷""呜嗷"声，那是饥饿的野兽在叫唤。那么"哈——哈——呶——呶——"的声音会是谁叫的？我猜是猫头鹰。听着这恐怖之音，我联想起了鬼魂。

我想起外公死的时候，也是躺在这样一堆干稻草上。不同的是，那是一个雨天——雨天天上也会划过流星吗？我的脑海里闪过外公的佝偻身影，眼泪突然就涌了出来……

我们太想拥有满仓的粮食了。

我们守护着即将收获的庄稼，心生喜悦却又越发担心。一定是劳动坞已成熟的庄稼散发出了魅惑野兽的气息，在鸟雀们还没有停止骚扰的时候，它们开始向劳动坞进军。

我们知道，在父亲开垦的土地周围，山鼠、松鼠、黄鼠狼、野兔、刺猬、穿山甲之类的小动物是一直存在的。父亲为了消灭它们，在庄稼地边缘地带布设过多种铁夹子。其间铁夹子多次逮住山鼠，野兔却只有一次。父亲并不特别担心这些小动物会毁掉山上的粮食——父亲说，刺猬、穿山甲、黄鼠狼、松鼠之类，数量有限，只要我们住在山上就形不成灾害，更何况穿山甲喜欢吃蚂蚁，对庄稼几乎无害。至于野兔，它喜欢吃绿叶，现在玉米大豆之类已经没有多少可供它们饱餐的绿叶了，番薯叶就算吃掉也不可惜，因为番薯埋在地下。

不过，随着冬季作物的发芽，野兔的危害逐渐突显出来。父亲花了很多心思对付野兔。他在自认为野兔必经的路径上一次次挖洞，如脸盆大小的洞，下面埋下复杂的机关，上面铺满落叶。他用棍子往落叶上一点，啪的一声，棍子就被一根突然弹起的绳子拽住，吓人地悬在半空。可是野兔一次也没有被绳套套住过。父亲就琢磨起野兔的步幅，在绳套前方制造障碍，使得野兔迈过障碍时前肢刚好落在铺着沙子的落叶上。可是也不知野兔识破了父亲的诡计，还是父亲总是选错了路径，那些绳套最终逮住的还是山鼠。以至于我们开始吃腻山鼠了，见到父亲提着吱吱叫的山鼠从山梁上下来，就想到了那种膻膻的鼠肉味。

大哥为了不吃鼠肉，说："吃多了鼠肉，身上也会长出鼠毛来的。"

二哥说："我怕长出老鼠尾巴来。"

父亲说："那你们说说，有什么办法逮住野兔吗？"

大哥说："那还不简单？用农药毒死它们呗！"

父亲派大哥回家取来了敌敌畏，特意割了一些番薯藤泡过药水放在野兔出没的地方，结果天明后发现它们没有吃番薯藤，冬季作物的幼苗却吃了一大片，父亲破口大骂野兔已经成精，此后他不得不夜里起来两次，在星光闪耀的夜空下巡视他的土地。于是有一次，他看见了一只麂，它在偷吃庄稼！父亲兴奋得屏住了呼吸。

"要是把它逮住了，能顶二百斤稻米！"

父亲回窝棚取了一把锄头，还把我们叫了起来。

"都给我蹑手蹑脚的，拿好棍子，看见那对蓝莹莹的眼睛了吗……不要发出声音！"

我们就像做贼，确实是那样一种感觉。我们猫着身子，向父亲指明的方位靠近。可是麂在哪儿呢，我一直没有看清，但是我很想逮住它。突然，父亲叫起来了："快！快啊！"我还没明白怎么回事，父亲就带领我们往山梁上追，等我们追至山梁，父亲说的麂已经闯入竹林隔壁繁密的树林，父亲一个人在黑魆魆的林子里追了十多分钟，最后窸窸窣窣地回来了。

"他妈的，损失了二百斤稻米！"

其实，我们的损失不在于麂的逃跑，而在于我们把好端端的冬季作物幼苗踩坏了不少，这是第二天早上发现的。不过想起昨夜里追赶麂的情景，父亲依然兴奋不已。在父亲的描述中，他差一点刨中那只麂了，要不是他被一根藤蔓绊了一脚。

"麂没有尾巴，起码有五十斤，它太善于跳跃了。应该是一只黑麂，长着短角，它一定饿坏了，不然不会在夜里出来行动的。"父亲这一天都处于莫名的兴奋中。

这天起，我们白天留一个人驱赶鸟雀，剩下的人在窝棚里睡觉。到了晚上，睡醒觉的人值班。父亲说，现在别人家的粮食要么晒死了，要么收回家去了，饥肠辘辘的野兽们都要来劳动坞偷吃庄稼了——尽管这一现象是不值得高兴的，但是听父亲的口吻却像是充满期待似的。我每次周末放学去山上，二哥都要向我讲述他们在夜里发现及追捕野兽的情形。正如父亲所料，野兽们越来越多地出现了，除了野兔、麂，还有獴、果子狸、猪獾、豪猪、野猪……

二哥说："你知道吗？猪獾不像猪，像狗，它还会咬人呢！只有咬人时，吼声像猪。"

二哥又说："豪猪也不像猪，像刺猬，它身上披着钢针一样的刺，那些刺会发出沙沙沙的响声。"

我说："我在山上的时候，它们为什么都不出现？"

二哥说："你不在夜里值班，当然看不见。这些可恶的家伙！它们都要到后半夜出现。"

我说："可是，你们一只都没有逮到过。"

二哥说："嗤！你以为野兽好逮啊！就算被你发现，你去追总也追不上。它们都是夜行动物，眼睛能看清黑，只几秒钟就逃进树林了。"

说着，二哥要带我去看野兽们留在庄稼地里的蹄印，还向我炫耀捡到的豪猪毛。我简直不敢相信，豪猪毛真的像钢针一样的，比筷子还长。我心想，要是被它扎中可就死定了！

就像所有传奇故事一样，最厉害的角色总是在最后时刻出来制造麻烦。当然，我所讲的"传奇"只是针对那个时候的我而言。很显然，父亲也是传奇的一部分。在经历一次次追捕失败以及熬夜的辛苦之后，父亲决定放弃逮住野兽去卖钱的想法——尽管他布设的铁夹子和绳套也曾逮住过小动物，但是布设过程耗费时间太多——于是，父亲一心一意地琢磨起驱赶野兽的方法来。父亲说："我们不能全赔在山上，家里还有很多事等着去做呢。"

父亲重新做了稻草人。这一回，他把稻草人挂在了高高的树枝上，又在它的手臂上挂了铃铛，风一吹，那个妖怪似的稻草人就会摇摆起来，当当当当，就像是它摇响了手中的铃铛。父亲认为这还不够，又在稻草人身上扎了几面蛇皮袋做成的旗，这一下，悬空的稻草人就像插上翅膀那般飞起来了。飞起来的稻草人果真吓住了白天的鸟雀和夜间的野兽。父亲如法炮制，又在其他树下挂了三个会飞的稻草人。

但是很快的，鸟雀和野兽试探出稻草人是没有灵魂的，它们只是随风飘荡而已。父亲想了半天，给稻草人戴上了骇人的面具，有鼻子有眼儿——不管用，他又在稻草人身上拉了绳子，绳子相互连接，上面挂满锡纸，终端拉到窝棚里，于是当我们急迫而用力地拉动绳子的时候，空中的稻草人立即变成了随叫随到的金刚四拿，尤其在夜间，这一招很管用，甚至连我们自己都感到害怕。

父亲又相继制作了"不灭又省木柴的火堆""自动喔当喔当敲击的竹筒""尼龙线大迷阵"之类的发明。其中"自动敲击的竹筒"的原理，就是当泉水灌满了竹筒的这一头，它因失重就会喔当一声砸下去，然后引起一连串机械的反应。而"尼龙线大迷阵"的原理看似简单效果却出乎意料，它利用了尼龙丝的透明和动物的恐惧心理。在夜间，哪怕是夜行动物，当它要去吃一棵庄稼的时候，在腿间或者嘴唇上突然被什么东西"割"了一下，它也会感到一惊，就会停下来看，这一看就会发现月光下有神秘之物闪闪发亮，一圈又一圈地环绕在庄稼地周围，它猜不准其中的凶险，就再不敢往深处走去。

总之，父亲就是利用诸如此类的办法，在一段时间内挡住了野兽们的脚步。它们往往在山梁上留下一串串踟蹰的脚印，而不敢越雷池半步。那时候，我们都以为可以舒一口气了。况且山下的农活越积越多了，父亲白天要下山帮母亲干活，晚上才能上山去。可是，就在我们以为劳动坞上的庄稼就等着我们去收获的时候，野猪出现了。

据父亲讲，野猪之前也出现过一两次，他是从众多的动物蹄印里分辨出来的，他以为它只是路过，从此走远，没想到还在。而且它带了一群幼仔来。这是父亲最担忧的事情。它可能带着一家子在劳动坞附近安营扎寨了。

父亲一面策划对付野猪的方法，一面带领我们先把大豆连秆砍了，捆成几捆，挑回家去。接下来又带领我们摘了玉米，把玉米棒从层层包裹的苞衣里扒出来，拿蛇皮袋装了几麻袋。还有一些零零碎碎的，诸如高粱、粟、芝麻、绿豆之类碍手碍脚的庄稼，也都准备先收了。

父亲说："野猪在山梁上观察几天了，我们还得抓紧时间把番薯和毛芋也挖了。尽管它们还能长，正是补秋膘的时候哩。"

只是这一系列抢收需要一个过程。偏偏天又下起了雨，我们把一些没来得及挑回去、又怕淋雨会捂出芽来的庄稼塞进窝棚，结果里面连一个站的地方都没有了。天黑了，父亲让我们回家去，他说一个人守在山上就行了。第二天，我们发现野猪倒是没有敢从山梁上下来偷吃，父亲冻了一夜却是病了。而雨还在下。

大哥说："爸，你回家去吧，我和庆子待在山上吧！"

父亲说："我没事，这是老毛病了，我一咳嗽，还能起吓唬的作用呢！"

在劳动坞，幸存下来的庄稼里面，数番薯最多了，其次是毛芋。我们在雨天割掉了番薯藤，砍掉了毛芋梗，就等天晴后开挖。——当然，在"我们"当中并不包括我，因为我非常讨厌在泥泞的地里干活，而且越踩越黏糊了，所以我在那天中午就偷偷地溜回家了。

第二天，我去上了学。据二哥回来说，野猪在我回家那天晚上就行动了——"他娘的，那是一群野猪啊！先是两头大猪下来的，紧接着一群小猪跟随，直往番薯地里奔，什么稻草人、铃铛、尼龙线，狗屁，它们一点都不怕。它们看我们收走了最后的庄稼，一定也急了吧！它们肯定豁出去啦！……我听到山梁上传来'咻咻——哼哼'的声音，还有一对对晃动的眼。我害怕得喊起来，野猪来了，野猪来了！……"

二哥花了很多时间强调野猪的到来，他是第一个发现的；又花很多口舌描述野猪的样貌，他滔滔不绝；我被他的讲述吸引的同时，始终没有搞明白，我们家的番薯被野猪糟蹋没有。

父亲是瘸着腿回家的，就像一个从敌营里逃回来的败将。自从他的腿被耕马的四个儿子打坏后，他瘸过好长一阵子，后来渐渐康复了。所以那天看到他又是一副狼狈不堪的惨状，母亲的脸倏地一下难看了。

"这一回没人跟你打架吗？"

"没、没有。"

"那你的腿怎么回事！"

父亲简直要哭起来了："我只是打了一个盹，它们，它们就把……整个地都拱了！"

母亲凶了父亲一句什么，就别过脸去，我看见她的眼圈红了。

父亲说，他和山子轮流值夜，轮到他的时候是夜里三点，也不知怎么搞的，在黎明时分他打了一个盹，等他被咻咻哼哼的声音吵醒，就发现野猪已经把番薯地拱了一个底朝天。他忘了拿锄头就冲过去赶，有一头长獠牙的，显然是一头公猪，在他拿石头砸小猪崽的时候冲过来，给了他一下，他忍着痛拿起石头砸大公猪，大公猪就扑上来了……

母亲打断父亲的讲述，问山子呢，山子受伤了吗？父亲说没有，幸亏山子醒过来，哇哇大叫着，从窝棚拿来了手电、锄头和砍刀一起对付，野猪一看情况不妙，就全走了。

说着，父亲咳嗽着，瘸着腿找赤脚医生去了。

中午，天大晴了，我们全家上了山。

可是，面对一片被野猪拱翻过的土地，我们就像面对一片地震后的废墟，有些无从下手。众所周知，挖番薯最怕的是把番薯挖破了，挖破的番薯很难储存。所以，挖的时候需要确知番薯的大致位置。而现在，我们很难在杂乱无序的烂泥里找到番薯，工作进展缓慢不说，也容易把番薯挖破或者遗漏。父亲一边挖，一边咬牙切齿：“它们是故意的，故意的！它们不仅仅为了吃，而且为了霸占！”

那一天，我们没能把番薯挖完，挖出来的番薯几乎没有一个完整的。破损，不仅仅来自锄头，也来自野猪的嘴。看着破铜烂铁般的一堆，父亲的脸都青了。他跟随我们下山（因腿伤，他挑不了担子），去螳螂的经销店里买了一捆“二踢脚”，就又上山去了。夜里，我一直留意着从劳动坞的方向传来“二踢脚”的双响，并且想象野猪因此吓得仓皇逃窜。也不知是距离过于遥远，还是我听力不好，始终没有听到。

从劳动坞陆续传消息下来的，是大哥二哥，他们每天都会挑一些"破铜烂铁"回来。并且告诉母亲，野猪照样还来，在地里乱拱。

母亲问："死棺材就没有放二踢脚吗？"

他们说："没有。"

母亲说："死棺材想养野猪成精啊！"

大哥二哥相互看看，也不说话，吃过饭又上山了。

我感觉这其中一定有鬼，但是猜不透。逢到不上学的日子，我连奔带跑地上了山。这才知道父亲他们在挖洞，不是用来设置绳套的小洞，而是一个很大的洞，足以跳进去四个人的洞。而且，这洞的容积还在继续着。

父亲在洞里对我说："我们要挖一个洞，很深的洞，洞的上面，铺满落叶和沙子。"父亲的声音从洞里过一会儿才飘上来。

我说："爸，你是不是要用一根很粗很粗的绳子，做一个很大很大的绳套？"

父亲笑了，说："就算我能把一根毛竹压弯，让它把大绳套弹上去，也没有那么粗的野兽脚踩进来啊！"我说："那我们挖它做什么？"父亲又想笑起来，但是被一阵咳嗽打断了，咳嗽止息后，他让我跳进洞里去。在洞里，他严肃地说："等我们挖好了这个洞，我们就能逮到野猪了。如果我们能逮到野猪，就能逮到别的动物，那么今年的损失就回本了。"

父亲歇了口气，又说："阿囡你知道吗？我们挖这个洞不仅仅捕野猪逮野兽这么简单哩。等到明年，如果天还大旱，你就会知道这个洞还有更大用途哩！……"父亲以为我肯定会追着问为什么，但是我还没有搞懂父亲将怎么利用这个洞来逮野猪呢，我想野猪那么精，它就那么愿意往洞里跳？在我发愣之际，等不及的父亲只好说——

"我告诉你啊，我们在山上预先挖好引水沟，等天一下雨啊，我们还能利用这个洞收集雨水呢。所以这个洞挖得越大越好，越深越好。等你们再大一些，如果能够学习愚公的精神，能在这山梁上挖出一个小水库来才好呢！那样子，再干旱的年份，我们家也不怕老天会晒死庄稼，劳动坞就会年年丰收啦……"

父亲说这话的时候，就像一个充满憧憬的孩子，两眼放光。我想父亲一定太想过上传说中那种衣食无忧的生活了，所以他才会在守护庄稼的日子里生发出那么多美好的幻想吧，以至于他总是被这些幻想激励着。

父亲他们挖洞挖了好多天。为了不让夜里出现的野兽看出这里有一个新挖的洞，负责在地面上拉土的两个哥哥还要把新土挑到庄稼地的腹地倒掉。他们在挖洞的那些天，忙碌的母亲没有上山，但是跟我说她做了一个不好的梦，梦见父亲掉进一个陷阱，里面黑漆漆的什么都看不见，陷阱很深很深，父亲在里面挖啊爬啊，然后她在父亲的哭号中大汗淋漓地醒了。

我猜想父亲一定被塌方的洞壁埋在洞里了，我没有去上学一路忐忑地跑到劳动坞，却见父亲他们几个正在洞上面铺设竹枝与落叶，父亲笑嘻嘻的，告诉我，晚上他们先让野猪下到番薯地（故意的）——它们下来的时候，自然是不会踩进洞去的，但是当我们突然对它们进行围捕的时候，它们就会在慌不择路中掉进去。"它们有相对固定的上山路。这个洞就在路中央。到时候，我们在左右两个方向放'二踢脚'，它们肯定会吓得直往中央跑。"说着说着，父亲突然想起这天是我上学的日子，骂了我一通，命令我下山去。我只好下山了。

我想梦是反的。梦里掉进陷阱的是父亲，现实里有可能是野猪。我始终没有跟母亲说出父亲他们在山上挖洞的秘密。如果母亲知道了，一定会上山去阻止的。我心里还是希望父亲能抓到野猪、豪猪、猪獾，或者黑麂。我又好久没有吃到肉了。

那天夜里，我的两只耳朵支棱着，闭着眼睛，感觉自己在黑暗里飞，飞，飞。我飞越村庄上空，飞过小溪、畈田与丘陵，飞过茶叶山，突然"呼"的一声响过，又响了一声"啪"，我分不清自己是在梦里跌醒了，还是真听到了"二踢脚"的回响。我想等到天明，大哥二哥就会抬着一头野猪或者豪猪或者黑麂回家了，就算大的能跳过去，小的肯定会掉进去。

我等了一天，两天，失望之余又怀疑起他们逮到了一只小野猪，他们自己吃掉了！

逢到周末我上了山。我说我也要参与围捕。可是二哥告诉我，自从野猪们被"二踢脚"吓破了胆，就再也不敢下来了。我问，你们费了那么大功夫，就没有逮到过哪怕一只小野猪吗？二哥说，世界上简直没有比野猪更机智的生灵了，第一次围捕，是有一头野猪掉进去了，但是等他们搬石头往里砸的时候，它又蹿上来了。我不敢相信，从那么深的洞里还能蹿上来？二哥说，它在洞壁上来回跳，几下子就跳上来了。

此刻，父亲正在日渐荒凉的山上补种冬季作物。

秋天已快走到尽头了，附近山上的落叶树这里一棵那里一棵，红艳艳的，很扎眼。

风依旧是从山梁上吹来，已经有些冷飕飕的感觉。

父亲看到我，停下手中的活，淡淡地说："家里还好吗？待会儿，你们都一块下去吧。家里事情多，现在就我一个在山上就可以了。都下去吧！"

父亲有些憔悴，老毛病又犯了。好在咳嗽几声，没有哮喘。

此后好长时间我没有上山。既然庄稼已经收回来了，父亲挖那么深的洞又逮不到野猪黑麂什么的，天又越来越冷，为什么还要上山呢？

母亲显然也知道父亲在山上挖洞的事情了。母亲埋怨说，父亲是偷懒，作贱，躲在山上可以不管家里的事呢。但是不可否认，我们在那个寒冷的季节，多亏了从劳动坞上收回来的那些乱七八糟的粮食。尽管有的粗粮吃起来味道并不好，或者会吃到沙子。

后来，我们在家里烧着父亲背回来的树根取暖，火上烤着一个红薯、玉米棒之类，竟渐渐忘记了父亲的存在似的。直到冬至那一天，按照我们这里的传统要给祖宗上坟，家里还没有钱买肉做祭品呢，母亲正发愁的时候，父亲回来了。

父亲是挑着一挑子已经长成的萝卜和胡萝卜回来的。父亲挑得很累，也一定走了很长时间，放下挑子就坐在门槛上大口喘息。母亲本来要奚落他几句的，看到他一副蓬头垢面像要咽了气似的样子，也就没有多说什么。

父亲含含糊糊着："野猪又回来了……还有，别的……这一回放鞭炮也不怕；我怕刚长好的作物又被糟蹋了；所以……"

母亲一听又是野猪呀，庄稼呀，忍不住生气道："在劳动坞，那里有仙女迷住你了吧！你挖那么大的洞，就不会逮住一只野猪再回家啊，我还以为你送野猪肉回来啦！家里那么多的事，你就不知道问一问！"

父亲低声说："嗯，嗯，我有带来的，是一只兔子。"

那一年冬至，我家就用一只剥了皮的野兔上坟祭了祖。野兔的两颗大门牙呲呲着，真难看。也不知道祖宗们会不会喜欢。

等我们从坟上回来，父亲竟然还在家门口坐着，也就是说，按照惯例他早该上山了。当然，我不该这样说。更何况，母亲还想留他在家里呢。

原来，父亲是想让我跟他去坞头村舅舅家。舅舅家有一把猎枪，这是都知道的，之前我们还向父亲提起过，但是父亲没有吱声。因为自从外公死在他这个"姐夫"手上后，舅舅就与他翻脸了。他也觉得自己无脸再去坞头村了。他一定在内心斗争很久。我知道他叫上我，是想利用我去跟舅舅说借枪的事，他躲在村口等我也说不定。但是母亲不让我去，说你有本事你自己去。父亲只好一个人上路了。

没有人知道父亲经历怎样的窘迫进了村，又怎么与舅舅一家见了面，他说了什么？总之下午父亲回来的时候，肩上背着一只蛇皮袋，蛇皮袋里包着枪。枪沉甸甸的，枪托像一只火腿，掏出来的时候，我闻到了一股"二踢脚"爆炸时才有的味儿。

母亲说："这一回你不打死野猪，不要回来！"母亲说的显然是气话，因为她无法容忍自己的男人总是待在山上，家里的事找不到人商量不说，村里人也开始议论了，说你男人是不是被你这个鬼婆赶出了家门，你们夫妻关系不好？或者半夜里听到父亲在山上放"二踢脚"，很多人以为被雷打醒了，人们说，这得令，是不是走火入魔了？

父亲并不在乎村里人怎么说，即便他们说什么，他也没办法，问题就在于，他也觉得对不起母亲，同时让三个孩子跟着受累。他其实很想放弃这片远离村庄的土地也说不定——不，不，这只是我的猜测。从父亲背着枪上山时的毅然决然，相信他从未想过放弃。父亲看上去蔫蔫巴巴的，却是一条地地道道的硬汉呢。他要捍卫这片土地长出庄稼来。

他会打死入侵的野猪吗？我们还能收获粮食吗？

我祈盼父亲能够打赢这一仗。

我看着父亲的背影忽而明亮忽而暗淡在黄昏临近的光里。父亲走向了上山的路，太阳正在下山，这是白天与黑夜的过渡，父亲的背影模糊之时，太阳也落下去了。但是天还亮的，红彤彤的霞光映照下还能看清东西。这时候，我突然产生了一种冲动，我也要上山去，我要帮助父亲，哪怕什么忙都帮不上，也要给父亲做个伴。父亲多孤单啊！

我于是往山的方向跑。

我跑了几步，发现二哥也跟来了。

二哥喊我等等他，然后说："这次死定了！谁也逃不掉啦！"

我说："真的能打中吗？"

二哥说："当然。"

二哥总是喜欢和我在一起，而不喜欢和大哥在一起，因为我总是相信他。二哥说："如果咱爸想睡觉，那就咱俩来守夜吧，我知道埋伏在哪儿能看见野猪，野猪却看不见咱。野猪下来的时候，你千万不要惊动它们啊，要挑一头个头最大的来瞄准，记住了吗？"

我说："记住了。"我心想，到时候还能轮到我来瞄准吗？看二哥那一副兴奋劲儿，就知道他只想让我给他壮胆。不过一路上，我忍不住想象我将如何拿枪、上膛，如何瞄准、射击。这一系列动作，我在电影里看过。

或许，我们真的已经适应了眼前的暗，到了劳动坞下的茶叶山，天已经黑了，但是我们还能看清山上的东西，所以走得很快，马上就到了属于我们家的地界上。这时，只见有什么野兽正在往山梁上跑去，仔细一看是父亲跑起来了，他跑了一段，就站下来查看，随即我们就到他的跟前了。父亲一拍大腿，大声"唉""唉呀"两声，丢下我们继续往山梁上跑。

我低头看看脚下，才发现庄稼被野兽吃掉了！冬小麦、油菜、大白菜，没有了叶子，只留下一个又一个茬。一定有野兽来过了！我们跟着父亲往山梁上追。山梁上有什么活物正往树林里窜。我们再往上跑了一段，就听见有野兽的嚎叫从什么地方传出来。

"嗷呜——"

"嗷呜——"

可怕的声音在洞里回荡。这一回终于有野兽掉进去了！那不会是一只狗熊吧？！我和二哥本能地抱起石头，追到父亲挖的那个洞附近，要往洞里砸。可是，就在我们赶到的时候，枪响了。可能这一切应激反应，都鉴于上一次有野猪掉进洞去，就在父亲他们往洞里砸石头的时候蹿上来逃掉了，所以这一回，父亲直接往洞里开枪了。空气中顿时弥漫起一股火药的味儿，确实跟"二踢脚"爆炸后的气味相像。

但是，就在我们想看清洞里的野兽时，我听见洞下有不同于野兽的呻吟传出来，然后再听，那个声音就像人咽气时那样哼了几哼，再也不响了。父亲差二哥去窝棚里拿手电。等待的过程，我看见父亲大口地喘息，拿枪的手在颤抖，两条腿直打晃，他吓得站不住了。

掉进洞里的是村里的哑巴。那天他在离劳动坞不远的山上放牛，山上的草大多枯了，牛东跑西跑，不知怎么就跑到劳动坞来了，哑巴大概找牛找到了山梁上，一不小心就掉进父亲布设的陷阱里了。哑巴不会说话，在洞里只会"嗷呜""嗷呜"地叫……

父亲拿手电照清被他误杀的人是哑巴，他的手渐渐不抖了。我们知道，哑巴是一个孤儿，平时村里人都欺负他。当然哑巴也不是一个善茬，他经常暗地里报复欺负他的人，比如用竹枝抽断别人家的油菜花，拿石头砸破别人家的粪缸。但是不论怎么说，一个活生生的人死了就是地球上又一个生命终结了，天上会不会有流星划过？我没有朝天上看，我看到的是父亲跳进洞里以后，瘫在了哑巴的尸体旁，哑巴的身上在流血……

二哥和我在洞上面等着父亲把绳索捆扎在哑巴的身上，我们好齐心把哑巴拉到洞上来，如果他还有一口气，二哥还能背着他去抢救。至少理论上是这样。可是父亲的两只手又抖起来了，他怎么都不能把哑巴的身子抬高，将绳子从哑巴身下穿过去，他努力几次就重新瘫在了地上。"快去叫村里人来抬吧！我一点力气都没有了！"父亲的哀告从洞里传上来，"要是他死了，我会去坐牢——"

听到"坐牢"，我和二哥连滚带爬地往山下跑，到了茶叶山的斜坡上，正应了那句"上山容易下山难"，我无论如何都走不了了。

二哥丢下我，一个人下山了。

冬天的夜晚，山上寂静得可怕，就连蛐蛐都销声匿迹了。我蹲在下山的路上，膝盖簌簌地响。幽蓝的天幕上有几颗星星，一棵松树上掠过一只蝙蝠的黑影。有一只猫头鹰叫起来："唔——唔——呃——啊——"这黑暗里的不祥之音，隐约让我嗅到死亡的气息。"爸，爸，不要丢下我们啊！"我感觉时间那么漫长，当山下出现几束手电的光亮，我擦去了眼泪。

大人们七手八脚，把哑巴和父亲都弄到地面上来了。

平时很多人没有来过开垦以后的劳动坞，一见之下大为震惊。

他们背着我父亲下山的时候，都表现出了钦佩。

"得令！你他妈的不声不响搞出这么大一片庄稼地，你想当地主啊！"

"要是山上没有野兽来闹灾，还真能种出很多粮食哩！"有人附和着。

父亲一点都没有放松下来，问哑巴死了吗？上山来救急的人似乎都不太在乎哑巴的生与死，他们已经把哑巴捆绑在一副担架上当死人抬了。

抬担架的磨刀六说："好像死了吧！一直都没有动一下！"

背父亲下山的老济公说："哑巴早一个月就断粮了，来山上是来偷胡萝卜吃的吧？"见父亲不回答，又说："得令，你……你这是咋啦，不会吓得尿了吧？"

众人都笑了起来。

等到下了山，父亲照样站不起来，刚开始大伙都以为他的腿被箍了一路，麻了。可能他自己也这么认为。哑巴呢，下了山就放在了我家门口一块拆下来的门板上——之所以没有连夜抬去乡卫生院救治，是因为金塘河下游建有一座水库，晚上谁也出不了山。就算出了山，也难保半夜能找到医生。

母亲呜呜的，重复着她反对父亲上山开荒，早上她还反对父亲去借枪……"现在，死棺材把人给打死了，这可怎么办？死棺材要是被抓去坐牢，家里谁来管啊？我不想一家人再被人议论啊！"母亲的哀怨、痛苦、无助和对未来的恐惧，加重了黑夜的窒息感。

到了午夜时分，家里就剩下我们自己，连赤脚医生也回去了。赤脚医生说，哑巴的身体还没有硬，还软的，他失血过多，可能缓一缓就会醒过来……

当然，哑巴已经被人抬进屋来了。

我感到很害怕。害怕父亲被抓，害怕哑巴死掉。人如果死了不就变成了鬼？我害怕和鬼待在一个狭小的空间里，我连看都不敢朝哑巴那边看。但是不看，脑海里照样显现出哑巴死人的模样。那是一个恐惧、绝望的夜晚。

直到凌晨三点，哑巴从门板上醒来。

哑巴一醒来，就发出可怕的"嗷呜""嗷呜"声，接着又昏迷了……

第二天天蒙蒙亮，有村里人来家里帮忙抬哑巴去救治，惊吓过度的父亲依然白汗淋漓，两腿打晃。他强撑着自己，去村里向稍微富裕的人家借钱……他刚回到家，那些急着抬哑巴去赶船的人，接过父亲手中的钱就抬担架走了。他们抬走后，父亲倒在了床上，气管炎和哮喘病趁机发作了，他一刻不停地咳嗽……

哑巴在山乡卫生院救治一天，最终又转到汤溪镇医院去，父亲借的钱很快花光了。母亲一大早搭乘拖拉机回到山乡，又赶中午的柴油机船回到村里，哭着说动手术需要一大笔钱，医院等着她拿钱去。可是我家哪里还能借到钱？母亲哭着埋怨父亲误伤人命，如果哑巴死了，派出所的人就会来抓。父亲又一次走在了找人借钱的路上。我不知道他心里到底有多为难，他走几步就蹲下来咳嗽，如一只瘟鸡……最后，有人出主意："天大地大不如人命大，救活哑巴也是救你自己啊。现在就剩一个法子了，就是把哑巴养的两头牛抓紧卖了，就当是你借了哑巴的钱拿去救哑巴的命了，等你日后挣了钱再慢慢还他。"

这样，哑巴的两头牛就被父亲牵到村街上。这两头牛一老一少，少的是一头几个月大的小牛，被村里一个人低价买走了（据说那人牵到邻县狠狠赚了一笔），剩下一头太老了，再便宜也没人要，父亲不得不请磨刀六杀了它，肉价自然要比平日里便宜许多。所以牛杀死后，几乎全村人都来买牛肉吃了，最后还剩余牛头牛尾牛肝牛肺之类，父亲干脆送给那些帮助我们抬哑巴下山和去医院的人家作为回报，以至于只给自己家留了四个牛蹄子——那玩意儿，是我这辈子吃过的最难咬的东西了，以至于我们兄弟仨在那个不合时宜的日子里龇牙咧嘴了很久很久。

哑巴得以活下来，还得感谢他养了两头牛。或者说，是那两头牛牺牲自己救活了它的主人。只是躺在医院里的哑巴并不知情，他还担心他不在家的日子牛饿着肚子，反复跟母亲打手势。所以当他于十天之后捂着刚刚拆线的伤口，坐着嘭嘭响的拖拉机和柴油机船辗转回到吴村，满怀歉疚地打开牛栏不见了他的牛时，他会如此愤怒与悲伤。

他是拿着一把菜刀来到我家的，那样子完全像一个准备拼死的疯子。他一边跟我们打手势，一边挥舞手中的刀，我们吓坏了，吓得跑到了楼梯上。此时父亲还卧病在床，听到我们的尖叫和哑巴的哇啦哇啦，他几乎从卧房的床上直接掉到地上又滚进了堂屋。哑巴一见我父亲，情绪更激动起来，他把菜刀狠狠地砍在一根柱子上，刀身一阵颤抖。父亲吓得跟哑巴打手势，哑巴哇啦得更厉害了，他一会儿左手，一会儿右手，一会儿两手并用，表情狰狞。

那天以后，哑巴就天天来我家要他的牛。

他总是张牙舞爪，逼迫父亲用他的语言方式与他交流。

父亲打手势哀求说，卖牛的钱会尽早还他的，现在困难实在拿不出。父亲说，你不是没有粮食吃吗，我愿意用粮食代替现金分批分量偿还你，五年还不完十年也要还完。哑巴打手势配以跺脚，说他受了伤还没有得到赔偿呢，赔他多少粮食都是应该的。现在，他要的是牛，头顶长两只角的动物。他还捂着心窝示意说，他从小没有亲人，头顶长角的动物就是他的亲人，你们怎么能随随便便杀了？！

我第一次看见哑巴哭了。

父亲打手势说你命在旦夕啊，当时为了救你的命那也是没有办法啊。父亲就像表演哑剧的人那样，夸张地诉说杀牛的必要性。

可是哑巴固执得很。父亲狠狠心，把家里仅有的一点粮食都赔给了哑巴，他希望哑巴能消停几天，容他想想办法。只是哑巴挑走粮食后，照样一到饭点就赖在我家吃饭。哑巴吃饭就像饿鬼，桌上好吃的都被他卷走不说，光他那副吧唧吧唧嘴的样子就让人受不了。更何况，我家里没有了粮食下一顿饭该怎么准备呢？我们自己家的人可以随便摘点绿叶子糊弄一下肚子，可哑巴不喜欢吃那种菜糊糊，而且会到处去宣扬。

有一次大哥实在不能忍受哑巴的挑剔和脏样，夺了哑巴的饭碗跟哑巴打了起来，哑巴毕竟年纪大了而大哥正当其时，几个回合之后哑巴顺势往地上一滚，哀号不已。山里人本来就爱看热闹，这下左邻右舍全跑了来，围了个水泄不通。隔壁的顺娣跟母亲说："这个哑巴就是欺负你家得令老实。他以前被人那样子打，打得满地找牙也没见他敢去要什么赔偿。"母亲听了顺娣的话，命令父亲立刻把哑巴拖出去。可是在旁的人说："不管别人怎么对待哑巴，都没有人把他的牛杀了。哑巴要的是还他的牛，他有什么错？"

哑巴的撒泼加上村里人的议论，使父亲进退维谷、不堪其羞。父亲突然走到哑巴躺着的地方，把哑巴扶了起来，就在哑巴要再次躺下去的片刻，只见父亲突然跪在哑巴跟前磕了一个响头，然后他强忍着什么，两只眼睛在瞬间红了，他用力地甩动两条胳膊，和哑巴打起了手势。那一通手势凌乱而决绝，把在场的人看得如坠云雾，但是哑巴好像看懂了。哑巴嘿嘿笑起来，笑得大伙心里冷森森的，他走的时候，向父亲竖起了大拇指。

哑巴走后，村里人也都走了。屋里安静得就像结束了一场梦。

父亲一屁股坐在地上，把我们叫到跟前去，有气无力道："我把劳动坞的土地——让给哑巴种了！是爸没用啊……"说着，父亲呜呜地哭起来。

父亲说："我原打算，在劳动坞盖两间瓦屋，可以住人，也可以堆粮食，等我把整个劳动坞开垦成庄稼地，我就住在山上，种庄稼、水果、蔬菜，养鸡、养鸭、养鱼……把你们养大……现在，我没有一点力气，我再也不想。"

从那以后，我们家再没有去劳动坞劳动，也没有开垦一寸土地。我的父亲，头发白了许多，也越发瘦削憔悴了。就像一根绷过头的弦，再也恢复不到原初的状态，拉不成激昂的曲子。似乎掉进洞里的人是他，再也没能从洞中爬出来。

那以后的日子，我们又经常饿肚子，还不断地听到"你爹他真傻"之类的话。穷困、绝望与屈辱，逼得母亲对父亲也越来越不好。以前母亲怨父亲是因为他过于勤劳，总想多种庄稼，现在她怨父亲是因为他终日蔫头耷脑，做一天和尚撞一天钟。母亲说："是你自己把地让出去的，你怨谁？跟谁闹情绪？好好的日子被你折腾来折腾去，折腾成这个样子！"

父亲从不反驳，他总是低头盯住地，似乎他的目光能穿透脚下的地，一直看到深藏在地底的地狱。不过家里的活，他还是会去干的，只是在他身上似乎缺少了一点什么。

总之，我们家就像所有深陷困境中的家庭那样，靠省吃俭用和唉声叹气挨着日子。好在一段时间后，大哥被山外的亲戚带出去打工了，他时不时会寄点钱回来。我们就像洪涝与干旱中存活的庄稼，总算都还活着。

后来，我读书读到了初中。这时候，我已经长得高高瘦瘦，频繁来往于吴村与山乡政府驻地，离家住校数年了。初三临近中考那年，我也说不出为什么，突然就厌倦了读书。可能书本上的知识离我的生活越来越远了，感觉学了这些东西在生活中用不到；也可能是我从小被灌输了"本想生一个女儿"以及"孝顺"的观念；抑或是我的骨子里有着和父亲一样的土地情结，那是从我祖父或者外公那里继承的；我一门脑儿想回家，想一边靠养殖种植发家致富，一边照顾贫苦中的父母。所以同学们准备迎考的时候，我从书店买了很多养殖种植方面的书，我看这些书看得废寝忘食。

但是我没想到父亲会阻止我。他说你要是回来种地养猪啥的，我就拿锄头砸破你的头。

我不理解父亲为什么这样做，为此吵了架。

只是，我并没能考上高中，我的成绩太差了，我跑到跟人学装修的大哥那里去，又从他那里跑到更远的城市去。在流落城市衣食无着的日子，我也没有想过要回去。好比一个人，从此被故乡抛弃或者他抛弃了故乡，我在陌生的土地上漂泊，不知道要怎么努力明天才会变得美好。我是陌生土地上的一个陌生人，就像一个失去了灵魂的人四处游荡。却也有过几回，我莫名地想念故乡，我想起我的村庄，梦见我的祖先在那些"一等一的好田"上劳作，想起父亲，带领我们一家在河边筑造抵御洪水的围坝，我们在劳动坞汗流浃背地开荒，挑水抗旱……那些不堪回首的往事，经过时间的沉淀，回忆起来心酸又那么美好，以至于我对眼前枯燥的机器上的工作越来越不感兴趣了，我厌恶自己浑浑噩噩地活着。

有一年春节，在大哥的再三敦促下，我终于决定从遥远的地方回家与父母团聚。当我们相约回到大山，翻越井下村的马骚盐坡，一步步向吴村靠近，远远望见群山脚下铺成在金塘河两岸的田地，湛蓝天空下银带一样波光粼粼的溪水，炊烟袅袅下这熟悉又陌生的村庄，还有即将见到的亲人……百感交集的滋味潮水般向我涌来，我不禁泪流满面。

到家后，大哥说在城里也曾有房主请他们装修工吃过酒店里的菜肴，但是他最想吃的还是家乡的土猪肉炒冬笋的味道。其实这也是我童年记忆里最美的味道之一。于是我们与母亲简单聊过几句，就每人背一把锄头上了山。这还是我离开吴村外出后，第一次回到父亲开垦的土地上。令我没有想到的是，去劳动坞的一路上，我看到大量的田地荒芜了，就连那些"一等一的好田"里也长满一人高的狼尾草。我不禁想起那一年干旱，水稻枯萎了，我几乎隔几天就会看见有人在稻田里打架，他们打得血流满面……

二哥说："你们还不知道吗，村里的年轻人都出去打工了，现在，谁待在家里种地就会被人嘲笑。而且，真想种地也种不出了，零星的庄稼地更容易招来野兽和病虫害。留下来的人，要么是带孩子的老人，要么是像耕马家大儿子这样的，当了村长想着法子截留扶贫款，前年他还把陈氏祠堂拆了卖，卖了三万元说是留作村委的招待费……"

我哦了一声。二哥又说："村子空了，有田没人种，有事没人管，现在村里死一个人，都凑不齐青壮年抬棺材。幸好你们两个都比别人出去得早……"

我的心又一次难受起来。

我想，劳动坞肯定也长满一人高的狼尾草了吧，就像这山下荒芜的稻田一样。尽管这样想，到达的时候，我还是感到了震惊——
这里完全是另外模样。这片我们曾经挑水抗旱的土地，曾经日夜守
护的土地，已经重新被毛竹占领。毛竹郁郁葱葱，从山坳一直蔓延
到山脊山梁，就像在这里，什么都不曾发生过。

我按照记忆的指引，找到了父亲挖的那个洞。那个洞，还在原
来的地方，就像一张深不见底的嘴。我趴在洞口往里看，下面黑漆
漆的，有一股浊气涌上来。我看不清底下泛白的，是石头，还是白
骨。我很想跳下去看看，但终是不敢。

山梁上的风一如既往地吹着，竹林发出窸窸窣窣的声响。阳光
穿不透竹叶，落在地上的是大小不一的光斑跳跃，就像一只只蠢蠢
欲动的野兽……

是的，这里曾经野兽出没，飞鸟成群，现在却安静得出奇。

"阿囡，你还记得哑巴掉在洞里嗷呜嗷呜地叫吗？"二哥打破
了沉默。

"当然记得了，是你跑回村叫大人来抬的。我和爸都吓瘫
了。"我说。

"哈哈哈，那时候，我们好搞笑啊。夜以继日地挖这个洞，以
为挖得越深越好。"

"嗨，那个时候我们可真能吃苦，跟着爸在金塘河边筑围坝，
还花了那么多力气在这儿挑水抗旱呢……"大哥插嘴道，"而且，
咱爸还设想，我们长大后要继续往下挖，挖成一个小水库，在山上
建设一个农场……"

"可是，咱爸一次也没有成功过。"二哥不以为然地说。

我们自然而然地说起父亲的一次次失败，"异想天开"，说着说着，忍不住哈哈大笑起来。可是笑完之后，心里又感到有点别扭。毕竟，父亲的所有愿望、幻想、努力与奋斗，都是为了我们一家人。所以接下来的时间谁都没有说话。

"后来，那个哑巴怎么样了？"是我先打破沉默。

"他呀，在这里种了几年庄稼，也没有种出什么来。后来就在这山上，被蛇咬了。"

"怎么会这样？"我的后背一阵发凉。

二哥显然没注意我的情绪变化，继续说："这个哑巴，当初硬要从我们家抢走这块地，害得我们又饿了几年肚子，没想到他却把命搭进去了。嗯，就葬在那边山上。"

回到家，我向母亲求证。

母亲告诉我，哑巴确实被蛇咬了，咬了后死在了劳动坞，很多天后臭味飘到茶叶山才被人闻到了。因为尸体太臭没人愿意去抬，最后是我父亲带着人把他葬在竹林边上了。母亲说："为什么断定哑巴是被蛇咬死的呢？因为他有一条腿乌黑发胀，粗得像木桶……"

我一句话都说不上来。

母亲叹口气，继续道："哑巴的棺材，是拆了咱家楼上一个谷仓改做的。"

听了这话，我的喉头一哽咽，往事再次向我涌来……

我说："爸呢？"

母亲说："你们回来还没看到他吗？我还以为在路上遇见，跟你们一块上山了。"

我说：“没有啊！”

母亲说：“那准是到金塘河去捕鱼了。他天天念叨你们回来，念叨几天了。”

我趁大哥二哥在厨房里剥冬笋，一个人走到我们曾经筑坝的溪滩上，果真看到父亲穿着高筒雨靴，站在一处不深不浅的水洼里，正一丝不苟地摸着水底的石头。

“爸！水这么冷……你不能冻着啊，妈喊你回家吃饭！”

父亲从水里出来，塑料桶里有几只螃蟹和几条小鱼。父亲喘了一会儿气，说：“阿囡，你们真回来啦！阿囡……我知道你从小最爱吃小溪鱼，所以就来这里碰碰运气……”

“爸，小时候的那些鱼……还都有吧?”

“基本没有啦！在上游，也就是井上村下面的龙井那儿，有外地老板勾结乡镇干部……建起一座水电站，水电站一到晚上就要截流蓄水，鱼一刻离不开水，很多鱼就死了。”

父亲说着，一屁股坐在鹅卵石上，自顾自咳嗽起来。父亲的咳嗽没有了淙淙的、剧烈的撕裂感，只剩下喉咙里嘶嘶的喘息。

父亲老了。而河流，也不再是曾经的河流了。

我和父亲在溪滩上坐了一会儿。曾经的溪滩杂草丛生，垃圾遍布在草茎上。

我不知道此刻，面对这一片溪滩父亲是否记得，我们当年为了抵御洪水在这里搬运石头。他有没有像我一样热爱又憎恨过这一条河流……

图书在版编目 (CIP) 数据

金塘河 / 陈集益著. — 北京 ：北京十月文艺出版社，2020.9
ISBN 978-7-5302-2047-4

Ⅰ. ①金… Ⅱ. ①陈… Ⅲ. ①长篇小说—中国—当代
Ⅳ. ① I247.5

中国版本图书馆 CIP 数据核字 (2020) 第 077066 号

金塘河
JINTANG HE
陈集益　著

出　　版　北京出版集团
　　　　　北京十月文艺出版社
地　　址　北京北三环中路 6 号
邮　　编　100120
网　　址　www.bph.com.cn
发　　行　新经典发行有限公司
　　　　　电话 010-68423599
经　　销　新华书店
印　　刷　北京盛通印刷股份有限公司
版　　次　2020 年 9 月第 1 版
　　　　　2020 年 9 月第 1 次印刷
开　　本　880 毫米 × 1230 毫米 1/32
印　　张　10.5
字　　数　234 千字
书　　号　ISBN 978-7-5302-2047-4
定　　价　58.00 元
质量监督电话　010-58572393
如有印装质量问题，由本社负责调换。